Virginie Ollagnier

TOUTES CES VIES QU'ON ABANDONNE

ROMAN

Éditions Liana Levi

TEXTE INTÉGRAL

ISBN 978-2-7578-0581-7
(ISBN 978-2-86746-432-4, 1re publication)

À Olivier

« Hélas ! tout penseur semble avide
D'épouvanter l'homme orphelin ;
Le savant dit : Le ciel est vide !
Le prêtre dit : L'enfer est plein. »

Victor Hugo, « Caeruleum Mare »,
dans *Les Rayons et les Ombres*

Mercredi 4 décembre 1918

Sa robe soulevée jusqu'à la naissance de ses bottines crottées, vraiment cela ne faisait pas sérieux. Claire le pensait bien, mais s'en moquait. De toute façon elle était pressée et personne ne levait les yeux sur elle. Elle avait bien plus peur que la pluie ne fasse boucler ses cheveux de novice. Claire les ramena sous son foulard d'un geste vif. La dureté de l'air glacé dans sa poitrine se faisait sentir, mais elle ne ralentit pas.

Les soldats qu'elle dépassait arrivaient des derniers hôpitaux de campagne qui les renvoyaient chez eux, maintenant que la guerre était finie. Finie était un bien grand mot quand elle les voyait dans les ambulances. Ils arrivaient comme ce matin, par vagues, en train, tous ensemble, comme s'ils obéissaient une dernière fois à un ordre lointain, rentrer à Annecy. Elle se disait que l'hiver était la saison qui convenait à la désolation. Des hommes marchant seuls dans l'angoisse de retrouver leur famille. Lors de leur première arrivée, elle les espérait chantant presque leur joie d'être de retour, mais elle avait vite compris le silence obstiné de ces survivants.

Elle hâta son pas. Il fallait qu'elle arrivât avant eux pour les orienter. Être là, tout simplement. La pluie était plus fine à présent, mais le froid ne lui parut que plus intense. Elle glissa, se rattrapant au bras d'un soldat qui lui sourit à peine. Elle s'essoufflait un peu et ses joues lui semblaient amidonnées. Au bout du chemin, les portes de l'hôpital étaient ouvertes et les premiers soldats entraient déjà dans la cour. La longue colonne d'uniformes trempés avançait. En la voyant ils s'écartaient, lui cédant le passage sur les pavés. Parfois l'un d'eux la taquinait. Alors elle s'arrêtait pour chahuter avec lui, si heureuse de voir la vie continuer, pour certains, juste un instant.

« Claire ? Viens m'aider s'il te plaît. »

Josette, une infirmière, faisait descendre une de ces gueules cassées de la charrette. Le jeune homme retint sa salive en faisant un bruit de succion, comme un siphon. Il essuya le trou de sa bouche avec sa manche de manteau, y laissant, brillante, la trace de son infirmité. Ses mains étaient belles et longues. Claire le soutint et l'aida à descendre doucement. Il portait sur le visage une gaze cachant misérablement les pièces métalliques du progrès médical. Elle lui glissa dans la main un mouchoir brodé par les religieuses. Chaque matin, sœur Marthe en mettait quelques-uns dans ses poches.

« Tu t'appelles comment ?

– Chechachieu Chules. »

Il s'accrochait à sa pèlerine de novice, la regardant droit dans les yeux. Elle ne cilla pas. La douleur était son quotidien. Elle lui sourit doucement en caressant ses cheveux bouclés et il posa sa tête sur son épaule. Pas plus lourde qu'un coquillage, cette oreille contre la sienne. La jeune fille sentit la respiration du soldat s'arrêter, son ventre se contracter et comprit qu'il allait pleurer et qu'il faudrait qu'elle soit forte, une fois encore.

Il pleurait comme s'il était seul, en marmonnant. Claire lui caressa le dos, et lui dit des paroles apaisantes. Des paroles qui, espéra-t-elle, le soulageraient. Le temps lui manquait toujours dans l'afflux cruel de soldats, et elle en souffrait. Lorsque le souffle de Jules se fit plus frais dans son cou, que la chaleur de la peine se tarit, elle l'entraîna vers le hall de l'hôpital et l'assit sur un banc avec plusieurs soldats qui attendaient déjà. Claire s'accroupit pour lui demander sa lettre de démobilisation. Après une caresse sur le genou, elle alla afficher son nom sur le mur du fond. Un nom parmi tant de nouveaux alors que la matinée n'était pas avancée. Tournée vers la salle bondée de familles dans l'attente, elle appela :

« Madame Chevassieu ? » Une femme fendit la foule. Elle écartait résolument des bras tous ceux qui ralentissaient sa traversée.

« Jules Chevassieu ?

– Oui, il est dans le fond, sur le banc. »

Comme elle partait déjà, Claire la retint. La femme protesta des yeux. Avant toute explication, Claire attendit qu'elle se soit vraiment arrêtée et surtout qu'elle l'écoutât.

« Il faut que je vous parle… madame Chevassieu, votre mari est blessé, gravement. Certainement plus gravement que vous ne pouvez l'imaginer… Avez-vous vu des soldats blessés, en ville ? »

Elle dit oui de la tête, mais la tête ne remonta pas, le menton collé à sa poitrine, et les larmes se noyèrent sur ses chaussures mouillées. Claire lui offrit son bras.

« Vous voulez y aller maintenant ? murmura-t-elle. Vous savez, il ne sait pas s'il doit vous attendre, il ne sait pas si vous voudrez encore de lui, il ne sait plus rien de vous, comme vous ne savez plus rien de lui. Vous avez peur tous les deux… Ça va ? Ça va aller ? »

La femme articula doucement un oui. Claire lui donna un mouchoir brodé. Elle lui montra du doigt son mari recroquevillé, dissimulant en vain sa nouvelle béance. Madame Chevassieu serra le bras de la novice puis la regarda un instant avant de parler.

« Quel âge avez-vous ma sœur ?

– Je viens d'avoir dix-huit ans. »

Elle fixa cette jeunette si vieille déjà et sourit en s'essuyant les yeux dans le mouchoir. Claire l'accompagna, sans la soutenir. Madame Chevassieu s'était redressée, faisant face, dans une respiration calme, à cet étranger qui lui avait été si familier. Jules se leva, les bras ballants comme pour montrer que la guerre ne lui avait emporté que le visage. Claire les laissa, deux êtres fondus, l'un contre l'autre, secoués par les mêmes sanglots, dans la même angoisse. Elle respira un grand coup et sortit dans la cour pour accueillir d'autres soldats.

Il en arrivait sans arrêt. Depuis les escaliers, elle les voyait petits, grands, mais tous voûtés dans l'appréhension du retour.

« Claire ! On a quelque chose pour toi ! »

Le brancardier Escudier l'interpellait. Il montra de loin une masse sous une couverture. Rien ne bougeait. Des soldats qui mouraient ici, ça arrivait rarement. Claire descendit l'escalier et accéléra le pas. Elle souleva la couverture sur un grand corps en position fœtale. Ses lèvres étaient bleues. Elle se pencha pour écouter la respiration et se releva brusquement.

« Il pue hein ? » rigolèrent les brancardiers devant le visage de Claire qui grimaçait.

« Un bain chaud, tout de suite ! Il est vivant. »

Les brancardiers coururent, bringuebalant la civière jusqu'au pavillon de désinfection.

« A-t-il été vu par un médecin ? demanda-t-elle en trottant à leurs côtés.

– Non », répondit Escudier.

Elle les précéda, leur ouvrit les portes pour les laisser passer et indiqua un lit où le poser. Elle se précipita vers l'armoire pour y chercher des couvertures.

« Mon Dieu ce qu'il doit avoir froid. Vous m'entendez, monsieur ? »

L'homme ne réagit pas. Elle le frictionnait tout en demandant s'il restait de l'eau pour un bain. Germaine, une infirmière, lui dit qu'ils étaient tous pris pour l'instant, mais qu'elle lui garderait une place dès que possible ; Claire le lui confia. Il fallait qu'elle s'occupe des autres. Ils étaient toujours agglutinés dehors sous la pluie, la vie civile ne pouvant défaire ce que la guerre avait façonné.

« Essayez de lui faire boire une soupe chaude, il est vraiment gelé. Et il faut prévenir un médecin », demanda-t-elle à Germaine qui déjà reculait sous l'exhalaison d'ammoniaque du corps sans soin, qui lui piquait les yeux.

« Ne vous inquiétez pas Claire, je m'en occupe. » L'infirmière la poussa doucement vers la porte. « Je vais arriver à le réchauffer. »

Claire lui rendit son sourire, un sourire plein d'indulgence.

« Merci Germaine. Avez-vous un parapluie ?

– Oui, mais c'est celui de votre patron. Je lui dirai que vous l'avez pris.

– Tournier est là ?

– Il est ici. Mais où, je ne sais pas. Filez maintenant. »

Claire prit le parapluie et sortit. Elle abrita un soldat amputé d'une jambe qu'elle accompagna dans le hall avec les autres. À peine entré, il chercha des yeux sa femme au fond de la salle et brutalement s'élança sur ses béquilles. Claire courut à ses côtés, les bras tendus pour le rattraper au cas où il trébucherait. En face arrivaient une femme et trois enfants.

« Geneviève ! Les enfants !

– Papa, tu sens le chien mouillé, cria la fillette qui se jetait dans ses bras.

– Il s'appelle comment ton papa ? demanda Claire au petit dernier resté un peu à l'écart.

– Jean Taglialatela !

– Alors je vais le noter sur le mur, comme ça, si ses amis le cherchent, ils sauront où le trouver. Ne pleure pas chéri, il est là maintenant. » Elle le saisit dans ses bras et le confia à son père toujours en équilibre précaire.

« C'est bien toi Jean Taglialatela ? demanda l'enfant pour confirmation.

– Oui, mon p'tit gars ! » sanglota le père découvrant son enfant.

Dans la cour, une femme descendait d'une ambulance. Claire lui tendit ses mains, elle ne les vit pas. Elles n'étaient pas si rares, ces infirmières mutilées.

« Donnez-moi vos mains, je vais vous guider jusqu'à l'entrée de l'hôpital. Vous avez de la chance, j'ai un parapluie.

– Je connais votre voix.

– Je m'appelle Claire, je suis infirmière à l'asile.

– Bien sûr ! Claire ! Je suis Suzanne. J'étais infirmière ici. Je suis partie sur le front en 16.

– Mais oui, Suzanne… Je ne m'attendais pas à vous voir ici. Comment allez-vous ?

– Comme quelqu'un qui a pris une bombe et un hôpital de campagne sur le dos… » Suzanne sourit, ses yeux se plissaient mais ne virent pas ceux de Claire. Elles approchaient de l'escalier quand Suzanne s'arrêta.

« Dis-moi Claire… Tu sais, je ne fais pas confiance aux autres… Mais toi, tu es infirmière aussi et tu es une femme… Dis-moi, à quoi je ressemble. » Claire allait lui répondre quand Suzanne reprit, autoritaire : « Dis-moi la vérité.

– Entrons nous mettre à l'abri et je te promets de

t'ausculter et de te dire la vraie vérité. Tu sais, une religieuse ne ment pas.

– Tu es nonne maintenant ? Je t'ai laissée petite souris dans les couloirs froids et tu es infirmière, religieuse…

– Novice…

– Tu fais la différence ? » Le visage de Suzanne interrogeait le front baissé, concentré.

« Oui. » Claire avait pris un ton plein de rigueur scolastique. Et Suzanne changea de sujet.

« Tu vois, moi je me demande quel homme voudra d'une femme aveugle qui se réveille toutes les nuits en hurlant et toi tu renonces à eux… Le monde est mal fait. Dis ? Il n'y aurait pas de la place pour la femme que je suis devenue, dans ton couvent ?

– Cherche d'abord cet homme qui voudra de toi. Dieu n'aime pas qu'on vienne vers lui par commodité… Et les femmes insomniaques encore moins…

– Cela te fait rire… la taquina Suzanne.

– Le rire nous soustrait à la gravité du temps présent… Non ? »

Suzanne accepta d'un signe de tête et Claire l'entraîna dans un box et tira les rideaux. Elle lui enleva son calot, ouvrit son manteau et lui retira ses gants. Après un silence qu'elle voulut neutre, elle décrivit ce qu'elle voyait.

« Écoute, tu as une cicatrice sur le visage, mais elle est sous le sourcil et l'arrondit juste un peu. Dans quelque temps, quand elle sera devenue blanche, on ne la verra plus. Voyons voir tes mains… La base de ton poignet gauche ainsi que l'avant-bras sont marqués. Tu as une longue cicatrice, large de quatre à cinq centimètres, mais elle est cachée par la manche. Tu ne pensais pas te promener bras nus ? Tu me diras, cela fera un joli nid à baisers…

– Dis, on grandit vite en temps de guerre ! » Suzanne

grondait sans conviction cette jeune femme qu'elle avait connue enfant.

« Surtout en soignant des soldats ! rétorqua Claire d'un ton léger. L'autre bras n'a pas souffert. Veux-tu que je continue ?

– Mon cou et mon décolleté, s'il te plaît.

– Une petite cicatrice sur la clavicule gauche. Rien de bien méchant. » Claire sentit son parfum. C'était un vrai phénomène en soi. Les femmes restaient des femmes malgré tout.

« Il fait un froid de canard ! On grelotte ici ! » Suzanne serra son manteau sur sa poitrine, puis agrippa la jeune novice dans un mouvement d'inquiétude. « Claire ? Je suis jolie ?

– Tant que tu ne dis pas aux garçons que tu cries la nuit, ils vont se bousculer !

– Chipie ! Vous êtes une vraie chipie ma sœur ! »

Elles sortirent de la salle d'examen.

Claire remarqua un couple qui la regardait avec surprise, s'attardant sur Suzanne.

« Dis-moi Suzanne, tu es prête ? Tu as de la famille qui arrive.

– Je crois que je vais pleurer…

– C'est le bon moment. Tout le monde pleure ici, c'est peut-être à cause de la pluie ? Va savoir… »

Suzanne ne répondit pas, elle avait déjà le visage dans le cou de sa mère. Claire se mit en retrait et allait les laisser dans les bras l'une de l'autre, lorsque le père passa à côté d'elle et lui chuchota qu'il la croyait morte. Il lui dit merci avant de disparaître à son tour dans leur étreinte.

Dans la cour, un médecin lui cria que Tournier la cherchait, en lui faisant de grands gestes devant le portail.

« J'arrive ! »

Claire fendit la foule.

Tournier était bien plus grand que les autres, elle le voyait de loin, habituellement. Pourtant elle le chercha des yeux et ne le trouva pas. Le même médecin lui fit d'autres signes, lui montrant la salle de désinfection du doigt, puis retourna à un soldat mutilé. Il pleuvait toujours. Elle ouvrit le parapluie et courut.

Son patron était bien là, debout au milieu de la salle, trempé. Il se retourna au bruit que fit la porte en se refermant et s'approcha d'elle pour lui serrer la main. Les moustaches blanches dont il était si fier tombaient lamentablement sur sa bouche, il essaya de leur redonner un pli, en vain. Il sourit.

« Bonjour, Claire. Quel temps ! » Il pointa du menton le soldat sous les couvertures. « Il n'a pas été lavé, ni nourri. Je crois que c'est le seul que nous ramènerons en psychiatrie ce matin. » Et, sur le ton de la confidence, il ajouta : « Je préfère que vous vous en occupiez personnellement. »

Tournier marchait lentement vers la cuisine tout en continuant à énumérer ses observations :

« Il ne réagit à aucun stimulus. J'ai peur que les infirmières ne le brûlent en essayant de le nourrir. Vous avez l'habitude, vous.

– Vous avez une petite mine… » répondit Claire. (Elle se permettait un certain degré de familiarité avec ce vieux monsieur, que cela enchantait.)

« C'est toujours agréable de se l'entendre dire… » Le ton était tranchant mais l'œil pétillait.

Il la prit par le coude et l'entraîna à l'écart, vers le lit de l'homme.

« Je vous rapporte un casse-croûte de l'asile vers onze heures. On mange ensemble, et vous me direz votre sentiment sur ce patient. »

Il s'était redressé et s'éloignait vers la porte, mais s'arrêta devant le rideau de pluie qui lui barrait la route.

« Claire, mon parapluie ! »

Elle vint à sa rencontre pour le lui apporter. Ses moustaches mouillées et ses cheveux blancs collés sur sa tête lui donnaient un air vieux et las. Elle lui sourit.

« Transmettez mes amitiés à votre femme. Je m'occupe du soldat... Des cornichons dans mon casse-croûte.

– Vous abusez de la situation mademoiselle la novice... »

Il sortit sous la pluie. Elle vit ses yeux rieurs une dernière fois sous le parapluie.

L'homme n'avait pas bougé. Il était toujours recroquevillé. Il avait été poussé dans un coin comme une chose qu'on range pour s'en servir plus tard. Germaine s'approcha.

« Tournier nous a dit de ne pas nous en occuper. En tout cas, j'ai veillé à ce qu'il n'ait pas plus froid. Il y a de la soupe. Je vous en mets de côté ?

– Ça serait gentil, Germaine. Il reste un bain et de l'eau chaude ?

– Oui, je vous ai réservé une baignoire, mais ne devriez-vous pas commencer par une douche ? » Elle grimaçait devant la crasse qui brunissait le col de l'uniforme.

« Regardez-le, je ne pourrais pas le maintenir sous la douche sans être moi-même trempée. Aujourd'hui nous ne sommes que des femmes ici. En plus je ne sais pas comment il va réagir à l'eau. Vous souvenez-vous du soldat pris de panique sous le crépitement des jets ? » Germaine haussa les épaules d'impuissance.

Claire tira les rideaux d'une cabine et fit couler l'eau chaude des marmites sur l'émail blanc de la baignoire.

En attendant que l'eau refroidisse, elle tenta de déshabiller le soldat. Elle prit doucement un bras et essaya de faire glisser la manche, en vain. Il semblait n'y avoir pas de solution pour tirer ce corps de ses vêtements. Germaine passa le bras dans la cabine et lui tendit une paire de ciseaux.

« Je pensais que vous auriez besoin de ça. »

Claire prit la paire de ciseaux et écouta le bruit du drap sous la mâchoire de l'instrument. Elle ouvrit la manche du manteau, lentement, frottant de temps en temps les jointures de ses doigts rougies par la morsure métallique. Pour la chemise cela irait plus vite se rassura-t-elle, et après une petite gymnastique des doigts, elle coupa le tissu léger. La peau apparaissait, si blanche entre les deux pans gris sale de la chemise. Une peau fine et imberbe. Elle regarda le visage de l'homme. Il n'était pas si vieux que ça. Il devait avoir trente, trente-cinq ans. Il avait une barbe rousse avec deux trous au coin des lèvres et sur le maxillaire. Non décidément, il n'était pas poilu. Il ne devait d'ailleurs pas porter la barbe en général.

« Tu es bête ma pauvre fille, tu penses vraiment à n'importe quoi », s'entendit-elle dire tout haut. Après un hochement de tête, elle reprit la découpe de la chemise.

Le coude rougi par le frottement du tissu faisait saillir l'os sous la peau. C'était la première fois qu'elle voyait un corps aussi fermé. Elle avait peur de le blesser. Chaque mouvement qu'elle lui faisait faire lui demandait un effort important, comme s'il se refusait à la suivre dans les gestes qu'elle proposait.

Le côté droit était libéré de ses frusques racornies et tannées par la crasse. Claire l'attrapa par les genoux et le fit pivoter sur les hanches. Il ressemblait à une momie comme elle en avait vu dans le *Journal de psychologie* de Tournier. Elle regarda ses mains, et reprit la paire de ciseaux. Le pantalon tomba à son tour. Les chaussures en dernier, se dit-elle.

L'odeur de ce corps négligé depuis trop longtemps ne l'empêchait pas de prendre soin de lui comme s'il s'agissait d'un nourrisson, avec la même délicatesse. Il lui restait les cheveux et la barbe. Elle choisit le rasoir en meilleur état et commença par soulever les mèches du front. Les poux couraient devant la lame. Contre ces vermines qui pullulaient dans les wagons à soldats, c'était le pétrole ou le rasoir. Il ne restait jamais assez de pétrole pour les cheveux, et puis ils repousseraient… Les mèches tombaient, collées de lentes, sur le papier journal qu'il faudrait brûler plus tard. Il ne resta plus qu'un grand corps sec, glabre et blanc couché sur le flanc sur la table carrelée. De quoi pouvait bien souffrir cet homme pour se refuser au monde avec tant de force.

L'eau fumait encore à côté. Claire interpella les brancardiers. Escudier qui passait par là arrivait déjà pour l'aider, saisissant de mauvaise grâce le corps sale.

« Ce qu'il est lourd, même sans ses cheveux, souffla-t-il en le prenant dans ses bras.

– Il est pourtant tout maigre, constata Claire.

– Va, n'empêche qu'il a les os lourds votre soldat. »

Claire s'accroupit à côté de la baignoire et se pencha sur l'homme qui n'avait rien manifesté pendant la manipulation. Dormait-il ? Ce genre de sommeil l'inquiétait. La respiration était calme. Il n'avait que peu de séquelles apparentes de la guerre. Sous son gant mousseux de savon, deux cicatrices relativement anciennes. Comme deux larmes au coin des yeux. Deux éclats qui auraient pu le rendre aveugle. Une explosion, une grenade ? Elle lui rinça le visage. De quelle couleur étaient ses yeux ? Qu'avaient-ils vu de si affreux qu'il ne souhaitât plus les rouvrir ?

Aucun coup visible sur cette tête harmonieuse. Le crâne était lisse et légèrement bleuté après le rasage.

Claire entama le savonnage du corps. Elle se sentit un peu dépassée par la tâche. Ce n'était pas la première fois qu'elle lavait un corps d'homme, mais la rigidité musculaire de celui-ci était contraignante. Comment passer le gant dans le pli du coude alors même qu'elle ne pouvait y accéder des yeux.

Un rayon glissa sur l'émail, le soleil la rejoignait enfin. Comment allait-elle s'y prendre ? Appeler Germaine à l'aide ? Mais un bataillon d'infirmières n'y suffirait pas. Elle regarda autour d'elle. Elle saisit le savon, un gros carré estampillé du blason de Marseille et le laissa tomber au fond de l'eau. Le bruit de tôle la surprit. Elle immergea ses mains et fit tourner l'eau chaude. Lorsque le savon eut coloré de blanc le bain, elle le sortit. Tout coûtait cher en temps de pénurie, le savon aussi.

Claire, doucement, étala le liquide savonneux sur les épaules de l'homme et frotta au gant. La peau morte se détachait des omoplates, de la base du cou et flottait à la surface comme des paillettes de lessive grises. Chacun des bras lui demanda des efforts considérables, si bien qu'elle se reposa sur son tabouret avant de se pencher sur les jambes. Elle fouilla dans ses poches et sortit des mouchoirs de sœur Marthe, son paquet de cigarettes bleu et la boîte d'allumettes.

... C'est calme la mort, c'est silencieux.

Je suis en train de mourir. C'est bien. Je n'ai pas peur...

Pourquoi je ne me souviens pas ?

C'est l'oubli.

Je me souviens de... Victor Hugo ?

Que garde-t-on de soi dans la mort ? Des poèmes ? C'est ridicule...

D'où vient ce bruissement continu dans mon âme ?

C'est pareil au vent, des sons invisibles. Je voudrais voir. J'ai aimé regarder, je le sais.

Qu'ai-je retenu de cette vie ? Le silence. Le silence de mon corps… Je n'ai plus de corps. Je flotte…

Il fait chaud. Il fait noir. Je suis bien. Je n'entends plus ces bruits de mon âme. C'est apaisant.

Non. Je suis aspiré, tordu. Tout me pousse. On m'écrase ! Je n'ai pas vraiment mal mais c'est angoissant. On s'agrippe à moi. La brusque lumière m'étouffe. On me frappe. Je crie. J'entends mon cri. Je brûle dans mes poumons. Je m'étrangle, je suffoque, je crache. Je veux que ça cesse.

Je la vois. Je la vois du dessus. Elle est couchée. Elle sourit. Elle me tend les bras. Elle me tient fort. Sa peau. Je veux rester sur sa peau. C'est chaud. Je suis bien. Elle me caresse. Je sens ses mains sur moi.

Je suis né. J'ai existé.

Claire laissa s'échapper de son nez la fumée et souffla le reste dans le rayon de soleil, en volutes florales qui caressèrent la poitrine de l'inconnu. Elle avait lavé les bras, dessus, dessous, mais les mains pas encore. Il fallait lui couper les ongles, avant. Claire se pencha sur lui, laissant sa cendre tomber dans le bain dans un grésillement à peine audible d'insecte qui s'envole. Sur les doigts de l'homme des traces jaunes entre l'index et le majeur gauche. Il était fumeur et gaucher. Tournier ne manquait jamais une occasion de lui faire remarquer leur propre tabagie et celle de tous les soldats rentrant du front. Elle se remit accroupie contre la baignoire et, comme un léger filet de brouillard, lui souffla un peu de fumée sur le visage. Claire attendait une réaction, mais la respiration de l'homme ne modifia pas sa cadence. Les narines ne papillonnèrent pas plus. Elle reprit sa place sur le tabouret et finit sa cigarette, la tête en arrière pour soulager sa nuque.

Les jambes, encore plus fortes que les bras, ne lui laissèrent que la place pour le gant seul dans le pli des genoux. Le tenant par deux bouts, longuement, elle insista afin de laver correctement ce recoin inaccessible.

« Tenez-vous droite, vous allez vous faire mal au dos ! »

Claire sursauta et lâcha le gant, ce qui fit rire Germaine. Elle essuya l'eau qu'elle avait jetée au visage de l'homme.

« Je suis désolée. Je ne voulais pas vous effrayer. Ça fait presque une heure que vous le lavez, je venais aux nouvelles…

– Tout va bien. C'est juste beaucoup plus long et plus physique que je ne pensais ! » Claire montra ses avant-bras rougis par l'effort et l'eau.

« Il va finir par fondre, constata Germaine.

– Si seulement… Au moins je n'aurais pas à le sécher. Vous voyez, j'ai peur de le blesser avec les serviettes. Sa peau est si fragile, on dirait celle d'un vieux.

– Je vous aiderai, si vous voulez.

– Il faudra aussi trouver Escudier pour le sortir de la baignoire. Croyez-vous que je pourrais avoir encore un peu d'eau chaude ?

– Nous n'avons pas beaucoup de bois… Ne parlons pas du charbon, se contenta de signaler Germaine avec un haussement d'épaule.

– Alors j'y retourne. » Claire tourna le dos à Germaine qui la laissa travailler.

La seconde jambe ne fut pas plus souple, mais la technique de Claire s'affinait. Après les avoir brossés, elle coupa les ongles des doigts avec d'infinies précautions. Plats mais longs comme ceux d'une fille. La demi-lune très pâle de leurs racines était absente du petit doigt. Elle regarda les siens. L'arc rosé n'y était pas non plus. Peut-être en était-il ainsi pour tous. Elle frotta les taches de nicotine qui ne s'estompèrent pas. Il avait des mains étroites, il ne devait pas exercer un travail manuel. Elle pensa au moulage de mains sur le bureau de Tournier. Il avait retenu son attention alors qu'elle le rencontrait pour la première fois. Tournier cherchait des infirmières pour faire face à l'afflux de fous qui arrivaient du front fin 1914. Il était submergé et devait faire le tri entre ceux qui simulaient et les « mentaux » comme il disait. On l'avait fait entrer dans le bureau en attendant qu'il arrive. Elle était restée un temps sans bouger sur la chaise, puis lasse, elle avait pris le moulage pour le regarder de près. Il était en plâtre vieilli, signé Léontine au-dessous. Les mains maigres se rejoignaient comme pour prier sans jamais aller jusqu'à se toucher complètement. Tournier était entré silencieusement. Elle pensa qu'il avait eu peur de la surprendre et qu'elle ne fasse tomber le moulage. Il avait refermé la porte qui avait grincé un peu, juste pour signifier qu'il y avait quelqu'un, sans menace non plus. Elle avait reposé les mains sur le bureau.

« Ma fille est artiste, s'était-il contenté de dire pour clore l'événement. Vous serez notre plus jeune infirmière. Vous vous appelez Claire Brazier ?

– Oui monsieur.

– Les fous ne vous inquiètent pas ? Vous êtes jeune, vraiment… » Il avait dit ça comme une mise en garde et ses sourcils en bataille s'étaient froncés pour appuyer le discours.

« Non. Je travaille à l'hôpital Saint-Joseph depuis un an. Je veux devenir religieuse, je fais mon noviciat.

– Nous verrons bien… » Le ton manquait de conviction, mais Claire savait le besoin pressant qu'il avait de nouvelles infirmières. « De toute façon je n'ai pas le choix, il faut du monde », avait-il conclu en refermant le dossier de Claire.

Il s'était levé pour annoncer la fin du rendez-vous, pressé de reprendre le travail.

« Vous commencerez demain par les toilettes. Allez voir sœur Claude, elle vous expliquera le fonctionnement de l'asile. Vous verrez, je m'absente souvent pour des expertises auprès des tribunaux militaires. Je siège aussi à la Société médico-psychologique. C'est pour cette raison que j'ai besoin de gens de confiance ici. »

Il lui avait serré la main puis était sorti sans plus de commentaires. Claire l'avait trouvé un peu trop sec, mais n'avait rien dit, se promettant de faire de son mieux.

Escudier arriva à son appel. Il nettoya le sexe de l'homme, ce que Claire apprécia. Bien sûr, elle s'était déjà retrouvée seule et avait bien été obligée de le faire, mais elle ne trouvait pas ça très en accord avec son choix de vie. La présence d'Escudier lui rappela qu'il lui avait plusieurs fois proposé de le faire à sa place. Il ne trouvait pas normal qu'une novice ait à accomplir ce genre de toilette. Son jeune fils Pascal venait à la chorale que dirigeait Claire à l'église Saint-François. Ils se connaissaient un peu, pour se voir régulièrement à la messe. Ils n'avaient jamais vraiment échangé de choses profondes, mais Claire avait de l'affection pour ses manières un peu bourrues.

Ils sortirent l'homme de la baignoire après l'avoir rincé à l'eau tiède. La peau se couvrit de chair de poule. Le corps réagissait par automatismes, mais Claire n'avait rien constaté de plus. Escudier l'aida à le sécher. Ils passèrent les serviettes avec délicatesse en faisant attention de ne pas le blesser. Des veines bleues couraient sous la peau diaphane.

« C'est un garçon soigné… dit Escudier pour lui-même.

– Comment ça, un garçon soigné… l'interrogea Claire.

– Il écrit souvent. Vous n'êtes pas arrivée à faire partir la tache d'encre. »

Claire se rapprocha de lui et regarda attentivement le majeur droit que tenait le brancardier.

« Là. Il a la bosse de l'écrivain. » Escudier pointait, sur la dernière phalange, un petit renflement noir. Un cal rugueux, gros comme un grain de tapioca gonflé dans l'encre.

« J'ai cru que c'était un second tatouage, avoua Claire. Je le croyais gaucher à cause des traces de nicotine sur l'autre main.

– Je vous dis que c'est un écrivain. Il fume quand il écrit. Fin du mystère. »

Escudier fit un clin d'œil à Claire.

« Vous avez raison. Les choses sont tellement plus simples avec vous.

– On l'habille maintenant ? »

Ils mirent encore un temps infini pour lui passer une chemise de nuit propre, mais leur patience récompensée, ils reculèrent pour admirer leur travail.

« Il ne ressemble plus au vagabond de ce matin, mais à un homme qui dort, paisiblement », se contenta d'observer Escudier, les bras croisés sur la poitrine.

Le regard satisfait, sa main frotta sa barbe rêche dans un bruit d'herbe sèche qu'on fauche. Il avait mis les protections dans le caleçon de l'homme. Il savait qu'à l'asile, des religieuses plus âgées s'en occuperaient à la place de Claire. Il se retira avec les vêtements sales. Claire l'interpella alors qu'il partait. Elle avait oublié de vider les poches du manteau. Il y avait peut-être quelque chose de lui. Le brancardier ne trouva qu'une enveloppe.

« Elle est vide, s'étonna Claire. Il n'y a rien d'autre ?

– Pas même sa feuille de route. Rien », constata Escudier avec un regard désolé.

Claire mit l'enveloppe adressée à *Monsieur et Madame Antoine Jacquet, 5, rue de la Providence, Annecy* dans sa propre poche. Tournier devait l'attendre à la « cantine ». C'était le nom qu'ils avaient donné à l'ancienne salle de garde qui ne servait maintenant qu'aux repas. Les plaisanteries de carabins n'avaient plus de lieux consacrés et s'étaient éteintes doucement à l'arrivée croissante des gueules cassées. Les médecins de retour du front ne remplissaient plus leurs devoirs de traditions. Mais tout cela reprendrait bientôt, et Claire élirait une nouvelle cantine.

Tournier l'attendait effectivement, fumant une cigarette, attablé devant leur casse-croûte. Elle le regarda un instant avant de le rejoindre. L'approche de Noël était douloureuse chez les Tournier depuis que leur fille, fiancée à un jeune médecin de Grenoble, s'était donné la mort un an plus tôt. Elle s'était jetée dans le lac, de l'île aux Cygnes, tenant dans sa main la lettre de son futur beau-père lui annonçant la mort du jeune aspirant, dans les Ardennes. Son corps avait été retrouvé deux jours plus tard, échoué devant les grilles de l'asile. Les jardiniers l'avaient attrapée par sa robe avec leurs râteaux, avaient séché et coiffé la tête de l'enfant avant d'appeler son père. Claire, prévenue de l'arrivée de Tournier, l'avait attendu devant le hangar à bateaux. Elle avait plusieurs fois rendu visite à madame Tournier et sœur Marthe avait pris la suite depuis janvier.

Madame Tournier ne donnait aucun signe d'amélioration et le professeur redoutait sa mort. Il expliquait que le travail lui avait permis de surmonter l'épreuve.

Sa femme demeurait assise devant sa fenêtre, à décrire la robe gonflée de leur fille entrant dans l'eau.

Tournier se tenait droit, la main en l'air agitant sa cigarette sur une musique secrète. Il aimait Claire, peut-être parce qu'elle avait le même âge que sa fille. Il l'accueillit avec gentillesse.

« Eh bien dites-moi, vous travaillez tard ce matin. Qui est votre patron que je lui astique les oreilles ?

– C'est un sale bonhomme qui ne se souvient jamais que les religieuses se lèvent pour matines et déjeunent à cinq heures du matin.

– Heureusement que je vous ai apporté un casse-croûte au jambon et aux cornichons. Ne le dites pas, mais nous avons une gourde de vin de Savoie, des pommes de mon verger et du tabac. Que demande le peuple ?

– Un nom à notre inconnu », dit Claire se saisissant du morceau de pain que lui tendait Tournier.

« Alors, qu'en est-il de ce monsieur l'Inconnu ?

– Trente, peut-être trente-cinq ans, aucune réaction, pas de traumatisme visible du crâne. Des cicatrices sur le visage, sur le dos un petit tatouage. Un tigre. Les pieds semblent être les seuls à avoir souffert de la vie dans les tranchées. Il est en bon état physique apparent. Il ne portait qu'une enveloppe vide dans ses poches. C'est le seul indice que nous ayons. Il y a un nom et une adresse inscrits dessus.

– Dès que nous aurons fini de manger, j'irai l'examiner. » Tournier, qui avait à peine parlé, croquait déjà dans la pomme. Claire avalait plus vite, mâchant rapidement le jambon au risque de s'étrangler, puis elle prit la pomme et la glissa dans sa poche.

« Une dernière gorgée et on peut y aller si vous le souhaitez. »

Claire était presque debout, déjà, remplissant son rôle de fille attentive. Tournier calma sa bonne volonté de la main, roula du tabac en une cigarette approximative et lui signifia qu'ils avaient le temps.

« Il nous attendra bien un peu encore, non ?

– Je ne crois pas qu'il parte sans nous… » Elle rit, la main devant la bouche.

Ces petites mines rappelaient la jeunesse de l'infirmière à Tournier qui, comme les autres, tendaient à l'oublier. La guerre avait fait don de sérieux, de gravité et de maturité à la jeune fille. Tournier, qui lui avait demandé beaucoup dès le début, essayait, depuis la fin du conflit, de lui rendre la légèreté due à son âge.

Après leurs cigarettes, ils se rendirent au chevet du nouveau patient. Claire guida Tournier à travers les rideaux des box. Il l'ausculta du mieux qu'il put, l'homme devant être manipulé à deux, afin de délier son corps. Effectivement, il ne présentait aucun signe de coup sur la tête. Tournier avait maintes fois mis Claire en garde contre la phrénologie, cette étude des bosses du crâne susceptible de définir la propension de chaque individu à une activité référencée à l'emplacement de cette bosse. Elle avait lu les résultats d'une étude dans une des revues auxquelles Tournier était abonné et avait cherché sur sa tête à elle les talents qu'elle pensait ignorer. De retour au bureau, elle avait avoué son absence de bosse, ce qui avait longtemps fait rire Tournier. Pendant quelques jours, il lui avait demandé si elle avait enfin trouvé la bosse de l'intelligence. L'homme, comme Claire, en était exempt.

Tournier lui proposa de ramener l'inconnu à l'asile après qu'il aurait lui-même emmené un autre patient qu'il avait examiné avant le repas.

« Je vous renvoie l'ambulance dans une demi-heure. »

Tournier commençait à partir lorsque Claire lui demanda :

« Saint-Joseph a une porte qui donne sur la rue de la Providence, je peux y passer avant.

– Rendez visite aux Jacquet demain. Prenez le temps de nourrir ce monsieur et de l'installer dans sa nouvelle chambre sans oublier de prévenir les autres infirmières… La journée passe vite aujourd'hui. Je ne veux pas discuter avec votre mère supérieure de vos étranges horaires de novice une fois encore. »

Il lui fit un sourire de connivence avant de partir. Tournier avait maintes fois débattu avec sœur Agnès. Il avait expliqué combien la perspicacité de Claire et son empathie pour les aliénés étaient importantes pour le bon fonctionnement de son service. Il était le premier surpris par la capacité d'une si jeune femme à saisir les difficultés des patients mentaux et par son efficacité dans les soins. Sa seule présence semblait apaiser les malades. Il l'aurait volontiers formée à la psychanalyse, mais cela ne lui paraissait pas approprié pour une future religieuse. Elle avait, de toute évidence, déjà acquis par elle-même les techniques de la thérapie par la parole. Il essayait de faire croire qu'il l'ignorait mais leurs discussions le démentaient. Cela semblait ravir la jeune novice qui en profitait pour le chahuter et s'amusait à le contredire.

Claire se réchauffait les mains autour du bol de soupe. Elle n'avait pas froid, mais comme par réflexe, elle les garda serrées jusqu'à sentir la brûlure de la faïence. Germaine lui avait donné un grand bol.

« Il est tout maigre cet homme, avait-elle fait remarquer.

– Pas tant que ça… » avait râlé Escudier qui passait par là, conduisant un soldat unijambiste aux douches.

La soupe était chaude et sentait bon les légumes d'hiver. Elle avait calé l'homme avec des oreillers pour qu'il ne soit pas trop couché sur le côté. Elle avait peur qu'il s'étrangle. Elle plongea la cuiller dans l'épaisseur cuivrée de la soupe. Il devait y avoir beaucoup de carottes. Elle souffla vers lui les arômes et posa le métal tiède sur ses lèvres. L'homme garda la bouche close. Claire alors abaissa le menton avec sa main gauche et vida la soupe doucement. La soupe n'était pas trop chaude et l'homme déglutit. Claire regarda monter et descendre la pomme d'Adam. On pouvait le nourrir sans trop de difficultés. C'était pour ça qu'il était toujours en vie, pensa-t-elle. Elle remercia les infirmières qui l'avaient précédée. La soupe remplissait lentement l'estomac de l'homme qui reprenait des couleurs. La chaleur du repas et les couvertures toujours amassées sur son lit le firent rosir un peu. Elle éplucha la pomme du jardin de Tournier et une fois découpée elle l'écrasa en purée au fond du bol. L'homme mastiqua légèrement la pomme parfumée.

Il est comme un petit moineau, pensa-t-elle. Elle lui caressa la joue rasée par ses soins et fredonna une chanson de son enfance à propos d'un petit oiseau blessé.

Les rideaux s'envolèrent autour de Claire. Elle sortit du box pour voir si Rémi l'ambulancier venait d'entrer à la désinfection. Elle lui fit un signe qu'il ne vit pas. Escudier le poussait fermement vers Claire avec le brancard qu'il portait déjà sous le bras.

« Cette fois-ci c'est la bonne ? Il rentre avec vous ? » C'était plus une affirmation d'Escudier qu'une interrogation, mais Claire confirma de la tête.

« Attention aux couvertures. Il est en chemise et nous en décembre… »

Lorsque les brancardiers le soulevèrent, Claire

entr'aperçut, dans un rayon de soleil, ses yeux qui s'ouvraient. L'homme cilla deux fois puis les referma paisiblement. Claire se pencha sur lui, arrêtant du même coup les brancardiers.

« Monsieur ! Monsieur ! Nous sommes là. Vous êtes à Annecy. La guerre est finie. Monsieur ? »

L'homme ne réagit pas. Claire sentit qu'elle avait envie de le secouer. Cela la fit sourire. Elle voyait encore ses réactions d'enfant, ces moments où elle voulait que les événements se pressent.

L'homme reposait calmement comme l'instant auparavant. Claire ferma les yeux pour se souvenir de la couleur exacte des iris cachés maintenant derrière les paupières closes. Elle pensa aux premières feuilles de peupliers, de bouleaux. Un vert clair et lumineux, avec de l'or et pas de blanc comme parfois dans les yeux bleus. Ce qui l'avait le plus surprise, c'était la jeunesse du regard. Peut-être s'était-elle trompée sur son âge. Ce grand corps maigre paraissait vieux, mais il ne l'était peut-être pas tant. La guerre flétrissait tout. Il avait les yeux verts, un profil fin, une bouche ciselée, des oreilles délicatement ourlées. Elle s'arrêta. Le nez suivait une courbe parfaite avec, juste au-dessus des narines, un petit plat parallèle à sa lèvre supérieure. Cela lui donnait un air sculpté dans un bel ivoire. Les cils clairs et longs comme ceux d'un enfant, des joues creuses sous des pommettes hautes. Il était très beau. Enfin, il avait dû être très beau.

Elle monta à l'avant avec Rémi l'ambulancier, qui lui avait donné ses premières et seules leçons de conduite. Cela n'avait pas vraiment été prévu, mais elle s'était un jour retrouvée au volant, avec Rémi qui lui expliquait les manœuvres tout en maintenant à bras le corps un aliéné à l'arrière de la voiture. Depuis, il ne la laissait plus monter à côté des patients, qu'il enfermait à clé.

Claire regardait à travers la vitre qui la séparait de l'inconnu. Elle crut voir qu'il ouvrait à nouveau les yeux, mais de là où elle était, elle ne pouvait pas en être certaine.

« Il ne devrait pas trop bouger celui-là, commenta Rémi en évitant les soldats dans la cour.

– Non, c'est vrai. Il a juste ouvert les yeux et je ne sais même pas s'il voit. » Claire appuya sa tête sur le montant de la portière.

« Ça va ? Vous n'avez pas l'air en forme.

– Juste un peu de fatigue. Ce n'est rien. » Elle ne le regardait pas.

Rémi savait qu'elle pouvait s'endormir en un instant et la laissa se reposer. Au passage du portail, un jeune médecin joignit ses deux mains puis les colla contre son oreille en inclinant la tête sur le côté, les yeux fermés. Rémi sourit. Claire devait déjà s'être endormie.

Le brutal silence du moteur la réveilla. Elle sauta de l'ambulance pour aider Rémi à sortir son patient, puis elle héla un infirmier qui se trouvait devant la porte. Il y avait toujours quelqu'un qui semblait attendre, comme une vigie. Les murs de l'asile formaient une haute enceinte autour des jardins. Claire aimait particulièrement s'y promener avec ses patients et se demanda comment elle promènerait l'inconnu. Peut-être avec un brancard à roulettes. Ce fut avec ce drôle d'engin que réapparut l'infirmier pour transporter l'homme vers sa chambre. Claire entra. Elle voulait savoir si sœur Claude avait été prévenue de leur arrivée, si Tournier avait donné une chambre à ce nouveau patient.

« Il est en chambre d'isolement en bas, sur le cloître », répondit la grande infirmière de garde.

Tournier ne voulait pas le mettre en présence d'autres patients, jusqu'à nouvel ordre. Il pensait qu'il était préférable de le connaître un peu avant. Rémi prit le chariot et roula l'homme le long de quelques couloirs de pierre où tout résonnait. En dehors du fait qu'il y faisait froid l'hiver et juste bon l'été, Claire aimait les grosses pierres du sol. Elles étaient devenues lisses et miroitantes au fil des siècles. Tant d'hommes et de femmes les avaient martelées de leurs talons, d'abord pour prier dans cet ancien couvent, puis pour guérir dans le nouvel hôpital et enfin pour se faire soigner à l'asile.

Ils avaient tourné vers le cloître. La chambre de l'homme serait, au moins pendant un temps, une petite cellule blanche de chaux, avec une fenêtre donnant sur le lac, et une porte lourde, en chêne de Rumilly. Elle alluma un feu pendant que Rémi installait l'homme dans son lit. Claire se retourna au bruit qu'il fit sous le poids du corps sans réaction.

« Il a les os lourds votre soldat. » Il était encore rouge d'efforts, à moins que ce ne fût à cause des jeunes flammes, pensa Claire en soufflant dessus.

« Oh, ce n'est pas la première fois qu'on me le dit aujourd'hui. Je vais finir par le croire », le taquina-t-elle en se redressant devant le feu qui avait pris. Elle se réchauffa un instant. Décidément, elle devait être fatiguée pour avoir envie, ainsi, de se tenir à la chaleur. Elle se tourna vers Rémi qui sortait. Dans la famille de l'ambulancier, un homme était revenu du front et elle le retint.

« Avez-vous des nouvelles de votre beau-frère ?

– Il est rentré il y a quelques jours. Ma sœur m'a dit de passer, mais je n'ose pas les déranger… Ils ne se sont pas vus depuis trente mois… J'aurais l'air de quoi… »

Il souriait en coin. Ses nouveaux cheveux blancs donnaient un air doux à son visage. Claire lui aurait bien répondu que l'on est toujours le bienvenu chez sa sœur, mais elle préféra se taire, un peu lasse, et elle n'avait pas fini de s'occuper de son nouveau patient.

« Vous les embrasserez de ma part la prochaine fois que vous les verrez. Ne tardez pas trop. »

Claire prit les couvertures de Saint-Joseph et les tendit à Rémi afin qu'il les remportât et elle les remplaça très vite par les édredons de l'asile. Elle fit un signe de la main à l'ambulancier qui refermait la porte derrière lui, silencieusement. Elle cala l'homme sur le côté gauche pour qu'il profitât de la lumière du jour. Après quelques aménagements, elle le laissa au chaud. Elle devait encore passer au bureau de Tournier pour lui dire que l'homme avait ouvert les yeux.

Elle sourit en entendant Tournier lui répondre : « Il a les yeux verts… Vert, jeune feuille de peuplier… »

Les yeux chocolat de Tournier semblaient se moquer d'elle. Claire aimait ces moments de joie à ses dépens, car ils n'appartenaient qu'à eux. Depuis la mort de sa fille elle n'avait que rarement vu les fossettes de Tournier se creuser et ses moustaches pointer vers le ciel. Elle en profitait jalousement, quitte à forcer sa nature farfelue.

« Je passerai le voir demain, venez avec moi, on ne sait jamais, il cherche peut-être à connaître la jeune personne qui a une si jolie voix. En attendant, allez vous coucher, vous avez l'air vraiment fatigué. » Le coude appuyé sur son sous-main, il tenait entre l'index et le majeur ses moustaches comme pour les friser.

« J'ai une jolie voix ? »

Claire sourit et sortit en faisant tourner sa robe de novice. Elle entendit Tournier contenir un rire alors qu'elle fermait la porte derrière elle.

Il faisait nuit déjà. Le couvent en pierres blanches, majestueux au-dessus de la ville, se cachait encore à ses yeux. La préparation des fêtes de Noël était, cette année, particulière, ce premier Noël sans guerre. La guerre avait duré une éternité. Claire regarda ses mains sous la lune. C'étaient des mains de vieille. Elle pouvait y lire ces temps de rigueur, de douleur et de peine.

Sur la table du réfectoire, sous une cloche en tissu matelassé, son plat l'attendait. Elle essayait toujours de rentrer pour le repas de dix-sept heures. Parfois, Marthe lui tenait compagnie si elle mangeait seule. Claire reconnut son pas dans son dos. Marthe marchait doucement, seule sa robe bruissait. Elle s'installa en face de la novice, un doigt sur les lèvres. Marthe était déjà en silence pour la nuit. Claire aimait le silence. Elle passait toutes ses journées à trouver les mots qui apaisaient, soulageaient, alors, elle finissait par s'enrouler dans le calme des couloirs avec la conviction que là était sa place. Dieu n'était-il pas dans le silence ?

Jeudi 5 décembre

Le soldat n'avait pas bougé. Ses yeux clos ne cillèrent pas lorsque Claire posa sa main glacée sur sa joue. Cette nuit, elle avait rêvé de lui et, dans son rêve, il s'était étiré en souriant comme un enfant aurait pu le faire, dans un miaulement. Claire s'était réveillée confuse, sans parvenir à comprendre l'origine de son trouble.

Il respirait calmement et elle lui caressait le front lorsque Tournier rentra dans la chambre.

« Alors, il dort toujours notre grand muet ? » dit-il en faisant le tour du lit pour venir se placer à côté de Claire, dos à la lumière. Ses traits étaient chiffonnés. Il n'avait visiblement pas beaucoup dormi. « Vous avez fait du feu ce matin ?

– Je viens d'arriver. Vous savez, la chorale me prend beaucoup en ce moment.

– Eh oui, c'est bientôt Noël. »

Il avait dit ces mots dans un souffle, Claire les devina plus qu'elle ne les entendit vraiment. Elle savait aussi que pendant les soins, ils étaient libres de se parler.

« Comment va votre femme ?

– Petitement. Ce matin, elle était endormie quand je suis parti. Elle a eu une nuit très agitée, alors je l'ai laissée se reposer. »

Il auscultait les réflexes des genoux et des chevilles, ouvrant avec l'aide de Claire ce corps étroitement serré. Il s'attarda sur les pupilles qui réagissaient à la lumière.

« En espérant qu'il ne soit ni sourd, ni muet, au moins, il n'est pas aveugle. » Suivirent la gorge et les oreilles, au rythme des réflexions du psychiatre. Enfin, il souleva les draps pour installer le flacon de prélèvement d'urine. Les infirmières avaient fait la toilette du matin et l'avaient changé, l'homme sentait la lavande. C'était une habitude de Claude, elle pensait que cela vivifiait le sang et chassait la grippe. Elle avait dû le trouver très malade pour le frictionner autant.

« C'est Claude qui l'a lavé », affirma Tournier en parlant du nez.

Claire rit en détournant le visage des violents effluves de fleur qui se dégageaient du corps. Elle savait que cette blague fermait la porte aux confidences. Alors elle commença à secouer le drap pour chasser l'excès de parfum, tirant un petit rire à son patron. Tournier fit mine d'ouvrir la fenêtre et ses yeux pétillèrent.

« C'est un truc à ce qu'il ne se réveille jamais ! Qui voudrait revenir dans un monde où l'on assassine à l'eau de toilette ? fit-elle avec un clin d'œil.

– Il ne faudrait pas qu'il fume au lit, il risquerait de

mettre le feu. » Tournier lui rendit son clin d'œil. Cette fois-ci, il rit de bon cœur, et son visage quitta la nuit qu'il portait encore. Ils remontèrent avec indulgence le drap sur le corps frissonnant.

« Claire ! »

Claude, l'infirmière en chef, agitait son bras au-dessus de la table du réfectoire. Elle n'avait pas besoin de se lever pour être vue : elle était aussi imposante qu'Escudier, en largeur et en hauteur. Elle avait pris la novice sous son aile immense. La place en face d'elle était libre.

« Il n'est pas jojo le dernier que vous nous avez amené. On dirait un fruit sec.

– Depuis, vous l'avez frictionné et il s'est transformé en fruit à l'eau-de-vie. »

Claire avait toujours peur que le rire de sœur Claude ne fît s'effondrer les vieux murs qui les entouraient. Elle fit mine de s'accrocher à la table et les éclats de Claude baissèrent d'une octave.

« Qu'en pense Tournier ? On ne s'est pas encore réunis pour définir le protocole.

– Il l'a vu ce matin, mais il n'a rien dit pour l'instant. » Claire trempa du bout de sa fourchette un morceau de pain dans son assiette.

« On en a déjà eu un comme ça au début de la guerre, avant que vous n'arriviez. Sa famille est venue le chercher au bout d'un mois. Puis il s'est réveillé. Son comportement avait tellement changé que ses parents l'ont ramené ici. Tournier m'a parlé du syndrome de Gage. Lorsque le lobe frontal est touché, les fonctions intellectuelles supérieures sont indemnes, mais les émotions, et à travers elles le comportement, sont vraiment modifiées.

– Je crois que celui-là n'a pas de famille, pas officielle en tout cas. Il est ici à cause d'une enveloppe adressée à monsieur et madame Jacquet à Annecy.

– Jacquet… » reprit Claude d'un air qui disait : non je ne les connais pas.

« Des gens qui habitent à côté. Je vais passer pour voir ce qu'ils savent de cet homme. Peut-être le connaissent-ils après tout.

– Il n'avait pas de papiers sur lui ? » Brusquement, le fruit sec l'intéressait.

« Eh bien non, en dehors de l'enveloppe, rien », conclut Claire, les yeux fixés sur son assiette.

« Mangez. Excusez-moi, je parlerais la nuit aussi, si je le pouvais », soupira puissamment sœur Claude.

Les coups de fourchettes ponctuaient l'instant de silence. Néanmoins, Claude reprit la première la parole :

« Dites-moi, c'est vous qui vous occupez des enfants pour la préparation de Noël cette année ?

– Oui, ils vont chanter, faire la crèche. On va construire le décor. Par contre, j'ai vu que les fenêtres des dimanches de l'avent étaient en mauvais état. Il faudrait trouver quelqu'un pour venir leur donner un coup de neuf, sinon elles risquent de tomber sur Jean. Un prêtre avec un bandage sur la tête…

– Il serait en avance, le Roi mage », s'esclaffa la sœur.

Tournier apparut dans l'encadrement de la porte, il parlait avec un jeune homme que Claude ne reconnut pas.

« Dites ? Vous le connaissez le garçon avec Tournier ?

– Où ça ? » demanda Claire en se retournant. Puis, découvrant la nuque du garçon en question : « Non, il ne me dit rien. Peut-être une visite.

– En tout cas il est jeune et c'est assez rare d'en voir par ici, en entier… » Sans lui laisser le temps de finir, Claire changea de conversation.

« Au fait, dans les arrivées à Saint-Joseph, il y avait une Suzanne, une ancienne infirmière…

– Suzanne Imbert ? dit Claude précipitamment.

– Cela se peut, elle ne m'a pas donné son nom, mais je l'avais rencontrée en 16, avant son départ pour le front. »

Claude attendait le verdict de Claire sans plus rien dire, les sourcils froncés, la moue attentive.

« Elle est aveugle maintenant, continua Claire. En dehors de ça, elle va bien… Je crois même qu'elle va venir chercher du travail à Saint-Joseph, ou ici.

– Je passerai la voir. Elle est chez ses parents ?

– Oui », certifia Claire, ravie de voir que la religieuse ouvrait ses bras à une nouvelle protégée.

Claude se leva, curieuse, plissant les yeux pour mieux voir le garçon qui déjeunait avec le professeur Tournier.

« Tous ses assistants sont morts, il fallait bien qu'il en trouve un nouveau, après tout », grommela-t-elle comme pour elle-même, et, sans pour autant les quitter des yeux, elle ajouta : « Oui, oui, je vais passer chez ses parents et lui proposer de venir ici. » Enfin, elle regarda Claire : « Finissez vos navets, jeune novice. » Et dans un fracas de robe, elle sortit.

Claire n'avait pas besoin de consulter sa montre pour savoir qu'il était l'heure de rentrer, se laissant guider par le soleil d'hiver pour se mettre en route. Comme elle empruntait le couloir de l'ancien cloître, elle se retrouva devant la chambre de l'inconnu. Elle avait dépassé les chambres d'Henri et de Germain, qui enfin s'était tu. Seul Louis qu'on venait d'attacher chuchotait encore dans le noir. Ils étaient tous de ces fameux « mentaux », des traumatisés de guerre, que Tournier traitait depuis presque quatre ans déjà. Louis ne parvenait à s'endormir qu'une fois attaché. Le reste du temps, il tremblait de tous ses membres, dans un épouvantable bégaiement du corps.

Elle entra dans la chambre de l'homme. Le corps osseux recouvert par l'édredon de plumes paraissait énorme à cause des jambes repliées. Une vraie montagne. Pour éviter les escarres, Claude avait dû l'installer sur le dos. Elle s'assit sur le banc près du poêle, posant la bougie sur la fenêtre.

« Je n'ai pas encore pris le temps de me présenter… » Claire parut attendre un assentiment avant de reprendre, à moins que ce ne fût la surprise d'entendre sa propre voix, qui ouvrit sur un silence plus long : « Je m'appelle Claire Brazier, je suis novice au couvent de la Visitation, je serai bientôt religieuse. Je suis aussi votre infirmière. » Elle se reprit. « Je fais partie des infirmières que vous allez voir. La plus grande de toutes, c'est Claude, je suis sûre qu'elle n'a pas pensé à se présenter, mais c'est elle qui vous frictionne à l'eau de lavande, vous voyez certainement de qui je parle. Il y en a deux autres, plus âgées, sœurs Dominique et Thérèse qui vous donnent à manger et vous lavent. Mais je suis, certainement et de loin, la plus bavarde. Je vais essayer de ne pas trop vous encombrer par mes monologues. Si cela devient pénible, grognez. »

Sur ce, l'homme grogna :

« J'ai froid. »

Claire se précipita sur le lit. Elle le saisit à bras le corps et le redressa complètement pour voir son visage dans le halo de la bougie. Les yeux fermés, le visage lisse, la bouche close. Rien.

« Monsieur ? Vous n'êtes pas seul ! Je suis là ! Monsieur ! »

Toujours rien. Elle le reposa doucement entre les sacs de noyaux de cerises qui le gardaient au chaud et immobile sur le dos. Elle s'installa sur la chaise, attendant qu'il grognât de nouveau. Elle ferma lcs ycux un instant pensant les rouvrir aussi vite. Elle ne devait pas s'endormir, là, à l'hôpital. Pourtant ce fut le noir de la fatigue et du découragement, le noir brutal du sommeil sans rêve qui happa la jeune novice et ses bonnes intentions.

Sa main cherchait le cahier de liaison au pied du lit. Le rogaton de bougie n'éclairait qu'à vingt centimètres. Vite, le crayon. Habituellement il était suspendu aux barreaux, à côté du cahier. Claire parlait seule dans la chambre sombre. Il avait dit « *J'ai froid* », et puis plus rien.

« Ah ! je suis sûre qu'il est bien là, c'est moi qui l'ai suspendu ! » Elle tâtonnait, furieuse, impuissante. Elle s'accrocha au bâton de bois si brutalement qu'elle en arracha la ficelle. « Il a dit "*J'ai froid*" à… » Tant pis pour l'heure, elle se baserait sur la prochaine volée de cloches.

« *Anna ?*

– Non, c'est Claire… La religieuse… »

Elle scrutait le visage figé de l'homme dans les quelques centimètres de lumière qui subsistaient. Elle se refusait à s'absenter pour aller chercher une nouvelle bougie dans la réserve de peur de perdre les mots de l'inconnu. Elle reprit à haute voix :

« Je suis Claire et vous êtes à l'hôpital. Vous allez bien, vous n'êtes pas blessé, c'est juste que la guerre est finie et que personne ne connaît votre nom…

– *Fabre ?*

– Non, Claire ! Monsieur, vous m'entendez ? Je suis là, tout près de vous. »

Elle s'était encore approchée quand il ouvrit les yeux, mais il ne la regardait pas. Il regardait le plafond. Elle grimpa sur le lit pour se placer dans l'axe des yeux, en se disant que personne ne devait entrer dans l'instant. Elle jeta tout de même un coup d'œil à la porte, mal à l'aise.

Elle le regarda jusqu'à ce qu'il les referme comme il les avait ouverts, doucement.

Elle redescendit s'asseoir sur la chaise, ajoutant *Anna* et *Fabre* au *J'ai froid*. Elle releva un visage inquiet, l'homme semblait être pris de spasmes, il s'agitait par saccades et faisait grincer le lit. Claire posa sa main sur son front en murmurant des mots rassurants.

« *Je n'entends plus rien... La fumée dans toutes les marmites...*

– Monsieur, c'est fini », chuchotait-elle à son oreille tout en caressant son front. « Je suis là... Vous ne risquez plus rien... C'est fini... Monsieur Fabre ?... C'est fini... »

Son agitation diminua jusqu'à s'arrêter totalement.

Claire dans les dernières lueurs de la bougie termina sa note par un *peut-être s'appelle-t-il Fabre ?* Elle retourna contre lui, sur le lit, le berçant comme un enfant malade terrassé par une fièvre soudaine. Elle posa sa tête sur son menton râpeux, cherchant dans le sommeil qui revenait une bonne raison pour rentrer.

Je la tiens par la taille, c'est le seul moment où elle me laisse faire. Je crois que c'est pour ça que je l'emmène patiner sur le lac du parc de la Tête d'Or le dimanche. Pour ça et pour son rire magnifique, un rire un peu étouffé et mystérieux.

Aujourd'hui, ses joues sont rouges malgré mon écharpe qui dessine l'ovale de son visage. Parfois nous nous arrêtons pour reprendre notre souffle dans l'haleine de l'autre, ce sont nos seuls baisers. Magali, mon premier amour. Elle a la peau tendre sous le drap de sa manche. Je lui tiendrai la main à la messe de Noël, devant ses parents et ma mère. Je leur dirai mon amour pour elle. Il faut que je le lui dise maintenant.

Elle s'accroche à moi pour éviter des gamins partis

à toute allure sur nous. Je les observe depuis un petit moment, c'est leur grand jeu de séparer les couples. Ils rient fort lorsque Magali se jette à mon cou. Je lui murmure que je l'aime. Elle appuie sa tête sur ma poitrine. Elle m'embrasse furtivement. Je ne peux plus la tenir en équilibre et nous tombons.

Elle me dit que je suis beau et que toutes les filles de sa classe ne parlent que de moi. Je le vois bien lorsque je vais la chercher, les messes basses qui l'accompagnent jusqu'à moi. Mais que faire ? Je me sens observé et je crois que j'aime ça plus que ça ne me gêne. Je vois bien aussi que Magali aime qu'on nous regarde, alors c'est bien. De toute façon à l'école, les autres gars me reprochent la couleur de mes yeux, mon côté romanichel comme ils disent, mes paupières trop lourdes pour mon âge, ma peau blanche de fille, les boucles collées à mon front comme les pédérastes. Au lycée c'est plutôt un handicap, mais devant l'école des filles, c'est vraiment chouette.

Vendredi 6 décembre

Claire s'éveilla d'un coup, comme une chute. Le jour levé lui renvoyait sa silhouette sur le lit qu'elle venait de partager avec l'homme. Par bonheur le souvenir de la nuit effaça la culpabilité. Debout elle s'étira, prête à affronter la colère de Tournier et la déception des religieuses. Il avait parlé.

« Claire ? Que faites-vous là ? »

Sœur Dominique se tenait dans l'encadrement de la porte telle une souris sortant son museau de son trou, avec sœur Thérèse comme une ombre rétrécie.

« On a bien pensé que vous étiez restée ici, mais ça a fait un tel bazar ce matin au déjeuner…

– Il a parlé ! » Claire s'était retournée pour regarder l'homme sans vraiment leur prêter attention. Puis, quand l'information eut pénétré son esprit endormi, elle mesura quel pouvait être le bazar que mentionnait sœur Dominique. Elle soupira un « je suis désolée, je ne pensais pas m'endormir », vraiment très ennuyée.

« Allez au réfectoire manger quelque chose. On s'arrangera », la sermonna sœur Thérèse en secouant la tête sous le nez de Claire qui quittait la chambre.

« S'il parle, notez ce qu'il dit sur le cahier, on ne sait jamais… Cela pourra peut-être nous aider plus tard… » Enfin réveillée, elle entrevit quel retentissement pouvait avoir son inconséquence. Elle ne pouvait plus jouer à la petite fille bien longtemps. Elle leur devait de grandir. Elle avait mûri toutes ces années de guerre dans la chaleur du monastère, dans l'étroitesse de sa rigueur. Elle savait aussi qu'on attendait plus d'elle. Quitter l'enfance, l'insouciance, qui l'avaient protégée de la haine, des combats durant toutes ces années, quitter cette distance qu'elle installait par le rire entre la violence et la vie. Tournier, sœur Claude et toute la congrégation lui accordaient encore le privilège de sa jeunesse et toléraient son impertinence, mais elle sentait les changements qu'apportait la paix. Elle se devait de devenir une religieuse exemplaire pour, espérait-elle, reconquérir son rire. « Merci encore. Je suis désolée… », lança-t-elle doucement, encombrée par sa culpabilité, avant de sortir.

Claire pensa à l'embarras qu'elle causait à Tournier. Elle savait aussi qu'elle repoussait d'autant l'accord de la mère supérieure à ce qu'elle prononçât ses vœux. Celle-ci ne la croyait pas assez sérieuse pour entrer en religion et lui avait demandé de s'appliquer à le devenir au service des malades. Une fois de plus, elle offrait l'occasion de se faire remettre à sa place. Son désir d'aider, de participer avait été encouragé pendant la guerre. La paix lui sembla lourde de contraintes.

Tournier avait laissé la porte de son bureau ouverte et, sans lever les yeux du *Cafard* de Voivenel, lui fit signe d'entrer. La poche de la robe de Claire gonflée d'une pomme attira son attention. Il la pointa du doigt par-dessus ses lunettes puis se concentra sur sa lecture.

« C'est mon petit déjeuner… » Le nez dans son manteau, Claire s'attendait à un grognement désapprobateur, mais il ne vint pas.

« Vous êtes souffrante ?

– Oui, d'impatience ! » sourit-elle se croyant protégée par l'affection du patron.

Tournier prêta enfin une oreille attentive et reposa son livre sur le bois ciré de sa table. Il se prit le visage entre les mains et ses moustaches se virent projetées en avant, ce qui vint contredire l'expression générale de contrariété. Claire obéit à l'autoritaire coup de menton lui intimant l'ordre de s'asseoir.

« Il a parlé cette nuit. »

Elle pensait lâcher une bombe dans la vie de Tournier mais il se contenta de répondre :

« Qui, il ?

– L'inconnu ! L'homme en position fœtale. Le soldat inerte !

– Oh, ne me faites pas ces yeux-là, Claire ! Je vous rappelle que, moi, je ne dors pas au chevet de mes patients. D'ailleurs, je me suis demandé où était passé l'enthousiasme dont je faisais preuve jeune médecin et honnêtement, ce n'était pas indiqué ce matin. Pas envie de m'occuper des symptômes de ma vieillesse. Encore moins de ceux de votre jeunesse ! Vous êtes inconséquente, ma parole ! »

Il se leva, regarda sa montre, et pour Claire qui s'était figée, il rajouta avec calme : « Vous devez dormir à la Visitation, je vais finir par avoir de vrais problèmes. » Il se dirigea vers la porte, Claire le suivit des yeux. Dans l'alcôve où Tournier recevait sa clientèle privée, le canapé était recouvert de draps et de couvertures pliés. Claire se retourna vivement, elle ne voulait pas que Tournier vît son regard. Dans une persistance rétinienne, une valise à côté du canapé flottait au fond de ses yeux. Comme s'il l'avait observée, Tournier tira le paravent pour fermer l'alcôve, puis revint s'asseoir.

Claire était incapable de reprendre la discussion. L'émotion qu'elle ressentait à lui apprendre que l'homme parlait n'avait plus de sens. Elle trouvait Tournier encore plus douloureux ce matin. Puis, tout à coup, elle fut tirée de ses rêveries par un pas de légionnaire froufroutant qu'elle connaissait bien.

Sœur Claude s'installa après avoir salué Tournier et ignoré, très ostensiblement, Claire.

« Pour information, il n'a pas de grande paralysie générale puisque son test de Wasserman est négatif, ses résultats de syphilis le sont aussi », dit Tournier en inspirant longuement comme pour prendre du courage. « Alors, Claire, il a parlé ? » poursuivit-il sur un ton neutre, en s'enfonçant dans son fauteuil. Claude fronça les sourcils. Elle était venue pour écouter ce que Tournier avait choisi de faire pour le fruit sec.

Tournier montra du doigt Claire :

« Il semblerait que l'inconnu ait été bavard cette nuit…

– Ah, c'est pour ça que vous avez dormi dans sa chambre ? » Claude s'appuya sur le dossier de sa chaise qui émit une plainte sans équivoque. « Je n'ai pas osé vous réveiller ce matin pour la toilette. Vous dormiez si bien… »

Elle ne cacha pas sa franche ironie. Tournier frappait sa table avec son annulaire gauche, signe, pour qui le connaissait bien, d'une impatience certaine.

« Je me suis réveillée cette nuit car je l'ai entendu dire plusieurs choses. Tout d'abord il a commencé par dire *J'ai froid.* J'ai cru avoir rêvé. Puis il a dit deux noms, mais sous forme interrogative, je crois. Donc, il a dit *Anna ?* puis peu après *Fabre ?* et encore, après un moment relativement long, *Je n'entends plus rien... La fumée dans toutes les marmites...*

– Dans cet ordre ? »

Tournier s'arrêta de griffonner un instant.

« Oui. » Claire glissa un regard vers Claude qui ne le lui rendit pas. « Ensuite il s'est mis à trembler...

– Convulsions ?

– Non. Plutôt des spasmes, une agitation.

– Des souffrances psychologiques l'enferment dans son corps, son inconscient encercle tout le conscient, y compris le corps... Il nous faudrait reprendre contact avec ce corps... Les bains, l'hydrothérapie... »

Il se leva et sortit un livre de sa bibliothèque. Claire était toujours surprise de voir fonctionner le cerveau de Tournier, concis, rapide. Il s'installa avec le *Guide pratique aux eaux minérales et aux bains de mer* du docteur Constantin James. Il le feuilleta un instant.

« Claire, à l'*Hôtel des Bains* une fois par semaine ; Claude ne me le frictionnez pas trop », insista-t-il en soutenant le regard de la religieuse. « On le laisse en chambre d'isolement pendant les quarante jours légaux, ensuite on verra... » Il se tourna vers la novice : « Je suppose que vous n'êtes pas allée rencontrer les gens de l'enveloppe puisque vous n'êtes pas sortie d'ici. Bon, il faudra le faire aujourd'hui. » Claire acquiesça, silencieuse. « Et bien c'est fini. Prochaine réunion après le premier bain. Et vous ne dormez plus ici, même s'il chante ! » Elle crut deviner un minuscule sourire.

Claire fit jouer le heurtoir du 5, rue de la Providence, juste à côté de Saint-Joseph. Un immeuble en pierre où il devait faire froid l'hiver, une vieille bâtisse aux volets noirs en bois brûlé. Qui allait-elle rencontrer ? Cet homme était-il leur enfant ? Que pouvait-elle bien leur dire ? Mais la porte ne s'ouvrit pas. Elle frappa encore avec la main de métal qui tenait une boule. Rien. Alors elle sortit de son sac de toile un crayon et un morceau de papier et de sa belle écriture pointue, modelée par le couvent, elle laissa un mot aux Jacquet.

« Claire ! Alors tu laisses des mots d'amour accrochés aux portes ? On aura tout vu ! » Claire sentit le rouge de ses joues brûler sous le froid du vent. Cela picotait vigoureusement. Elle se retourna et le grand André-Jean, visiblement ivre, l'interpella encore : « Alors on ne dit pas bonjour ?

– Depuis quand, André-Jean Bourgueil, s'adresse-t-on à une future religieuse sur ce ton ?

– Depuis que la Jacqueline elle m'a quitté pour le René ! » vociféra-t-il en tapant du pied, comme un enfant géant. Puis il enferma sa tête dans ses bras. Sa bouche émit un sifflement comme un petit cri de chaton qu'on noie et ses épaules secouèrent brutalement sa grande carcasse. Claire, qui avait griffé ses genoux dans les arbres, au fond des cabanes et sur les cailloux des chemins avec ce petit garçon devenu grand, le rejoignit pour le consoler. Sa robe n'impressionnait pas les amis d'enfance. André-Jean la prit par les épaules. Elle chercha des yeux un endroit où ranger ce grand bonhomme. Au *Mal Assis*, elle l'installa, sous le regard grisonnant du patron, à la table qu'il venait peut-être de quitter un instant auparavant.

« Dis-moi, tu as retrouvé ton travail ? Tu transportes toujours le bois sur le lac ? » Claire connaissait par cœur l'histoire de ces hommes rentrés vivants du front qui ne retrouvaient pas la vie qu'ils avaient quittée. Quatre années, longues pour tous et pour les femmes aussi. René Dutriévoz, elle le connaissait aussi, un charpentier qu'une mauvaise chute d'un toit avait tenu à l'écart des bouleversements du monde.

« Oh Claire… chuinta-t-il. Suis bon à rien !

– Si, à la vie mon grand et c'est vraiment une chance. » Les spasmes de la cage thoracique plus petits mais plus rapides témoignaient de l'immense chagrin. Comment toucher cet homme au fond de sa détresse. Ses mots de religieuse pleins de compassion n'expliquaient pas et la volonté divine ne suffisait plus. Alors elle apaisait avec son bon sens. Il y avait tant de peines. Et chacun avait la sienne. Elle recevait les colères d'impuissance, les « toi tu ne peux pas comprendre, c'est pas pareil ».

C'était vrai. Elle ne pouvait que compatir et bercer. André-Jean était de ces géants qu'il fallait bercer.

Lorsqu'il se reprit un peu, Claire proposa qu'il l'accompagnât à l'hôpital.

« Tu veux que je voie qu'y a pire ? Si c'est ça ma petite Claire, j'l'ai d'jà vu j'te rappelle !

– Je le sais bien. Mais ce n'est pas pour ça. Il y a un soldat à l'hôpital dont on ne sait rien. Je voudrais que tu le voies, tu vas peut-être le reconnaître. » Puis, en le regardant dans les yeux, elle ajouta : « Si je t'ai croisé c'est peut-être pour que tu m'aides en retour. Dieu t'a certainement mis sur ma route pour d'autres raisons que celles que nous connaissons. »

André-Jean souffla, mais céda devant la conviction de la jeune femme et sa propre superstition. Il jeta son calva d'un coup dans sa bouche encore mouillée puis s'essuya d'un geste empâté.

En entrant dans l'hôpital, Claire surveillait son compagnon du coin de l'œil. Il s'était redressé devant les cornettes et le personnel médical. Lorsque, enfin, elle ouvrit la porte de la cellule de l'homme, que ses yeux se furent accoutumés au clair-obscur, elle le lâcha. Il s'avança silencieusement jusqu'au lit éclairé par la lumière de la fenêtre. Il en fit le tour avec respect. Enfin, il soupira, dégageant une très nette odeur d'alcool.

« Non, il ne me dit rien. » Et il revint du côté de Claire, du côté des vivants, le pas beaucoup plus léger.

« Bon, je vais retourner voir les gens à qui j'ai laissé le papier… » La déception de Claire était nette.

« Ne fais pas grise mine, tu m'as bien aidé, moi, aujourd'hui, c'est toujours ça de pris pour ton paradis, fit-il grincer dans un large sourire.

– Tu as raison, et Dieu sait combien c'est plus difficile avec un pareil ingrat ! » sourit-elle à son tour. « Va-t-en mécréant ! » Claire poussa le grand André-Jean par la porte de la chambre. « Va rendre ce qui t'a été donné. » Il la regarda, interrogateur. « Tu veux que je parle en religieuse et bien voilà, c'est fait. Va ! »

Elle referma la porte sur le sourire de son compagnon d'enfance et se retourna vers l'inconnu marmoréen. Elle s'assit sur le rebord de la fenêtre. Elle se sentait lasse dès qu'elle se trouvait seule dans la chambre. Il était comme un feu qui mange tout l'oxygène autour de lui. Elle revoyait les files de soldats entrant à Saint-Joseph, rangées d'hommes en morceaux. Les chairs martyrisées, reflets de violences inconcevables pour l'esprit. Le corps des hommes interdit depuis le couvent, depuis toujours, le découvrir ainsi, meurtri, sale, mortel. Les os des membres amputés conservés dans un drap, reliques sordides déposées aux pieds des lits avant d'être enterrées. La mort absente des journaux, mais que l'on croisait dans la démarche de chaque permissionnaire qui montait dans les trains, qui ne voulait pas repartir. La mort des médecins, des infirmières qu'on apprenait par le courrier. Cette solitude, lorsqu'il fallait soutenir tous ces amputés de la vie, ces femmes, ces enfants, ces mères, ces pères qui humblement voulaient savoir, comment, pourquoi Dieu, n'avait-Il pas secouru. Cette profonde solitude à leur dire, encore, la présence d'un Dieu aimant.

Claire se rapprocha de l'homme. Il y avait quelqu'un de perdu mais de vivant à Annecy. Il ne se plaignait pas, ne lui demandait pas pourquoi, calme il attendait ses paroles à elle. Elle s'assit au bord du lit.

« J'ai perdu ma mère à huit ans, d'une tumeur. J'ai eu peur de m'endormir pendant des années. Je pensais qu'on mourait ainsi, saisi dans la nuit, pour rien, comme ça. » Claire se racla la gorge. « Mon père a envoyé les petits chez ma tante. Garder les grands au magasin et à la scierie, c'était normal. Étrange comme les choses reviennent quand on commence à parler. » Claire sentit la liberté qu'elle s'offrait. « J'ai toujours été sage pour ne pas créer plus de difficultés. La peine de mon père, les soucis de ma tante. L'absence qu'on ne dit pas et les joies aussi. La vie continuait. J'ai adoré l'école par exemple. J'y suis allée jusqu'à la guerre. Et là, tout a changé. Ça a commencé par un frisson chez les moissonneurs, des rumeurs, des regards échangés. Le silence des repas du soir me donnait des cauchemars et les angoisses de mort sont revenues. C'est à ce moment que j'ai compris le vide de ma vie. Pas de mère pour me guider, pour m'aider à coudre mes vêtements, pour me dire que je suis jolie. Ma tante n'avait pas le temps et pas vraiment le goût des belles choses. Ma seule référence, l'amie de maman, sœur Claire, ma marraine… Comment dire, je n'osais pas la questionner, vous comprenez bien… » Claire se surprit à sourire de la situation. L'homme sentait bon. Elle souhaitait tant qu'il se réveillât, un instant, pour la prendre dans ses bras et lui dire que oui, il comprenait. « Vous venez ? On va regarder le coucher du soleil à la fontaine. On entend l'eau chanter depuis votre chambre l'été, lorsque la fenêtre est ouverte. Elle est juste derrière, ce n'est pas loin. » Claire se leva et gagna la porte, elle devait passer chez les Jacquet avant de rentrer, à l'heure cette fois-ci. « Allons venez donc… Vous ne voulez vraiment pas ? Bon. Je repasse demain, en espérant cette fois-ci ne pas vous raconter trop de souvenirs… Non, demain s'il fait beau on va voir la fontaine. Bonne nuit, monsieur l'inconnu. » Elle referma la porte, doucement, sur cette chambre où elle enfermait ses propres espoirs de guérison.

Lorsque madame Jacquet reconnu l'habit de Claire, elle écarquilla les yeux devant le messager. Ces religieuses porteuses de mauvaises nouvelles.

« Il est mort ? » cria-t-elle brusquement. Claire, saisie, nia farouchement en reculant devant la peur. Le mari apparut au bout du couloir et presque en courant les rejoignit.

« Je suis venue pour un patient de l'hôpital », bafouilla-t-elle les mains en avant comme pour contenir les éclaboussures de peine. « Je ne suis pas envoyée par l'armée. Je vous ai laissé un mot sur la porte… » parvint-elle enfin à articuler.

La femme mit sa main sur sa bouche et exprima ses regrets par une suite de pardons étouffés.

« Entrez, ne restez pas au froid ma sœur. »

Monsieur Jacquet tira sa femme vers l'intérieur. Ils marchèrent, en silence, jusqu'à la cuisine, ils installèrent Claire à la place près du poêle, et s'attablèrent avec elle. Elle avait à peine eu le temps de se remettre et ccla devait se voir un peu car monsieur Jacquet lui proposa un verre de vin pour la revigorer.

« Oui merci, mais juste un peu. Votre fils est encore sur le front ?

– Oui, dit madame Jacquet. Je suis tellement désolée de ma réaction. Pardonnez-moi, cela m'a fait si peur. » Elle tremblait encore un peu. Elle se retourna vers le buffet pour prendre une photographie d'un jeune soldat, d'à peine vingt ans. Il était entouré de ses parents, la mère paraissait retenir ses larmes sous un sourire de parade. « Il a vingt et un ans, maintenant. C'était le jour de sa première permission. Le photographe faisait une tournée à Annecy, alors on en a profité. » Elle fit une pause, puis continua, toujours à sa réflexion : « Il s'est installé avenue d'Albigny… Le photographe…

– Je vous rassure, l'homme à l'hôpital, ce n'est pas lui. »

Claire goûta au vin de Savoie, fort bon et légèrement piquant, que lui avait servi monsieur Jacquet. Elle leva les yeux vers lui, ne boudant pas son plaisir.

« C'est mon frère qui le fait, il est bon n'est-ce-pas ? Il le vend à Lyon. Il va le vendre à Paris aussi. »

Monsieur Jacquet était fier, dans l'œil l'éclair du connaisseur qui sait estimer les bonnes choses. « Il va prendre mon fils avec lui. Il faut bien s'aider par les temps qui courent.

– Oui », poursuivit sa femme qui semblait avoir repris son sang-froid, elle aussi, après les deux gorgées de vin fruité. « Et puis cette année, il a fait chaud et sec, il paraît qu'il va être encore meilleur… Dites-moi ma sœur, vous n'êtes pas venue pour nous entendre parler du vin de mon beau-frère, alors, qu'est-ce qui vous amène ?

– La prochaine fois, ce sera pour le vin, certainement. Mais cette fois-ci, c'est pour ça », dit-elle retrouvant son sérieux devant l'enveloppe qu'elle venait de poser sur la table. Monsieur Jacquet la mit entre eux et ensemble ils la tournèrent et l'ouvrirent. Leurs réactions en disaient long.

« C'est son écriture », dit madame Jacquet pendant que son mari, qui s'était levé, rapportait les courriers précédents. « Oui, c'est celle d'Étienne… » Monsieur Jacquet tendit une missive à sa femme. « Il avait déjà la même écriture biscornue à l'école élémentaire. La même… Mais, depuis presque un an, notre gars nous envoie des lettres qu'il n'écrit plus personnellement. Il les signe, mais pour le reste, ce n'est plus lui. Parfois il s'y remet car la personne qui écrit est très demandée semble-t-il par ceux qui ne savent justement pas écrire. Heureusement, lui, il sait. Tenez, regardez par vous-même. » Elle lui tendit la pile attachée par un ruban bleu. Et la novice lui sourit. « On ne se refait pas, c'est le ruban de son berceau… » Des petits riens qui rendaient leur séparation plus tolérable.

« C'est bien normal… Ça ne vous ennuie pas ? » demanda Claire avant de se saisir du paquet.

Madame Jacquet secoua un peu la tête dans un non charmant. C'était à sa mère que ce garçon ressemblait le plus. Les lettres étaient rangées dans leur ordre d'arrivée, la dernière sur le dessus. Une qu'il n'avait pas écrite, justement. Des mots déliés, penchés en avant dans le plus pur style du séminaire, se surprit-elle à penser. Comme Claire hésitait à ouvrir les courriers, monsieur Jacquet intervint.

« Vous pouvez lire… Rien que des mots d'un fils à ses parents, vous savez… » Il regarda sa femme un instant. « C'est qui, au fait, le soldat dont vous parlez dans votre message ?

– Je ne sais justement pas, vous êtes le seul indice, enfin, l'enveloppe est le seul indice actuellement…

– Il a quel âge ? » intervint doucement madame Jacquet comme si elle parlait dans la pièce d'un mourant.

« Je ne suis pas sûre, entre trente et trente-cinq, peut-être moins… J'aimerais que vous veniez le voir, on ne sait jamais, c'est peut-être un ami de votre fils…, s'empressa de placer Claire qui était venue dans cet espoir.

– Demain ? demanda madame Jacquet en regardant son mari.

– Si cela vous convient. Le plus vite serait le mieux…

– Bien, l'interrompit le père du soldat. En attendant prenez les lettres. » Il les poussa devant elle. « Vous nous les rendrez demain, puisqu'on se voit. »

Claire les saisit, manifestement gênée mais consciente de l'intérêt qu'elles pouvaient avoir dans son enquête. Ils se levèrent ensemble comme s'ils avaient su que tout avait été dit.

« Rentrez bien, jeune couventine. La Visitation n'est pas bien loin, mais la nuit tombe tôt en cette saison. »

Ils se serrèrent la main à tour de rôle sur le pas de la porte.

« Merci encore pour tout. À demain à l'hôpital. Vous n'aurez qu'à me faire appeler à l'entrée. Le soldat sera au solarium, il va faire beau, regardez toutes ces étoiles. »

Elle était juste à l'heure. La cloche appelait à elle les sœurs des ateliers de bougies et de blanchisserie. Elles gagnaient la chapelle doucement, dans un glissement de coton amidonné et prenaient leur place sans se regarder. Claire suivait les trois autres novices qui travaillaient dans l'enceinte de la Visitation. Elle ne se sentait jamais à la hauteur de ses compagnes qui s'appliquaient beaucoup plus qu'elle dans leur préparation à leur vie de moniale. Elle trouvait leurs gestes empreints de mysticisme et les siens brouillons. Pour se débarrasser de cette sensation d'échec, elle respira profondément, ce qui fit se retourner sœur Thérèse.

Claire baissa la tête comme prise en faute une fois de

plus, mais Thérèse lui souriait. La mère abbesse prit la parole pour rappeler le travail du lendemain, et après ces quelques mots simples la novice se sentit plus bas que terre. Non, elle n'était pas appliquée, non, elle n'était pas organisée, non, elle n'était pas consciente de la présence de Dieu dans chaque action de la journée écoulée. Oui, elle oubliait de faire les choses parfois, oui, elle changeait de priorité suivant ce qui arrivait au cours de la journée, oui elle était négligente, mais elle aimait son travail, elle aimait les gens et voulait les aider. Bien sûr, Claire savait que ce n'étaient pas là les seuls critères pour entrer dans la communauté. Souvent elle percevait le rayonnement d'un amour immense qui lui interdisait l'amour particulier. Pourquoi n'aimer que quelques personnes, alors que le monde était rempli d'êtres qui avaient besoin qu'on leur rappelât un plus grand amour. De plus, l'amour particulier pouvait aussi déclencher la guerre, la jalousie, l'envie… Il fallait qu'elle s'appliquât, encore et encore.

Les mains sur les genoux, elle attendait que s'ouvrît la porte de sœur Agnès. L'abbesse avait tenu à la recevoir personnellement après le repas.

« Entrez Claire. Allons, installez-vous, il se fait tard. Allons, allons. »

Claire se coula sur la chaise qu'on lui offrait. Elle la connaissait bien cette chaise en pin avec une croix creusée dans le dossier, c'était la chaise des remontrances. Elle n'en voulait plus justement, elle attendait d'être considérée comme une adulte qui fait des choix, comme une infirmière qui a le droit de faire passer un patient avant la rigueur du dogme. Mais les religieuses étaient responsables d'elle, et par là même Claire se devait d'accepter les règles.

« Vous avez désobéi gravement en ne rentrant pas hier soir. Sœur Dominique et sœur Thérèse m'ont expliqué les circonstances exceptionnelles qui vous ont tenue éveillée une bonne partie de la nuit… » Elle remonta ses mains jusqu'à sa bouche et se tut. Claire baissait toujours les yeux, mais le silence durait et elle ne pensait pas tenir aussi longtemps que son abbesse à ce jeu-là.

« Ce n'était pas prémédité, ma mère… »

Si elle disait qu'elle n'avait pas réfléchi, cela lui serait reproché ; si elle continuait en expliquant l'intérêt médical des mots de cet homme, on lui dirait qu'elle faisait passer son travail avant sa condition. De toutes les manières, elle avait tort.

« J'ai cru… bien faire… trouva-t-elle enfin.

– Je sais, vous ne réfléchissez pas souvent. Monsieur le professeur Tournier ne pourra jamais se plaindre de votre manque d'engagement, mais moi oui. Il y a une grande différence entre une infirmière et une religieuse qui est infirmière, ne trouvez-vous pas ?

– Oui, ma mère. Je vais m'astreindre à plus de conscience religieuse…

– Et je me demande aussi si cette "psychiatrie" est bien faite pour une novice. Vous voyez les mots mêmes que vous employez : "conscience religieuse". Sœur Claude, sœur Dominique et sœur Thérèse ont travaillé à Saint-Joseph avant l'ouverture de l'hôpital d'aliénés, elles prennent soin du corps et de l'âme des malades… Il me semble que vous vous intéressez trop à leur cerveau ! »

Le ton était monté. Claire rêvait de répondre qu'on ne savait pas où se trouvait l'âme et que peut-être elle était située justement dans le cerveau, mais elle baissa la tête tout en se justifiant.

« Ce qui m'intéresse, c'est d'aider ces personnes souffrantes. Il semblerait que de nouvelles thérapeutiques de soins secourent les malades. Je veux juste utiliser ces méthodes pour soulager l'âme en les associant aux outils de Dieu que vous me transmettez. »

Elle cita saint Augustin : « *Il s'ensuit que quiconque s'instruit, fait bien ; car celui qui s'instruit, comprend, et celui qui comprend, fait bien*[1]. » Elle connaissait les limites de son abbesse et savait comment la faire sortir de ses gonds en une seconde : elle murmura son impertinence plutôt qu'elle ne la dit.

« Ah, non. Pas de débat théologique sur la psychiatrie avec un tel alibi ! Enfin pas avec moi ! Vous feriez bien de voir de quel "docteur" il s'agit ici. Tournier n'est pas cité par saint Augustin me semble-t-il… Retournez dans votre chambre et relisez un peu *Les Confessions* de ce saint que vous vous enorgueillissez de connaître, au lieu de vous en servir contre moi. En particulier, *Enfance de l'Homme* ; *Éternité de Dieu…*

– Bien, ma mère. Bonsoir. »

En tirant la poignée Claire ne put supporter la honte et l'humiliation et commença à réciter dans son cœur : « *Et quand on ne m'obéissait point, faute de me comprendre ou pour ne pas me nuire, je m'emportais contre ces grandes personnes insoumises et libres, refusant d'être mes esclaves, et je me vengeais d'elles en pleurant. Tels j'ai observé les enfants que j'ai pu voir, et ils m'ont mieux révélé à moi-même, sans me connaître, que ceux qui m'avaient connu en m'élevant*[2]. »

La bravade avait eu les effets escomptés et lui faisait mal. Dès que l'autorité entrait dans sa vie, elle complotait pour l'en écarter et cela se passait toujours dans la colère. Peut-être avait-elle choisi la voie la plus ardue pour apprivoiser sa propre rectitude. Qui était-elle ? Qu'était-elle venue chercher dans ces lieux ? Et puis au fond d'elle, cet amour plus grand que toutes les

1. Saint Augustin, *Traité du libre arbitre*, premier livre traduit par M. l'abbé Defourny (1864).

2. Saint Augustin, *Les Confessions*, premier livre traduit par M. Moreau. 1864.

questions qui venaient d'assombrir sa nuit lui rappela que le plus important ne lui appartenait pas. Elle devait apprendre, toujours, ce que les autres avaient à lui enseigner. À commencer par sœur Agnès.

Samedi 7 décembre

Il regardait par la fenêtre. Claire n'osa pas faire de bruit de peur de le surprendre en pleine mélancolie. Bien sûr, il ne bougea pas lorsqu'elle passa devant lui. Claude avait remonté l'homme sur ses oreillers et grâce au ciel, elle avait fait brûler du papier d'Arménie et non pas renversé un litre d'essence de lavande. Il fallait l'en remercier au plus vite ! Claire lut le cahier de liaison au pied du lit. *Nuit, néant. Douche, néant. A ouvert les yeux au retour dans la chambre*. C'était la prose de sœur Claude, aussi délicate que son rire, et tout aussi directe.

Elles avaient fait le chemin ensemble le matin et Claude lui avait gentiment fait remarquer que les règles qui régissaient la Visitation étaient utiles.

« Regardez les flocons de neige, ils sont composés de nombreux cristaux plus petits et c'est l'ordre qui les organise qui crée le flocon. » Claude lui avait désespérément montré les tiges glacées sur le bord de la route. Mais rien n'y faisait, Claire se sentait triste de son manque de dispositions à la vie monacale, et brimée.

« Je sais surtout pourquoi on a appelé les congrégations des ordres », grommela-t-elle en tapant les herbes du bout de son soulier, éparpillant le givre.

« Il va vous falloir renoncer à votre orgueil si vous voulez aider vraiment les autres et surtout apprendre à ne pas attendre de reconnaissance de notre mère supérieure tant que vous ne l'aurez pas fait. » Claire lui avait alors jeté un regard acéré, un de ceux qui disaient toute sa colère. Mais il en fallait plus pour désarçonner Claude. « Tant qu'on y est, il faut aussi que vous cessiez de vouloir avoir le dernier mot… Gardez ça pour Tournier, il adore votre impertinence, mais au monastère on vous demande de rester dans le rang. C'est comme une chorale… Si vous chantez plus fort, choisissez une carrière de soliste… » Et le sujet fut clos.

Il était là, dans la lumière poudrée du matin qui lui donnait bonne mine, les poings de chaque côté de la tête, les genoux sous le menton, son corps recroquevillé. L'expression lisse et calme du visage tranchait avec ce qu'exprimait ce corps si violemment fermé.

« Avez-vous bien mangé ce matin ? Il vous faut prendre des forces pour votre réveil. » Elle regardait fixement l'homme dans l'espoir de voir une réaction dans ses yeux, mais en dehors de cillements réguliers, rien ne les troublait.

« Polenta aux pommes, voilà ce qu'il a mangé ce matin, votre muet. » Après avoir frappé, Escudier venait de pousser la porte. « Et on en a tous pris !…

– C'est bien, vous aurez la force de porter l'homme aux os lourds, non ? le taquina Claire. Je vous passe les couvertures puis vous l'installez ?

– Je lui ai déjà mis un édredon sur le landau, il n'aura pas froid au dos. Dites-moi, pourquoi vous voulez le sortir ?

– Parce qu'il fait beau. C'est la meilleure des raisons. Pouvez-vous m'aider s'il vous plaît, il est encombrant… »

Ils chargèrent l'homme sur le landau.

« Vous allez vous en sortir ? Vous êtes sûre ? » Il lui tournait autour, dans le couloir pour voir si le chargement tenait.

« Escudier… S'il vous plaît… Ce n'est pas la première fois que je m'en sers… Oustc ! » Claire le chassait du bout des doigts, ce qui aurait pu sembler dérisoire à un observateur extérieur, mais qui s'avéra très efficace.

« Si vous avez un souci…

– Ne vous inquiétez pas. Nous allons gagner cette course. Je me sens en forme ce matin. Regardez-le avec son bonnet blanc, sec mais musclé. Aucun attelage ne nous arrive à la cheville. » Escudier commença de sourire et il laissa la novice trotter dans le déambulatoire.

Le tour de l'hôpital s'ouvrait sur une promenade de chemins déneigés par les trois jardiniers permanents. Des buissons de rhododendrons cachaient les promeneurs aux regards curieux. De grands saules pleureurs frangés de glace faisaient d'autres abris à des bancs de ciment sculptés et enfin, une rocaille en arc de cercle autour d'une fontaine dissimulait des grottes artificielles où circulait l'eau du lac offrant encore des sièges de ciment griffé. Dans ce refuge épargné par le vent descendant des montagnes, le clapotis de la fontaine paraissait toujours plus cristallin.

« Vous voyez l'enfant qui tient le cygne par les ailes, là sur le pignon de la fontaine ? Et tout autour les cygnes qui crachent l'eau en fines gouttelettes ? La glace leur fait comme une barbe blanche. Je vous laisse écouter. En été et en hiver la fontaine change de mélodie. Je préfère celle de l'hiver, plus fragile, elle varie suivant l'épaisseur de glace… »

Claire remonta les couvertures sur les épaules de l'homme après avoir glissé un doigt dans son col pour vérifier la température du cou, comme elle l'aurait fait pour un enfant. Satisfaite, elle s'assit à ses côtés. Le ciel était parfaitement pur, l'air chargé de lumière. L'homme avait plissé ses yeux vert d'eau et son teint clair vibrait de soleil. Quel âge pouvait-il avoir ? Trente ans, moins… Après tout, la guerre ridait les fronts des enfants qui en revenaient. Elle les reconnaissait dans la rue. Il y avait ce regard qui restait vigilant sous un front de vieillard. Mais lui n'avait pas ça. Il était lisse et sans âge. Une peau de nouveau-né sur un corps bien fait. Il était étonnamment beau en somme.

Claire sortit une cigarette pour célébrer le calme. Le grésillement de la première inhalation la ramena à Tournier, à l'odeur du tabac anglais qu'il fumait dans son bureau. Il déposait un parfum de caramel un peu trop cuit sur les tapis. Elle se sentait triste pour lui. Elle regrettait d'avoir vu la valise appuyée au montant du sofa. C'était la première fois que Tournier dormait sur le canapé. Officiellement, il avait déjà passé des nuits à Saint-Joseph pour entourer un malade ou suivre la progression d'un traitement. Officieusement, il lui était arrivé parfois de s'installer pour fumer des cigarettes. Longtemps Claire avait eu la bénédiction de sœur Agnès pour rester avec lui au moment de la mort de Léontine. Lors de ces nuits, Dieu n'était que superstition, la psychanalyse, la solution. Pour Claire, Dieu était La solution et la psychanalyse, une exploration. Ils avaient ainsi, dans leurs discussions, forgé une estime réciproque et un attachement bien au-delà des relations professionnelles. Ils s'aimaient de cet amour filial que se consentent parfois des adultes.

Dépassant du bonnet, le lobe de l'oreille de l'homme rosissait dans le froid. Claire posa le dos de ses doigts sur sa joue fraîche. Tout continuait de vivre dans ce corps, la barbe poussait et Claude l'avait rasée ce matin. Bien sûr, cela ne voulait rien dire. Dans la mort, les poils continuaient leur croissance entre les chairs froides.

Elle saisit les poignées du landau et sans parler le ramena dans la chaleur du solarium.

L'homme déglutissait lentement les cuillerées de tisane. Claire épongeait son menton. Ses joues s'étaient réchauffées. Installée à sa droite, elle avait bu à son tour la tisane au thym proposée pour prévenir la grippe qui arrivait dans la région. Il faisait bon dans le solarium, mais il ne se réchauffait pas vite. Claire prit une bouillotte sur le poêle et la lui glissa sous les pieds.

« Alors c'est lui ? » demanda madame Jacquet par-dessus l'épaule de Claire encore courbée sur le landau.

« Je ne vous ai pas vus arriver. » C'était à son tour d'être surprise et gênée. Elle aurait voulu préserver ce couple qui devait entrer pour la première fois dans un hôpital psychiatrique, en évitant qu'ils ne voient les autres patients. À côté d'eux, une jeune femme essayait d'enfiler des perles. Elle tenait en l'air son fil léché, à en devenir lourd, et dans l'autre main une grosse bille de bois rouge. Les mains mues de concert restaient parallèles dans un effort de concentration qui la faisait écumer. Plus loin, une autre patiente jouait au yoyo avec ses crachats, les faisant descendre et remonter sans que jamais ils ne touchent le sol.

« Nous devrions faire un tour, il fait beau.

– Ce n'est pas la peine… » se contenta de souffler dignement madame Jacquet tout en se suspendant à son mari. « On ne le connaît pas, n'est-ce pas Antoine ? finit-elle en le suppliant du regard.

– Effectivement, il ne me dit rien. » Il lui renvoya le regard rassurant du mari qui rappelle qu'il est là et qu'il n'y a donc pas à s'inquiéter. « Il est beaucoup plus vieux qu'Étienne, continua-t-il pour Claire. Il était dans quelle arme ?

– Infanterie, d'après ses vêtements, mais on n'est sûrs de rien. Vous savez cela ne serait pas la première fois qu'un blessé reviendrait avec un autre uniforme que le sien. » Elle se tut car cela sous-entendait qu'il avait porté peut-être les vêtements d'un mort.

« Oui, je vois… » Monsieur Jacquet fit le tour de l'homme. « Non, vraiment son visage ne me dit rien. » Il sursauta brusquement en reculant et rougit de sa propre émotion. Madame Jacquet heurta Claire dans sa surprise. L'homme venait d'ouvrir les yeux. Monsieur Jacquet, encore rouge de confusion, se racla la gorge et prit un air sévère pour se donner une contenance.

« J'aurais dû vous prévenir, dit Claire, il a des réflexes de vie comme le fait d'avaler sa nourriture, par exemple. Il lui arrive aussi d'ouvrir les yeux, mais c'est tout. »

Claire se sentait aussi mal à l'aise qu'eux alors elle poussa madame Jacquet vers la sortie. « Venez, nous allons le laisser, il ne risque pas de nous échapper. » Elle tentait un peu d'humour, mais monsieur Jacquet encore rose dans le cou ne fit qu'opiner du chef.

« Je suis désolé de ne pas pouvoir vous aider plus que ça, dit-il en la saluant déjà. Si vous avez encore besoin de nous, n'hésitez pas à venir nous voir. Vous savez, Étienne a plus votre âge que le sien », assura-t-il en montrant l'homme du doigt au bout de la salle.

« C'est moi qui suis désolée, j'aurais dû vous prévenir, l'asile d'aliénés est vraiment un monde à part. »

Claire les regarda partir accrochés l'un à l'autre. Heureusement, les patients lourds ne se trouvaient jamais dans le solarium.

Forcément l'homme n'avait pas bougé. Il semblait regarder dans sa direction et par réflexe, elle sourit.

« Les avez-vous reconnus, vous ? En tout cas vous leur avez fait une belle peur ! Vous pouvez être fier de vous ! *La momie ouvre les yeux*, ça ferait un joli titre dans les journaux… »

Claire lui prit la main droite dans les siennes. Elle était froide, dure et fermée comme un caillou. Elle fit une grande coquille autour et souffla son haleine chaude dedans pour la réchauffer. « Vous savez, continua-t-elle tout en frottant la main pour faire circuler le sang dans les doigts, je crois qu'ils avaient peur avant même de venir. Je vous dis cela parce que j'ai déjà rencontré des parents qui venaient reconnaître leur enfant que la guerre avait rendu fou et c'était un moment terrible pour tous. » Claire massait doucement la main de l'homme qui commençait à se réchauffer.

Je suis sous un arbre, un chêne, oui c'est ça. Pépé est là assis sur un banc. Je crois qu'il fait chaud. La terre sous moi est chaude. Maman travaille on m'a dit. Pépé, lui, est fier de moi, il m'a dit que j'allais aller à l'école et ça, ça le rend fier. J'ai cinq ans. Non, j'ai cinq ans et demi. Il m'a dit que l'école c'est du sérieux et que c'est un monsieur qui est gentil qui va payer l'école. Il m'a dit quelque chose qui me fait plaisir, enfin je crois, c'est peut-être lui qui est heureux, ça me rend heureux aussi : je vais apprendre à écrire. Ça me rend fier.

Je cours. Il fait chaud. Je m'assieds sous un sapin et ça colle un peu par terre sur ma culotte courte. Maman va me gronder. Je regarde mes mains. Il y a de la résine qui tache de brun. Je sais que ça pique mais je goûte quand même. Ça pique un peu mais pas trop. Mes mains sont pleines de lignes dedans. Ça fait comme des dessins, des carrés, des triangles mais pas de ronds. C'est bizarre, je n'ai pas de ronds dans mes mains, j'ai des croix. Je préfère ma main droite. Je ne sais pas pourquoi. C'est injuste de la préférer. L'autre elle est bien aussi.

Quand je serai grand je saurai écrire. Je prends une aiguille de pin. Je la choisis longue et solide. Je vais essayer d'écrire avec mes deux mains et celle qui fera quelque chose de joli, c'est elle qui écrira. Attention, je commence. Voilà c'est passé vite et les deux marchent bien. Pareil pour rouler les crottes de nez. Alors je ne sais pas quoi faire. Je sais. J'ai vu faire les grands en bas, dans la rue. Ils tendent leurs bras et leurs index et ils les rapprochent, en fermant les yeux, pour qu'ils se touchent. C'est ça que je vais faire. Je commence. Je triche un peu, je regarde sous mes cils pour que ce soit le droit qui gagne. C'est l'index droit qui est dessus. Il a gagné pour ses frères. Moi je n'ai pas de frères. C'est ma main droite qui va écrire et maman elle sera fière aussi.

« Ma petite mère, aujourd'hui nous partons encore. Nous poussons, nous repoussons les boches et nous traversons des forêts où nous essayons de les perdre. Une grande marche nous attend et heureusement, il fait beau. C'est magnifique de penser que les fleurs s'étalent de chaque côté du chemin devant nous. Parfois la nuit, je chante ta berceuse pour des gars. Cela leur fait du bien me disent-ils. C'est une chance que tu me l'aies bien apprise, lorsque j'étais enfant, elle me sert beaucoup ici. D'une certaine façon, tu prends soin d'eux aussi. Tu me manques et Papa aussi. Je vous aime. Votre garçon qui vous serre dans ses bras. Jacques. »

« Tiens mon gars, elle va leur faire plaisir et elle passera la censure. »

Je secoue mes jambes, nous partons dans une heure. Il faut que je demande de l'encre au caporal. Il faut m'en rapporter, sinon, je ne pourrais pas continuer à écrire les lettres. Je secoue le flacon, il reste de quoi faire encore quelques courriers, mais je ne sais pas combien.

« Je peux, l'écrivain ? » Il me montre une planche en bois où ils s'installent tour à tour pour attendre en guidant ma main. Moi, je me souviens de tout ce que j'ai déjà écrit pour eux. Le nom de leurs enfants, de leur femme, de leurs parents. Je sais la couleur de leurs yeux, le reflet miel de leurs cheveux. C'est étrange une guerre, lorsqu'ils tombent, mon esprit efface jusqu'à

leur visage, aux noms que je connaissais d'eux. Ces noms qui les poussaient à rester en vie.

« Oui Barnabé. Alors, un petit mot à ta Marie ? » Il acquiesce. Il s'installe à mes côtés, son écureuil dans les mains. C'est un vaillant discret, de ceux qui ne faiblissent pas et qui gardent un rapport normal aux choses, lorsqu'elles ne le sont plus. Des petits mots, jamais de longues lettres, mais tous les jours comme pour se rappeler que la vraie vie continue.

« Ma Marie, tu es toujours dans mon cœur. Je mets dans l'enveloppe des fleurs d'été pour te dire mon amour. Prends bien soin de nos garçons et de ma mère. Je vous bénis. Puisse Dieu nous protéger, tous. Je t'aime ma Marie. Ton Babé. » Je tends le morceau de papier et l'enveloppe réglementaire. En se levant pour la saisir, il glisse son petit rongeur dans sa poche. Il porte des pétales de tournesol. Jamais de coquelicots, cela a trop la couleur du sang. Je le suis du regard et mon cœur s'arrête, se glace et je meurs.

Il est là devant moi. Il s'approche sans me quitter des yeux, je ne peux me détacher de lui. Il pointe la planche du menton et je ne lui réponds pas. Mathieu est mort. Alors qu'il s'accommode de la planche, je reviens à la vie dans une respiration douloureuse. Non, ce n'est pas Mathieu.

« Je voudrais écrire à mes parents, mais je ne sais plus quoi leur dire. J'ai peur qu'ils aient peur. Je n'arrive plus à prendre sur moi... » L'enfant s'arrête. Il ressemble tant à Mathieu. En plus fort, plus carré. Je commence à haute voix :

« Maman, Papa. Je me suis blessé à la main, rien de grave, alors j'ai demandé à un ami d'écrire sous ma dictée. Nous sommes actuellement dans un champ de tournesols à attendre pour continuer notre marche. Le temps est doux et le vent chaud me fait penser à... » J'attends, puis je poursuis sa phrase.

« … aux promenades sur le lac où Papa ramait pour nous… Ta main, maman, ridant l'eau au-dessus des poissons… » Ma voix vient de se fêler. Il me regarde avec mépris comme si je jouissais à me raconter les histoires des autres pour me faire pleurer. Comme si mon plaisir n'était pas dans l'aide que j'apportais mais dans le vol de l'intimité. Il ne peut pas comprendre l'effort qu'il me demande. Et puis sa voix est si proche de celle de Mathieu.

« Comment tu sais ça l'écrivain ? » Sa bouche se tord d'inquiétude narquoise.

« C'est mon métier… Pardonne-moi, c'est la première fois que je te vois. Tu ressembles beaucoup à un ami que j'ai eu. C'est comme si j'écrivais à sa mère. C'est tout. » Mes yeux s'étaient brouillés un instant.

« Tu crois que tu peux continuer ? Sinon, ça attendra. » À présent, il pense me faire grâce alors que son départ me déchire. Il commence à se lever pour me laisser seul. Mais je lui demande de rester, qu'il ne faut plus jamais attendre, que tout meurt ici, trop vite. Je poursuis la lettre, je l'écris plus délicatement encore que si je l'envoyais à Anna. Une lettre douce, calme, où le passé immobile vibre une fois encore. Il est venu lire par-dessus mon épaule, son souffle sent le bonbon à la menthe. Il m'en glisse un dans ma poche lorsque je lui tends la plus belle lettre que j'ai écrite depuis que Mathieu est mort. Je guette sa réaction. Ses yeux se plissent pour retenir les larmes qui ne lui échapperont pas, je l'ai écrite pour ce souvenir. Et il me regarde et c'est moi qui crève de ne pouvoir pleurer.

« Merci. C'est magnifique. Ma mère va pleurer c'est sûr. » Il me sourit dans le vent tiède et moi je sais que lui ne mourra pas. Il y a beaucoup plus de lumière en lui. Mathieu était un sombre. Lui rayonne de vigueur, de cette jeunesse forte de ses vingt ans, de ses cils secs face au plus délicat des transports.

« J'ai toujours aimé les larmes des femmes... » Et puis j'ai ri, j'étais tellement heureux. Je ne voulais pas qu'il me quitte. Je voulais le protéger, le guider jusqu'à la fin de la guerre. Je voulais devenir son ami pour me pardonner. Je lui tends la main. « Pierre Guibert...

– Étienne Jacquet. »

On a tous une blouse noire pour se ressembler, mais moi, tout le monde sait qui je suis. Je suis le pauvre, le bâtard, celui qui porte le nom de sa mère ! Alors je travaille bien à l'école. Et meilleures sont mes copies et pires sont mes camarades. Je m'efforce d'être toujours le premier de la classe dans toutes les matières afin de recevoir tous les prix ou les rubans le jour de la rencontre avec les parents. Ma mère ne vient jamais. Mais les autres parents me prennent en exemple pour leurs salauds de fils. Ils me désignent du doigt pour mes capacités intellectuelles puis chuchotent sur mes origines. Mais depuis deux ans, je pense qu'il vient voir comment je réussis, je le cherche. Je le cherche dans les nouveaux parents, dans ceux qui prennent un air préoccupé lorsque je reçois le prix de poésie et qui s'enthousiasment pour celui de géométrie. Je l'imagine qui me ressemble, mais il paraît que je suis le portrait de mon pépé. Je passe entre tous les pères et je les respire discrètement. Il doit avoir une odeur que je connais. J'ai déjà senti sa chemise. Il en a laissé une à la maison quand j'étais petit. Je me souviens surtout de sa légèreté dans ma main. Je n'avais jamais vu ce tissu. Même sur maman qui porte des tissus aériens, aux broderies délicates. Je l'ai gardée longtemps, puis je l'ai déchirée. Je me suis esquinté la main avec, avant qu'elle ne se déchire d'un seul coup dans un bruit aigu et assassin. Il n'est pas là cette année non plus.

« Sa main ! » Claire s'était levée d'un bond et retenait la main de l'homme par le poignet. Elle lui avait raconté l'organisation de l'asile, les jours de visites en espérant que sa famille viendrait le voir bientôt, qu'elle allait faire son possible pour la retrouver… Et comme une feuille sèche, la main était tombée. Contrairement à l'autre, toujours recroquevillée, la main droite pendait, doigts projetés en avant. Claire ne put s'empêcher de les soulever pour constater leur mollesse. Elle lui caressa le front. « Je reviens », lui souffla-t-elle, constatant que la nuit tombait, et elle courut chez Tournier, insensible aux claquements de ses talons dans les couloirs sonores.

La porte était tirée ce qui était suffisamment rare pour que Claire se retînt de frapper. Elle écouta malgré tout pour savoir s'il était parti, puis, se souvenant de la valise, frappa.

« Oui ! » Tournier était assis à sa table. La lampe de cuivre, surmontée d'un abat-jour en cuir, laquée de noir, l'éclairait par-dessous. L'ombre de ses lunettes sur le bout de son nez cerclait ses yeux d'une autre paire mobile. Elle entra et marcha sur le livre de Roussy et Lhermitte caché en partie sous les *Progrès médical* qu'il avait jetés, après les avoir lus. Il la regarda sans vraiment la voir, l'esprit toujours préoccupé par ce qu'il lisait. Il lui montra le fauteuil. Claire ne put s'empêcher de refermer la porte pour voir si le divan servirait ce soir aussi. Il y avait de la lumière derrière le paravent et rien ne semblait avoir changé.

« Je suis passée pour vous dire qu'il a bougé, même mieux, il a une main souple… La droite… est molle. » Elle s'assit et constata que Tournier l'écoutait à présent.

« C'est-à-dire, expliquez-moi… » Il fronçait les

sourcils en se penchant en avant comme lorsque la discussion l'intéressait.

« Eh bien voilà, je l'ai promené cet après-midi, il faisait beau, et puis je l'ai installé au solarium pour le réchauffer, les Jacquet sont passés et ils ne l'ont pas reconnu, d'ailleurs. » Elle croisa les jambes et à son tour se pencha en avant, faisant un signe de la main qui disait : je vous raconterai après, et poursuivit sur les raisons de sa venue : « Il avait les mains froides, malgré le soleil, alors j'en ai réchauffé une en la massant pour faire circuler le sang.

– Et maintenant elle est souple…, finit-il.

– Oui », confirma Claire avec tout son corps.

Tournier sortit le dossier de l'homme d'un classeur, nota la date et les indications de la jeune infirmière.

« Vous vous occuperez exclusivement de lui et demain matin… non, lundi matin, vous le masserez en ma présence. J'ai demandé à un jeune médecin démobilisé de veiller à ce cas particulier pour me seconder et écrire les articles, s'il y a lieu. Il s'occupera des nuits et vous des jours. Je vous le présente lundi. Il s'appelle Nicolas Varenne. Il prépare le concours des Asiles. Vous passerez ici et nous irons ensuite assister au massage. » Il regarda la pendule où tournaient des aiguilles en cuivre sous un globe de verre. « Il vous faut rentrer, sinon, je vais encore me faire gronder par sœur Agnès. » Sous ses moustaches à la frisure lasse d'une fin de journée, un sourire filtra.

« Moi, j'ai dû lire saint Augustin, ce qui n'est pas vraiment une punition, alors j'imagine que vous, cela n'a pas dû être bien brutal… » Elle poursuivit, sagement insolente : « Vous n'avez même pas dû recevoir un courrier, c'est sœur Claude qui a dû s'en charger et vous lui avez alors demandé de ne plus utiliser de l'eau de Cologne à la lavande et l'affaire était réglée. Attendez que ma mère supérieure se déplace pour vous sermonner en personne et vos moustaches feront moins les fières… »

Tournier sourit franchement en recourbant de façon automatique ses bacchantes blanches sans pour autant répondre à l'attaque.

« Et les Jacquet ? interrogea-t-il sur le ton du chat qui joue avec la souris.

– Je suis vraiment désolée pour eux. Je leur avais demandé de me faire appeler, mais ils nous ont rejoints au solarium des patients, où se trouvaient Yvette et Blandine…

– Je vois…

– Du coup ils ne sont pas restés bien longtemps. Leur fils est encore sur le front, alors se l'imaginer ici… ça n'a pas dû être facile. Enfin, ils ne le connaissent pas. Ce n'est pas un ami d'Annecy. Lorsque Étienne, leur fils, rentrera, on en saura plus…

– Bon allez, filez maintenant, passez un bon dimanche…

– Vous venez à la messe ? s'aventura Claire.

– Non pas. Ma femme ira avec sœur Marthe. Moi je ne Lui ai pas pardonné. Alors à lundi. » Tournier ferma le dossier de l'homme comme on ferme une porte. Elle lut *Soldat inconnu* sur le carton brun.

« Bonne nuit monsieur Tournier. » Elle voulut une intonation douce et sa voix descendit dans les graves. Il leva des yeux surpris et sourit.

« Bonsoir, Claire, à lundi. »

Depuis sa cellule, Claire regardait le lac noir. Vide. Absence de toute chose. Elle avait lu toutes les lettres d'Étienne à ses parents et toutes celles écrites par son compagnon. Elle avait beaucoup pleuré. Là, devant le néant, elle se pencha au-dessus de son propre gouffre, celui qu'elle remplissait de prières chaque jour pour ne pas en apercevoir la surface. Il lui était familier comme une comptine et parfois, la nuit, il se rappelait à elle, comme ce soir.

« Jamais personne n'écrira pour moi. Je n'aurai jamais d'enfants. C'est vrai, je n'aurai jamais d'enfants et je ne connaîtrai jamais la brutalité de la peur de madame Jacquet quand elle m'a ouvert. Non, je ne serai jamais cet être immortalisé dans tous les arts. Je ne serai jamais mère. Je ne connaîtrai pas non plus la douceur du corps nu de l'enfant sur mes bras. Non, mais je porte tous les enfants du monde. Je rassure les petits de la chorale… »

L'hydre sortit du gouffre. Ce compagnon, ce Pierre qui écrivait les lettres d'Étienne. Il écrivait l'amour si violent, si tendre que parfois Claire arrêtait de lire pour pleurer.

« Je ne serai jamais importante pour quelqu'un. Jamais je ne donnerai la force d'affronter la vie par mon amour. Jamais je ne serai aimée… Je serai sœur Claire un jour prochain. Et c'est vraiment ce que je souhaite, dit-elle à haute voix pour s'entendre le dire. Je ne dois être que l'amour du Seigneur… »

Tous les jours cela lui apparaissait comme une évidence, mais là, tout ce en quoi elle croyait s'était réfugié loin, à l'abri. Elle avait envie de lire au moins une fois sur le visage d'un homme l'amour qu'elle lui inspirerait… Il fallait qu'elle arrêtât de s'occuper du soldat. Elle le trouvait vraiment beau. Plus seulement comme une statue. Elle attendait qu'il ouvrît les yeux avec impatience. Tant qu'il n'existait pas vraiment, qu'une gangue de pierre le recouvrait, il n'y avait aucun danger et elle pouvait se pencher dans le vert de ses yeux. À présent que la vie revenait, il redevenait un homme…

L'hydre remonta plus haut. Claire sentit son haleine dans sa gorge et elle eut envie de crier pour la faire sortir. Qu'elle disparaisse à tout jamais et qu'elle la laisse une bonne fois pour toutes. Elle se mordit le poing de peur d'affoler ses coreligionnaires. L'hydre remonta encore.

« Oui ! » Après s'être laissé envahir, Claire voulait se battre. « Oui ! J'ai le désir que l'on fasse attention à moi. Oui ! J'en ai envie ! Mais je sais aussi que mon chemin n'est pas là. Je sais qui tu es, petite fille à peine aimée ! Je te reconnais dans tes tristesses, dans tes frustrations d'égoïste, dans les peines terribles de tes huit ans. Rien, jamais, n'était suffisant. Jamais de regards ni d'attentions. Te voilà découverte ! Je te reconnais ma sœur, mon âme. Tu as souffert. Il est temps de te pardonner. De pardonner. »

Dimanche 8 décembre

« Chut les enfants. Jean va nous annoncer. Pascal, fais attention aux oranges. » Claire fronça les sourcils. Elle avait prévu de faire jouer les enfants de la chorale avec le papier de soie des oranges arrivées directement d'Amérique pour ce Noël. « Il faudra vous tenir les mains, que je ne vous perde pas en route », continua-t-elle, le doigt menaçant.

Les enfants se saisirent les uns les autres. Claire avait bien conscience que le fait d'être dans une église maintenait une certaine discipline et que les responsabilités trop lourdes qu'ils portaient déjà les avaient rendus sérieux. Il n'y avait autour d'elle que des orphelins maintenant. Les enfants partageaient leurs souffrances dans un club sans adulte. Claire leur faisait faire des promenades au bord du lac, ils jouaient au ballon prisonnier. Ils rentraient le dimanche après-midi fatigués, crottés mais reposés du rôle de petit adulte qu'ils tenaient auprès de leur mère le reste du temps.

Ils devaient chanter ce dimanche, le deuxième de l'avent, le premier Noël en paix. « Chut ! On y va ? » Claire les poussa devant elle jusqu'au retable où ils se mirent en demi-cercle, les yeux baissés sur leurs vêtements du dimanche. Les garçons, bonnets à la main, et les fillettes, couvertes. Claire devait juste les encourager de la tête. Ils avaient travaillé leur répertoire avec application et inquiétude, mais ils étaient prêts.

Au premier rang, de vieilles femmes voilées de noir. Les mères des pères disparus. Plus loin, les familles, serrées étroitement pour oublier que ce Noël non plus elles ne seraient pas réunies.

À la fin de la messe, Claire rencontra Rémi entouré de sa sœur et de son beau-frère qui semblait se remettre de sa démobilisation. Claire pensa qu'il était impossible de se retrouver vraiment, après ça. Mais pour tous, il faisait partie des chanceux revenus indemnes qui surtout se devaient, à jamais, de taire leurs plaintes. Ils s'imposaient de garder pour eux ce corps marqué, brutalisé, sans cicatrice.

« On se voit demain, nous ? » fit Claire, en se pendant au bras de Rémi. Elle salua la famille et l'entraîna dans une courte promenade sur le parvis. « Il faudrait que votre beau-frère vienne voir le professeur Tournier. » Elle n'eut pas le temps de finir sa requête. Rémi l'interrompit.

« Il n'est pas fou ! souffla-t-il en regardant autour de lui.

– Je n'ai jamais dit ça. Je le sais bien. Mais vous savez, il doit beaucoup souffrir des conséquences de la guerre et ne pas oser en parler. Il sait que ce qu'il a vécu est intransmissible et il pense protéger sa famille ainsi que lui en n'en parlant pas. »

Rémi secouait la tête.

« Il va bien. C'est ma sœur qui me l'a dit, grommela-t-il comme un enfant à bout d'arguments.

– Je suis sûre que c'est ce qu'il dit effectivement, mais demandez-lui, un jour, rien que tous les deux, comment il va. Devenez un peu le confident de sa souffrance et vous verrez bien. »

Claire se pencha pour ramasser un caillou noir qu'elle mit dans sa poche. « J'ai bien vu, moi, dans quel état ils reviennent, même quand ils ne sont pas blessés et que leur famille les accueille toujours. La guerre continue de les consumer. Dites-lui de venir m'apporter quelque chose ou de nous emmener à l'*Hôtel des Bains* un matin où vous ne pourrez pas. Mais d'abord, le plus simple c'est quand même de parler avec lui.

– Soit. » Rémi ne paraissait pas très enthousiaste à cette idée. « Je passe à dix heures, le rendez-vous avec Grosjean est à dix heures trente. On se retrouve devant la chambre », dit-il en s'éloignant.

Claire acquiesça et lui fit un signe de la main.

Elle rentra dans l'église pour y accrocher le panneau de renseignements concernant la sortie de l'après-midi : *Oranges et montgolfières en papier de soie.*

Lundi 9 décembre

« Le docteur Nicolas Varenne est rentré samedi soir dans sa famille, c'est l'anniversaire de la mort de son frère... Il revient ce soir et veillera le soldat inconnu pour noter ses propos. Sœur Claude ? » Claude sortit son carnet de sa poche et énuméra pour Tournier :

« Vendredi, rien à signaler, samedi, néant, dimanche, néant et ce matin rien de nouveau. Il ne manifeste rien sous la douche. Ni mouvement, ni parole. Il a ouvert les yeux en rentrant dans sa chambre et les a gardés longtemps ouverts, il cille, bien sûr. *A contrario*, hier par exemple, ils étaient fermés à chacune de mes interventions.

– Il les avait ouverts dans l'ambulance le jour de son arrivée aussi », confirma le médecin en haussant légèrement les épaules. « Vous avez raison. On peut continuer à le doucher, c'est tout de même plus hygiénique. Et vous, Claire, c'est aujourd'hui que vous l'emmenez à l'*Hôtel*, je crois ?

– Oui, Rémi vient m'aider vers dix heures ce matin, acquiesça-t-elle. Bain chaud n'est-ce pas ?

– Vous verrez avec Grosjean, normalement c'est ce qui est prévu. Je lui ai demandé d'éviter tout "traitement brusqué". » Devant la moue de Claire, il expliqua : « Vous ne pouvez pas être familiarisée avec ces méthodes que je n'emploie plus… On provoque des émotions fortes et parfois ça lève les symptômes. » Debout, son carnet de notes déjà à la main, Tournier s'impatientait. « Allez, Claire ! Nous y allons ! Montrez-moi un peu ce massage. »

Il plissa les yeux en se retournant vers sœur Claude lorsqu'il ouvrit la chambre de l'homme. L'essence de lavande les submergea tous comme une vague mortelle et Claude s'éclipsa. Le médecin marmonna des imprécations que Claire préféra ne pas écouter. Elle ouvrit la fenêtre un instant, mais le froid fendait les pierres ce matin, alors elle n'insista pas. Elle avait choisi. Il était préférable de mourir d'asphyxie plutôt que de froid. Tournier s'installa sur le banc près du feu, le carnet sur les genoux.

« Vous n'allez rien voir de là. » Claire se chauffait les mains au-dessus du poêle, debout à côté de Tournier. Sa calvitie gagnait du terrain et cette pensée la rendit triste. Elle l'imagina chenu, sur un banc, houspillant les enfants du bout de sa canne, leur demandant d'aller jouer plus loin. « Venez donc voir avant de noter.

D'ailleurs, si c'est comme hier, il ne va rien se passer d'exceptionnel, un ramollissement c'est moins violent que le parfum de cette pièce…

– Ce n'est pas à moi qu'il faut le faire remarquer…

– Par souci pour la qualité de l'observation scientifique, vous devriez vous rapprocher… minauda-t-elle.

– Vous commencez ou je m'en occupe ? » La voix grondait, mais ses fossettes le trahissaient. Feignant de ne rien entendre, Claire s'était rapprochée du lit. Elle caressait toujours le front de ses patients inconscients et leur expliquait ce qu'elle allait faire. Tournier avait respecté sa façon d'aborder les malades depuis le début, sans même le faire remarquer. C'était devenu un rituel pour Claire, une marque d'attention pour celui qui souffre peut-être en dedans. Puis elle s'assit sur le lit, remonta la manche pour lui faire passer le pli du coude et posa ses mains chaudes de chaque côté de l'articulation. Lentement, elle commença par exercer des pressions douces, puis elle intima de légers mouvements pendulaires à l'avant-bras afin de le dérouiller.

J'ai mal. Un grand vient de me plaquer contre la porte de la classe, il me tient fort et je n'arrive pas à me dégager. Un autre tient mon bras et touche sur mon coude un machin qui me fait affreusement souffrir. Le grand dit que ça ne laisse pas de trace et il rigole. Je voudrais pouvoir le mordre mais il se garde bien de se laisser approcher. Je ne peux pas crier, on n'a pas le droit de chahuter dans les couloirs. Je ne veux pas être collé. Ça fait mal encore. J'imagine qu'au bout d'un moment, ça ne fera plus aussi mal.

Tiens, je pleure. Je m'étais promis de ne pas leur faire ce plaisir mais ça a dû se faire tout seul. Je ne peux plus bouger mon bras. C'est vrai que ça fait moins mal qu'au début. Ils me lâchent et m'encadrent contre le mur. Notre maître passe et me saisit par la manche. Je ne comprends pas bien ce qu'il dit, mais il vient de me sauver. J'ai comme des fourmis dans les oreilles, il m'installe à côté de lui dans la cour et je ne dois pas bouger. Je lui suis reconnaissant de me protéger ainsi en faisant croire qu'il me punit. Un jour, il y a longtemps, il m'a raconté que lui non plus, il n'avait pas de père et qu'il avait bien travaillé à l'école et qu'il était devenu instituteur pour aider les enfants comme lui à devenir des personnes respectables. Il a dit que l'école c'est la seule voie de secours pour les gens comme nous. Il ne me favorise pas, il est même dur, mais il me protège sans en avoir l'air et il me sauve parfois, comme aujourd'hui. Les grands passent devant moi et ils font le signe de la brûlure indienne avec leurs mains et leurs yeux me font entr'apercevoir ce qui m'attend encore. Le maître les menace d'une colle et ils s'en vont en parlant fort. Le maître se penche vers moi.

« Ce sont des imbéciles, tenez-vous loin d'eux. »

Je l'entends enfin à travers les fourmis et je fais oui de la tête. Mais comment me tenir éloigné d'eux ? J'ai envie de lui demander comment on peut se tenir loin de brutes qui ont chaque jour la possibilité de me martyriser, s'ils le souhaitent. Mon bras retrouve un peu de sa force, mais j'ai encore très mal. Mon maître me tend un livre.

« Maupassant est mort fou, mais son œuvre est grandiose. Lisez Le Horla *et commentez-le pour lundi. Ne soupirez pas jeune homme, je fais votre bien. Ah ! Ne mettez jamais vos mains dans vos poches, vous n'êtes pas du ruisseau ! »*

Il fait un temps magnifique ces jours-ci et ce garçon est remarquable. Il est comme un diamant étincelant que seuls ses parents sculptaient jusqu'à mon arrivée.

Il connaît tous ses classiques et sa culture mathématique est étonnante. Il se montre très gai à l'idée de travailler dehors. Botanique cet après-midi. Il possède dans son parc des arbres centenaires, des chênes, des platanes qui nous serviront à développer la reproduction par akènes. Nous sortons et l'air frais me porte à remonter le col de manteau de Mathieu. Il est surpris, regarde ma main que je retire lentement pour ne pas l'effrayer. Il m'a avoué n'être jamais sorti pour constater les choses apprises sur le terrain avec son ancien précepteur. C'est certainement pour cette raison qu'il semble souvent retiré du monde, dans ses pensées.

« Ramassez des glands et rejoignez-moi sous le châtaignier. » Je m'appuie sur l'écorce de l'arbre. Il garnit ses poches de plusieurs poignées d'akènes. Je le laisse courir un peu, qu'il profite de ces moments de liberté au soleil.

Prendre une posture. Vite. Mon cerveau ne le formule pas, mais mon corps s'applique à se contorsionner. Je plante mon coude dans l'arbre, la main sur ma nuque, l'air profondément inspiré. Ce que je peux être con ma parole. Mais c'est plus fort que moi, son regard m'est insupportable, posé sur ma médiocrité. Elle marche vers moi.

« Maman ! Nous ramassons des glands…

– Les sciences de la nature… » Je reprends de loin, le plus fort possible. « Nous abordons la reproduction par akènes… Il y a beaucoup de châtaigniers, de chênes, dans le parc, nous en profitons… » Un peu moins fort puisqu'elle est toute proche maintenant. Je me sens incapable, nul, ridicule lorsqu'elle me parle. Non, même quand elle me regarde seulement. Elle nous rejoint souvent pour les leçons et je perds mon assurance. Dire que j'ai toujours le coude fiché sur le tronc de l'arbre, la hanche sortie pour montrer la finesse de ma taille. Je suis grotesque et je ne peux

rien y faire. Je rêve de trouver l'élan naturel du balancement des bras, la hauteur idéale de mon menton... Je suis con à bouffer du foin.

« Je peux me joindre à vous ? » demande-t-elle comme si elle m'offrait la possibilité de refuser alors qu'elle me donne mes gages chaque semaine dans la cuisine. Elle porte la grâce étrange des Slaves. Calme et décidée, douce et ambitieuse, je ne saurais dire. En tout cas, je viens de me détacher le coude de l'arbre, en soi ce n'est pas une victoire. Il va falloir que j'en fasse quelque chose. Et quoi ?

« Mais oui, bien sûr. Je vous en prie. » Il faut que je garde l'air docte. Je vais croiser les bras, taper dans une motte de terre devant moi. Non. Tout ce que je fais m'apparaît comme une ingratitude de la nature, une vengeance à cette facilité que j'ai eue jusqu'à présent à tomber les filles. Je suis soumis aux aléas de ses venues que je regrette presque autant que je les espère, tant je me sens minable. J'oublie ! Moi qui n'oublie jamais rien. Je fais des efforts énormes pour solliciter même mes réflexes. Je suis capable de tomber, face contre terre, sans même un geste pour me retenir. Elle me regarde. Il faut, je dois dire quelque chose. Voilà où je me trouve : perdu ! Elle se penche, ramasse une bogue hirsute.

« Akène ? » Elle me tend la châtaigne gracieusement à l'abri sur ses mains gantées de fauve.

« Oui. » Silence. Je me tais. Alors je souris bêtement.

« Il sourit. Vous voyez ? Il sourit vraiment, non ? »

Claire s'était retournée vers Tournier qui, en fin stratège, avait pris position près de la fenêtre pour avoir une vue d'ensemble sur le massage.

« Effectivement. Continuez... Claire. » Il n'avait pas quitté des yeux le visage souverain de l'homme. Un sourire de franche rigolade glissait d'un bord à l'autre de sa bouche. « Un souvenir, une réminiscence, un rêve peut-être… Allons, Claire poursuivez… »

« Les akènes sont des graines qui restent closes. Il faut une intervention pour les ouvrir. Les hommes, les écureuils… » C'est ça ! Parle-lui des cochons tant que tu y es. Eh oui, ce sont les cochons qui mangent les glands ! Abruti ! Heureusement, Mathieu arrive avec des glands plein les mains. Il en fait un tas au sol. Il prend la châtaigne de sa mère et la pose à côté.

Je m'accroupis pour continuer la leçon à cette altitude vivifiante pour deux raisons. Ça sent magnifiquement bon l'humus et je n'ai plus à soutenir le regard d'Anna. « Choisissez trois glands, nous les ferons germer dans le jardin d'hiver », dis-je au jeune homme. Pendant ce temps, je sors mon canif pour ouvrir les graines et mettre en évidence les germes blanchâtres et pointus. Un frisson de soie à ma gauche et le gant qui se saisit de la moitié de la châtaigne. Je me sens explorateur de retour d'expédition.

Après le vide, c'est le trop plein dans mon corps et mon esprit. La chaleur. L'exaltation enfantine. Je suis le Burton du germe, le Livingstone de la noisette. Je montre de la pointe de mon couteau. Je nomme. J'explique, intarissable. C'est comme si nous jouions, enfants, aux botanistes. Je me sens si heureux. Je frise le ridicule juste pour la voir sourire de près. Une fois. Respirer son haleine. Elle rit doucement, comme une faveur consentie à un acteur débutant.

« Je vais chercher trois pots pour la chênaie du jardin d'hiver. » Elle se lève, caresse la tête de Mathieu qui se dégage prestement. Et moi je continue de sourire béatement.

Elle me rappelle que c'est la troisième fois qu'elle me le dit, mais moi je ne suis pas sûr. Cette fois, je fais bien attention. Je n'aime pas quand elle me tape, je ne suis plus un enfant. Je sais que ça me fait plus peur que vraiment mal, mais je n'aime pas. Elle me donne un coup avec le manche du couteau à pain sur le coude chaque fois que je le pose sur la table quand on mange. Elle le voit tout le temps. Il y a longtemps, je croyais qu'elle voyait tout ce que je faisais, même dans une autre pièce. Je l'entendais.

« Pierre ! Tu fais une bêtise !...

– Non ! » Je répondais, mais elle insistait.

« Si, je le sais !

– Comment tu le sais puisque tu ne me vois pas ? » J'insistais, terrifié par cette force qui me regardait au travers des murs, et elle continuait.

« Je le sais, c'est tout. » Et c'était pire. J'imaginais ses yeux chaque fois que j'avais juste envie de prendre ce que je n'avais pas le droit de prendre ou de toucher ce qui m'était interdit. Elle s'efforce encore à tout voir, même mes coudes qui se reposent un instant pour reprendre leur souffle à la surface de la nappe. Elle voit tout, alors je la fais rire pour que ses yeux se plissent. Elle est belle. Elle est belle quand elle rit aussi. Elle n'est jamais méchante ni cruelle, mais je sais que je ne peux rien lui cacher. En parlant, je déplace le couteau à pain. Je mime mes parties de cerf-volant, les meilleures actions du dernier cache-cache dans la rue et comment Guillaume s'est caché sous la jupe de sa sœur. Je parle tout le temps et parfois elle oublie mes coudes qui de toute façon survolent mon assiette en funambules approximatifs.

Je sais que c'est pour mon bien, elle me le répète sans arrêt. « Un jour tu seras grand, et tu devras savoir te tenir en société, et manger correctement est le minimum, Pierre. Tu dois savoir danser aussi ! » C'est une phrase magique, le début d'une soirée de jeux, une soirée à nous. Je sais que ça ne durera que jusqu'à ma première barbe, cela fait partie des règles de ce jeu. Elle ne me l'a pas dit comme ça, mais à sa façon exotique :

« Pierre on arrêtera quand tu ne ressembleras plus à une gitane, mais à un gitan. Quand on devient grand on perd des choses mais on en gagne d'autres. Tu verras. » Alors, on se déguise, je lui tire les cartes comme je l'ai vu faire à la Vogue des Marrons. Je lui prédis toutes les choses qui me passent par la tête, je lui lis des poèmes, j'invente des animaux du fond des mers qui viennent nous enlever. Nos couverts en fer-blanc, qui feraient doucement rigoler mes fameux camarades de classe, se transforment en or de pirates. Et son regard sur moi vaut tous les mots.

Ce que je vois n'existe pas.

« Bouge-t-il ? » interrogea Claire qui n'en était pas sûre.

« Je ne dirais pas ça », intervint Tournier en faisant la moue. « Je confirmerais plutôt qu'il a été agité. Il a ouvert les yeux, c'est certain. En ce qui concerne le mouvement, je ne me prononcerais pas non plus. »

Tournier avait noté peu de chose. Le sourire, les mouvements saccadés des membres et le bras pendant, branche morte accrochée à l'épaule droite. L'homme semblait réceptif aux massages de Claire, c'était un point important. Tournier connaissait bien ces petites victoires sur l'inconscient tout en rappelant à Claire la fragilité de ces relâchements.

« Il se peut que cela n'ait pas d'effets à long terme. Un corps flasque contre un corps spastique c'est tout. Trouble de l'émotivité… Voire d'autres conséquences de la peur morbide acquise de Voivenel… » Il fut surpris par la voix de Claire.

« A-t-il les yeux tilleul ou jeune pousse de bouleau ? »

Claire venait de passer sa main devant le visage de Tournier pour le ramener dans la pièce. « Je pencherais plus pour bouleau parce qu'il y a du jaune dedans. J'ai peur que le tilleul ne soit plus froid… » Claire lisait pardessus l'épaule de Tournier.

« Je vous laisse en juger, les yeux des garçons ne m'ont jamais fait invoquer les Muses… » Il ferma son cahier sous le nez de Claire en le faisant claquer un peu. « Pousse de crocus ?… hasarda-t-il quand même en se levant pour partir.

– Trop sombre », conclut Claire en le suivant dans le couloir. Ils marchèrent en silence, laissant revenir doucement leur rôle respectif. « Dites-moi professeur, continuons-nous cet après-midi ?

– Vous savez…, commença Tournier, nous ne connaissons pas les conséquences de vos massages sur son esprit. Nous ne constatons que celles exprimées par son corps. Je crois qu'il serait judicieux, pour en savoir plus, de faire appel à l'hypnose. Les massages agissent sur la mémoire du corps, l'hypnose sur la réminiscence inconsciente. Combinons les deux pour nous assurer plus de chance de réussite. » Il s'arrêta et fixa Claire. « L'hypnose ce n'est pas de la sorcellerie… C'est seulement une autre façon d'avoir accès à l'esprit… Parfois cela semble être le seul moyen pour reprendre contact avec un patient… Un patient comme celui-là par exemple. » Il attendit, mais Claire se contenta d'acquiescer en souriant des précautions qu'il prenait.

« Très bien. C'est vous qui allez pratiquer ? » s'enquit Claire dont le sourire s'allongeait encore, ce qui donnait le signal d'une remarque sarcastique à l'attention de Tournier. Il plissa tout de même les yeux dans l'attente de la salve. « Vous êtes-vous entraîné sur des poules ? Parce que je me souviens que ma mère les endormait en deux secondes. Il lui suffisait de leur mettre la tête sous l'aile et de les bercer… »

Les moustaches secouées par le rire contenu de Tournier cachèrent ses mots, mais Claire comprit distinctement : « Allez aux *Bains*, jeune cervelle de poule. » Et il repartit en hochant la tête.

En se retournant, elle entr'aperçut Rémi qui dépassait déjà l'angle du cloître, elle revint sur ses pas, à sa rencontre. Il poussait devant lui le landau pour transporter l'homme jusqu'à l'ambulance. Il lui fit un signe de la main qu'elle lui rendit accompagné d'un sourire. Claire l'attendit devant la porte.

« Des nouvelles de votre beau-frère ? » Claire regardait Rémi conduire, les yeux sur la route, concentré.

« Oui, nous avons eu une longue discussion… Enfin, c'est moi qui ai parlé le plus souvent… Je crois que vous avez raison, il va vraiment mal. » Rémi ne détachait pas son regard des accotements qui balisaient le chemin, mais son front était devenu soucieux. « Il a dit peu de chose, mais c'est terrifiant. »

Rémi jeta un coup d'œil à la jeune novice pour être bien sûr qu'elle l'écoutât. « Je dis terrifiant car j'ai cru voir ce dont vous m'aviez parlé à la sortie de la messe… Vous savez, il ne veut pas se plaindre. Il dit qu'il est heureux et il rit beaucoup. Mais tenez, par exemple, hier après-midi, on a entendu des chasseurs à côté de la maison de ma sœur, eh bien il a mis ses mains sur ses oreilles après un sursaut d'une grande violence. Il a fait un tel bond que tout le monde s'est tu, mal à l'aise. J'ai bien vu que ce n'était pas la première fois, parce qu'ensuite, il est sorti de table, et quand j'ai voulu le suivre, ma sœur m'a retenu de la main. Pourtant, je l'ai retrouvé dans sa chambre, vous savez, comme l'homme à l'arrière, tout recroquevillé… »

Rémi arrêta la voiture pour laisser passer trois jeunes mamans qui riaient fort. Elles traversèrent bruyamment, portant leur progéniture emmitouflée, serrée contre leur cœur.

« …Je me suis assis au bord du lit et j'ai commencé à parler, car vraiment je ne savais pas quoi faire. Je n'ai pas osé le toucher. D'habitude, on est plutôt du genre à se donner une claque dans le dos, vous voyez… » Claire se contenta d'un murmure pour confirmer son attention. « Là, je n'ai pas pu. Vous savez, c'est un peu mon petit frère, on a onze ans d'écart, je le connais depuis toujours en sorte. Alors, j'ai parlé de ce qui s'était passé pendant son absence, les dents de lait de ma nièce, la vente des peupliers qui nous ont permis de nous en sortir… Bref, je lui ai raconté tout le temps de la guerre, mais depuis ici, ces petites choses qui rendent heureux sans que l'on s'en aperçoive. » Rémi inspira profondément, avide de ce qu'il perdrait un jour. « Eh bien vous savez quoi ? Il a pleuré. Je voyais son dos comme s'il riait, mais je savais bien que ce n'était pas le cas. Au bout d'un moment de silence, qui était pire parce que je me sentais inutile, il m'a raconté ce qui ne peut pas être compris par les autres… Pourtant, je vous promets que j'ai vraiment essayé. Moi j'ai jamais vraiment été au feu. La balle qui m'a renvoyé chez moi est venue très vite. J'ai pas eu le temps d'avoir peur… Il m'a raconté sa peur. Peur des coups de son cœur qui bat la nuit parce qu'il a peur qu'il s'arrête. Peur de certains bruits parce que ça lui rappelle la guerre. Une peur qui l'envahit et le divise, comme il dit. Il m'a dit aussi que c'est comme quand on se noie de l'intérieur. Il est persuadé que c'est la fin, toutes les nuits… »

Rémi fixait le sillon de terre qui s'ouvrait devant la voiture, les cils battants sous une pluie invisible. Il reprit après une courte pause que Claire aurait respectée jusqu'au bout du voyage.

« Un truc bête, il ne supporte pas le bruit des bidons de lait dont on soulève le couvercle à cause du frottement de la chaîne sur le métal. Il ne m'a pas dit pourquoi… Il ne supporte plus l'odeur des pommes sur les claies… Il y a beaucoup de choses qu'il ne peut plus faire, ni même seulement envisager de faire. Je lui ai parlé de ce que vous aviez dit à propos des cicatrices qu'on ne voit pas, celles du cœur et pas du corps… Tout ça… Alors là, il a ri, pour de vrai cette fois et il s'est retourné vers moi en disant qu'il avait plus de blessures que tous les crucifix d'Annecy. Je crois, ma sœur, qu'il est revenu de la guerre bouffe-curé au possible ! Il m'a dit, d'ailleurs, qu'il ne croyait plus en Dieu… »

Il guetta la réaction de Claire, mais comme elle ne disait rien, il reprit tranquillement : « C'est à ce moment-là que j'ai pu lui donner une claque d'amitié. On s'est même battus, physiquement quoi, un peu comme des gamins jusqu'à se dire… Enfin des choses pas très polies, d'hommes quoi… Puis ma sœur nous a rejoints. Elle avait pleuré aussi. Je pense qu'elle a écouté la fin de la discussion. Moi en tout cas, je les ai laissés. J'ai emmené Louise et Auguste finir de ramasser les assiettes et on a fait la vaisselle ensemble et j'ai fumé devant le feu en attendant que ça passe…

– Voulez-vous que je vous en offre une ?

– Pourquoi pas Claire ! » Rémi quittait le souvenir et prenait la perspective d'une petite bleue pour ce qu'elle était, une diversion agréable.

Claire sortit son paquet, alluma deux cigarettes et ouvrit négligemment la fenêtre. Elle laissa l'air frais s'enrouler autour d'elle tout le reste du voyage, cherchant les outils qu'elle pouvait offrir à Rémi pour guérir son beau-frère qui ne viendrait jamais à l'asile.

Il descendait les escaliers lourdement. Il paraissait souffrir de la jambe gauche, plutôt du genou. Claire se dit qu'elle passait son temps à analyser les gens. Comment ils allaient, qui ils étaient... Sa première estimation s'était toujours révélée être la bonne. Elle écoutait ses sens plus attentivement que les autres pensait-elle, car la notion d'instinct ne lui plaisait pas.

Il ne lui plut pas. Grosjean arrivait en bas des escaliers avec sur le visage et dans son regard un air de morgue qui la rebuta. Il manquait de compassion ou plus justement de passion pour l'autre. Ce manque de curiosité lui apparut si violemment contradictoire avec son métier de médecin qu'elle jugea que moins elle resterait aux *Bains* et mieux cela serait. Elle s'attendait à ce qu'il auscultât l'homme avec rudesse mais il ne le fit même pas. Sans un regard pour Rémi et les brancardiers qui soutenaient l'homme, il désigna un coin de ses doigts aux petits ongles mesquins. Claire se ressaisit. Tout chez cet homme lui causait un malaise évident. Elle n'aimait rien de lui, ni son double menton, ni ses doigts boudinés, ni ses yeux bleu pâle sans énergie. Rien. Il était lymphatique et elle redoutait la poignée de main qui arrivait.

« Grosjean. Vous devez être Cécile Brazier ? »

La main était froide.

« Oui », répondit Claire qui se doutait que cela ne valait pas la peine de rectifier puisqu'il ne se souciait pas vraiment de connaître son nom. Il regardait déjà ailleurs en homme pressé qui doit tout maîtriser.

« Bains chauds ? » Sans attendre une réponse dont il n'avait pas besoin, il dit à Rémi et aux autres : « Messieurs, couloirs des eaux chaudes. » Ils se mirent en marche et Claire les suivit à distance, essayant de retenir Grosjean qui voulait les dépasser.

« Monsieur Grosjean, allez-vous l'ausculter aux

bains ? Parce que le professeur Tournier m'a demandé… »

Il se retourna à peine, puis pressa le brancard avec plus d'insistance, encore.

« Je sais. Tournier m'a envoyé un courrier où il me dit tout. Pas de traitements brusqués. Juste de l'eau chaude », souffla-t-il comme une insulte.

Il continua de harceler les porteurs. Rémi haussa les sourcils en direction de Claire, qui lui répondit par une moue d'excuse, et dit à Grosjean :

« Depuis ce courrier, les choses ont évolué… »

Sans prêter plus d'attention à Claire qu'à ses interventions, il montra d'un gros doigt blanc un bain.

« Installez-le dans cette baignoire. Je reviens. »

Et il s'en fut.

Libérée de la crispation que provoquait la présence de Grosjean, elle vit enfin la beauté des lieux. Elle était entourée de mosaïques dans un camaïeu de bleu. Il y avait un grand bassin où flottaient des patientes en chemises blanches accompagnées chacune par un membre du personnel reconnaissable à son uniforme bleu. Sur les côtés étaient installés d'autres bassins individuels identiques à celui devant lequel elle se trouvait. La lumière rendue opalescente par la vapeur descendait d'une verrière située très haut dans le plafond. C'était un lieu magnifique. Elle n'avait jamais rien vu de tel. L'endroit était calme. Tout, des lumières aux couleurs, appelait au repos. Les patients murmuraient et la vapeur d'eau ramollissait l'amidon de son uniforme.

Un vieil homme en pantalon court et chemisette bleue à fines rayures blanches s'approcha.

« Je m'occupe de lui », dit-il, congédiant poliment Rémi et les brancardiers. Il porta sans aucune difficulté le soldat inconnu jusque dans une cabine que Claire n'avait pas encore vue. Il tira les rideaux. Claire libéra Rémi, lui proposant de faire ce qu'il voulait de l'heure suivante. Il disparut dans le brouillard des bassins. Elle chercha du coin de l'œil un endroit où s'asseoir pendant le bain. Il y avait, le long du mur à un mètre de l'eau, des bancs carrelés dans les mêmes teintes. Elle s'approcha pour s'installer lorsque le vieil homme athlétique sortant de la cabine, le soldat nu dans les bras, l'interpella.

« Mademoiselle ! Attendez, vous allez être trempée. »

Il descendit dans l'eau du bassin. Il protégea les sangles d'une serviette-éponge qu'il glissa sous la tête de l'homme, le laissant flotter presque seul. Il en passa une seconde sous ses jambes pour empêcher qu'il basculât. Puis pour Claire, qui attendait toujours debout, il abandonna l'installation un instant.

« Allez chercher des serviettes pour vous asseoir, il en reste dans la cabine. » Il montra du menton le lieu d'où il venait. « Je m'appelle Henri.

– Claire. »

Elle lui sourit et se rendit dans la cabine à la recherche de serviettes. En revenant, elle constata qu'Henri parlait à l'homme. Son énorme paire de moustaches remuait. De loin il semblait même le bercer. En s'approchant elle vérifia son impression. Henri berçait l'homme dans l'eau. Cela faisait à peine des ondes à la surface. Il le berçait comme Claire le massait, très lentement. Claire se pencha vers Henri pour faire comme les gens autour d'eux, chuchoter. « Vous faites ça souvent ? » L'homme, tout ramassé, semblait caresser la surface de l'eau avec son bras flasque.

« Oui… Parfois… C'est peut-être parce qu'il ressemble à un grand nouveau-né… Vous savez, il a ouvert les yeux lorsque je l'ai installé dans le bassin. » Henri regarda l'homme dans les yeux. « Il a l'air si fragile, comme un oisillon géant.

– Oui… Vous allez rester avec lui ?

– Bien sûr. C'est mon métier. Je masse, je baigne… Je m'occupe de l'hydrothérapie aussi. Nous sommes relativement libres tant que nous suivons les indications de Grosjean. »

Il ne la regardait pas en lui parlant, il se penchait sur le soldat. Un grand-père avec son petit-fils meurtri. Une pietà étonnante, mais tout aussi bouleversante. Elle pensa que le soldat avait de la chance de tomber sur Henri.

« Comment est-il, Grosjean ? » Claire avait pris un ton dégagé pour poser sa question, pourtant Henri sortit de sa contemplation.

« Comment ça, comment ? » Il fronça les sourcils.

« Je ne sais pas… Le professeur Tournier est très attentif aux avis des infirmières, il fait souvent partager son point de vue. Il ne se sent pas menacé par ce qu'on peut proposer.

– De cette façon-là ?… » C'était certainement loin de ce à quoi il s'attendait.

« Oui, parce que Tournier a demandé à Grosjean de ne pas pratiquer de traitements brusques. Mais…

– Il ne prendra pas la peine de jeter un coup d'œil au patient… À moins que votre patron ne publie, bien sûr. Il passe plus de temps à écrire qu'à suivre les malades. En même temps, nous ça nous arrange. » Henri le berça imperceptiblement, ridant l'eau bleue. « Il ne craint rien votre monsieur. Avec son tigre sur le dos, il ne peut rien lui arriver… » Il plongea de nouveau dans un silence contagieux.

« Je peux me promener un instant… » Les mains vides, elle montrait qu'elle n'avait rien à faire là.

« Faites un tour, les bassins sont magnifiques. Ils ont été refaits il y a un an. Faites attention à ne pas glisser… Prenez mes sabots, vous serez plus stable… Et ça sera plus propre… »

Ils étaient posés sur le bord, à côté de l'échelle.

Claire retira ses bottines et chaussa les sabots d'Henri. Elle lui fit un signe de la main qu'il rendit du menton. Elle se sentait en confiance avec Henri et perdue dans ses sabots.

Elle concentra son attention sur les arrivées d'eau en gueules de poissons. Il régnait une atmosphère magique. C'était un lieu étrange où le rêve portait jusqu'à l'apnée. Sur un banc de mosaïques, elle ferma les yeux. Le corps de l'inconnu reposait entre deux eaux, étendu, allongé. Il miroitait sous une lumière différente. Lorsqu'il ouvrit la bouche pour articuler des mots qu'elle ne comprenait pas, Claire sut qu'elle rêvait.

Elle sentit une présence à son côté. Rémi était venu la chercher. Il lui avait touché l'épaule et elle ouvrit des yeux sans fatigue.

« On médite ? » Rémi, certain que Claire était de nouveau parmi eux, lui adressait doucement la parole.

« Je contemple… » mentit-elle.

Grosjean n'était pas repassé voir l'homme, comme l'avait sous-entendu Henri. Le soldat ne paraissait pas avoir profité des bains, son corps ne trahissait aucun changement. Claire, envahie par le doute, hochait la tête. Henri lui fit remarquer que c'était le premier jour et qu'il ne fallait rien attendre avant plusieurs soins. Parfois, il fallait des mois. Elle quitta l'*Hôtel des Bains*, lasse.

De retour en ambulance, le soleil éclatant des neiges de décembre lui fermait les paupières. L'image de l'inconnu ne la quittait pas. Il coulait dans son corps une douce tiédeur. Elle se plaisait à évoquer le souvenir de l'homme, à faire naître encore et encore les détails du visage. La tiédeur enflait et cela la rendit songeuse. Un rêve éveillé ?

Elle secoua la tête inquiète. Elle n'était plus elle-même ! Perdait-elle le chemin de Dieu ? La source fondamentale qui la tenait éloignée des sous-entendus énigmatiques de la vie. L'absence de regard sur sa nudité, l'interdiction d'évoquer les changements dans son corps. Et cette peur de mourir, ce lointain soir, de sa première hémorragie féconde étouffée dans les chuchotements religieux. Quelles réponses cherchait-elle dans l'insondable inertie de l'homme ? Claire regarda ses mains pour trouver un responsable. Ses doigts étaient jaunes de tabac.

Soudainement, comme toujours, la mort vint s'emparer des questions et replongea chacun dans la vie. Devant l'automobile, un cortège funèbre passait. Rémi et Claire se signèrent.

« Laissez-moi sortir ! » venait-elle de crier à Rémi qui, surpris par la voix de Claire, freina brusquement. À peine avait-il ouvert la bouche pour l'interroger qu'elle fermait la portière pour se joindre à monsieur et madame Jacquet qui suivaient la charrette alourdie du cercueil. Ils se soutenaient pour avancer dignement jusqu'à chez eux. Les passants se signaient devant le nouveau cortège funèbre, un autre corps rendu à sa famille.

Ils étaient seuls, noirs, trébuchants, anéantis et pourtant, toujours vivants.

« Pouvez-vous vous occuper seul de l'homme ? » demanda-t-elle, revenant sur ses pas. Rémi confirma de la tête et elle repartit. Elle voulait marcher derrière eux. Sans rien dire. *Agnus Dei, qui tollis peccata mundi : Dona eis requiem*, souffla-t-elle pour elle.

Les hommes portèrent la dépouille mortelle d'Étienne dans la maison. Ils l'installèrent dans la cuisine nette et rangée, sur la table. Les voisins entrèrent, précédés par les Jacquet. Des femmes, autour du poêle, avaient préparé à manger et à boire pour la veillée. Le miroir du couloir de l'entrée était voilé, les volets tirés et l'encens brûlait. Claire avait vécu cette scène des dizaines de fois depuis quatre ans, mais chaque fois elle pensait que c'était la dernière. Et puis ce silence, suivi de chuchotements… Monsieur Jacquet servait du vin quand il la vit.

« Vous l'aviez aimé la dernière fois… dit-il en montrant la bouteille pour la convaincre. En voulez-vous un peu ? » Il lui tendit un verre plein, en souriant.

Pourtant perdre un enfant, cela aurait pu le laisser mort au milieu des vivants, exilé dans son corps, inaccessible. Elle savait que c'était le plus abominable des sacrifices. Cependant il souriait, il parlait. Il était capable de poursuivre sa vie tout en n'offrant que son absence. Claire prit le verre de vin de Savoie du beau-frère, le respira longuement.

« Je passerai demain vous rapporter les lettres. Merci encore de votre confiance. » Claire lui rendit le vin qu'elle n'avait pas goûté. « Présentez mes condoléances à votre femme de ma part. Je ne voudrais pas la déranger… Elle est très entourée. » Ils la regardèrent, recroquevillée dans un fauteuil, cernée par des femmes, seule à ne pas parler.

« Ne vous en faites pas, elles vont bien s'occuper d'elle. » Il guida Claire jusqu'à la porte où il fut à son tour happé par de nouveaux visiteurs.

Par le prêtre Jean, Claire venait d'apprendre les circonstances de la mort d'Étienne Jacquet. Elle marchait en direction de la Visitation. Mort après l'Armistice d'une méningite, pour ce qui était des raisons médicales. Son casque ne l'avait pas protégé d'une balle. Il était resté inconscient pendant douze jours puis l'inflammation l'avait emporté. Elle le vit tomber lourdement au sol, les yeux ouverts, son fusil encore serré dans sa main.

Elle entendit le choc affreux dans la terre ouverte. Frémissement de chair, de boue et de métal. Elle pensa qu'il était mort presque un mois auparavant et que ses parents venaient tout juste d'être mis au courant. Il devait y avoir encore tant de parents dans ce nouvel espoir de fin de guerre qui attendaient des enfants déjà morts, ailleurs, loin. Submergée par cette vision, elle ferma les yeux un instant pour chasser ces pensées et pria.

Elle marchait silencieusement sur la neige sale, respirant, calme, l'air glacé. Le visage de l'homme s'insinua sous ses paupières closes. « Je sais, tu es vivant… C'est justement cet espoir que tu portes que j'aime. C'est la violence de la vie que tu refuses, que je combats aussi, qui nous lie. C'est le renouveau, le printemps de tes yeux dans ce corps, saisi. J'ai envie de t'aider à revenir. J'aimerais que tu reviennes… »

Mardi 10 décembre

Lorsque Claire ouvrit la porte, le froid la surprit. Elle pesta un instant contre les restrictions de bois et posa les tisanes sur le rebord de la fenêtre. L'homme avait le nez rouge de froid et paraissait dormir, son souffle presque silencieux blanchissait l'air devant lui. Pourtant il restait du charbon, ce qui l'étonna. D'habitude les infirmières de garde entretenaient le feu la nuit pour éviter de retrouver les patients gelés, au matin. Claire alimenta le poêle et se réchauffa doucement les mains.

Prête à s'installer sur le lit pour frictionner les mains bleues de l'inconnu, elle s'arrêta dans son élan. Elle venait de croiser le regard d'un homme, calfeutré sous les couvertures du fauteuil, l'œil cerné. Son nez pointait à peine de sous les édredons. Il la regardait aller et venir sans rien dire. Il se redressa, ce devait être Nicolas Varenne. Faisant le tour du lit en silence, elle lui tendit une tisane. Le jeune médecin l'enveloppa de ses grandes mains et Claire s'assit sur le lit pour réveiller l'inconnu.

Elle caressa la tête du soldat. Les cheveux repoussaient d'un vigoureux châtain clair, peut-être roux. Ce contact la surprit. Piquant et doux. Elle demanderait aux religieuses de la raser le jour où elle prononcerait ses vœux. Que le sacrifice soit complet.

« C'est l'heure du petit déjeuner… dit-elle à l'attention du jeune médecin qui se levait. Il est servi à la cantine. Je vous rejoins chez Tournier. » Après un silence et sans vérifier qu'il l'écoutait, elle ajouta : « Je m'appelle Claire. »

Le soldat ouvrit les yeux comme pour la regarder, mais ce fut le médecin qui répondit.

« Je sais », se contenta de dire Nicolas en attrapant ses documents. Il la salua de la tête, ramassa son manteau aux pieds du banc et sortit discrètement.

Elle se saisit de la dernière tisane au thym et, cuiller après cuiller, la donna à boire à l'homme, l'essuyant avec les nouveaux mouchoirs de Marthe.

« Il a été gentil avec vous ? Attentif ? Et vous, lui avez-vous raconté des choses cette nuit ? Je ne vous ai pas dit, vos cheveux repoussent. Comment sont-ils ? Raides ? Bouclés ? »

Claire le fit pivoter dans le lit, elle voulait l'installer dans le fauteuil encore chaud de la nuit de Nicolas. Sœurs Thérèse et Dominique allaient passer dans un instant pour le laver et elle voulait qu'il ait eu le temps de se réchauffer avant sa toilette.

Lorsqu'elle referma la porte du bureau, elle vit que le sofa avait servi une fois de plus. Elle se demanda si elle ne devait pas en parler avec Tournier. Elle se sentait partagée entre leur complicité et la distance respectueuse qu'elle lui devait.

Nicolas se leva quand elle entra et sœur Claude haussa un sourcil broussailleux en guise de bienvenue. Tournier l'invita à s'asseoir comme d'habitude, d'une main, sans vérifier qu'il s'agissait bien d'elle. Nicolas sortit ses notes d'un carnet en maroquin rouge.

« Il a dit peu de chose et pour moi, elles sont très confuses. Donc "*Anna*", comme la première fois. Il a dit aussi "*Mont Fuji Yama*". Il s'agit d'un volcan japonais… » Il releva la tête pour voir si Tournier suivait ou s'il continuait à lire son *Progrès médical*. Désappointé, il poursuivit malgré l'absence apparente d'intérêt de Tournier. « Le nom le plus étrange est de loin *cuisse-de-nymphe-émue.* » Tournier parut s'intéresser au récit de Nicolas.

« Cuisse-de-nymphe-émue ? articula-t-il lentement.

– Oui, c'est cela… confirma le jeune homme gêné.

– Vous avez une idée de quoi il peut bien s'agir ? » interrogea Tournier un frisson de sourire sous les moustaches. « Sœur Claude, cela vous dit-il quelque chose ?

– J'ai abandonné les nymphes à leur sort depuis bien longtemps… Alors qu'elles soient émues et surtout de la cuisse, vraiment ça ne me concerne plus.

– Bien… reprit plus sérieusement Tournier. Anna. Nous retrouvons le même prénom, nous abandonnons la simple coïncidence. C'est une réminiscence. » Tous hochèrent la tête en même temps. « Le Mont Fuji Yama. C'est beaucoup plus difficile à placer… » Il bascula dans le dossier de son fauteuil, les mains devant la bouche dans une abyssale réflexion. « C'est très difficile d'en parler sans recul, nous verrons bien. Quant aux cuisses de nymphes… Je n'en ai aucune idée. Des rêves peut-être ? Des désirs inconscients de cet ordre sont plus facilement envisageables… » Il sourit par avance de la suite de son raisonnement. « De même, nous pouvons être sûrs qu'il ne s'agit pas de restes diurnes… Ici, ce sont des infirmières qui travaillent… » Il laissa passer une seconde avant d'appuyer : « Non des nymphes… » Il ne put retenir ses yeux qui survolèrent sœur Claude qui elle, au contraire, le fixait, butée. Il se sentit déçu lorsque Nicolas prit la parole à la place de l'infirmière.

« Faut-il faire appel à un détective ? Il y en a qui se sont spécialisés dans les enquêtes sur les soldats recherchés par leur famille. Ils ont peut-être des données, des photographies ? avança Nicolas.

– C'est une bonne idée. » Tournier posa ses mains sur le bureau après la prise de quelques notes. « Mais n'oubliez pas que vous êtes en charge des surveillances nocturnes et que vous voulez assister aux massages de Claire… Cela ne vous ennuie pas, Claire, de montrer vos massages à monsieur Varenne ?

– Non. Bien sûr. »

Elle s'attarda un instant sur Nicolas auquel elle venait de répondre indirectement. Il avait les yeux feuille d'automne, d'un ovale un peu rond et doux, mais surtout quelque chose de très triste dans le regard.

Elle redressa le cou et le regarda plus précisément, avec attention, comme elle aurait dû détailler les cristaux de neige que lui avait montrés Claude, quelques jours auparavant. Il avait un visage académique, des yeux éloignés du nez qu'il avait long, une fossette sur le menton – comme la plupart des Indo-Européens, lui avait expliqué Tournier. Rien de particulier en réalité, juste une façon, une pesanteur, qui n'avait rien de physique.

« Mademoiselle, lança Nicolas, comment pratiquez-vous ces fameux massages ? »

Claire baissa les yeux et sourit, se rendant compte que le « mademoiselle » venait de se répendre comme un brouillard glacé. Tournier fronça les sourcils. Il prenait ça pour un manque d'éducation ce qui était la pire des insultes qu'on pût faire en sa présence.

« Je suis novice…

– Et comment appelle-t-on les novices ? Je ne peux pas vous appeler sœur Claire, vous ne l'êtes pas. Non ?

– Appelez-moi Claire, comme tout le monde, c'est plus simple. » Elle se tourna vers Claude. « En tout cas, je vous préviens amicalement, vous serez obligé de l'appeler sœur Claude, elle bat les brancardiers au bras de fer. »

Le sourire gourmand de Claude appuyant la menace de Claire dissipa le léger malaise.

Dominique et Thérèse n'avaient pas recouché l'homme. Il était toujours assis à côté du poêle, maintenu sous ses édredons, la fenêtre entrebâillée pour changer l'air de la nuit. Tournier prit position sur le banc, Nicolas contre la fenêtre refermée et sœur Claude tira la porte derrière elle. Claire parla à l'homme.

« Dormez-vous ? Je viens pour le massage. Aujourd'hui c'est au tour de l'épaule droite. »

Elle posa le dos de ses doigts sur sa joue pour en connaître la température. L'homme n'ouvrit pas les yeux comme elle l'aurait espéré, et debout à côté du poêle, elle commença le massage. Elle mobilisa doucement l'épaule en de tout petits cercles. Nicolas notait et Tournier se grattait le front.

J'avais oublié la morsure du panier plein, dans le creux de l'épaule. C'est au moins un avantage de la pension, je ne suis plus obligé d'aller faire le marché. Mon seul souci c'est que je suis loin et que je rentre rarement au cours de l'année scolaire. Mes retours dépendent de notre fortune qui n'est jamais vraiment florissante, mais toujours rassurante. Mon père fait bien les choses de ce côté-là. C'est souvent Gabriel, mon voisin de chambre, qui m'avance l'argent du train. Mon inconnu de père ne m'en envoie pas directement, on ne sait jamais, il pourrait se trahir, me donner des informations sur lui à son insu.

Depuis la mort de Pépé, ma mère n'a plus que moi pour veiller sur elle. J'ai trouvé de l'argent dans sa boîte… C'est donc qu'il est passé. Elle m'a dit qu'il avait apporté des médicaments pour la fièvre.

Je suis allé chercher des légumes pour la soupe, je lui ai pris des fromages frais et un pot de pommes sèches. Je me trouve en train de caresser la rampe de l'escalier. Elle a été patinée par des générations de mains d'enfants ou de vieux. Il y a deux âges pour les rampes… Sans compter les nostalgiques, qui sont comme moi de grands malades. Elle est tout de même bien douce sous les doigts. J'avais oublié que les escaliers étaient si longs, si profonds et si fatigants. Les marches de pierre sur lesquelles, petit, je voyais une mer de coquillages fossiles, gris et blancs.

Maman est là-haut qui ne peut plus avaler sa salive tant elle souffre de la gorge. Le médecin de mon père est venu pour l'ausculter, et il n'est pas très inquiet. Pourtant, je ne peux m'empêcher de craindre pour sa vie. Elle est tout ce qui me reste de cette famille tronquée.

Le cheval vole vers moi. Il est projeté comme un vulgaire caillou, en l'air, dans l'explosion. Je reste figé dans un horrible instant de fascination. Il me tombe dessus et je ne peux pas bouger. Mon corps entier attend, serré, qu'il s'abatte et me tue. La douleur à l'épaule et le choc. Je suis surpris. Couché à terre. Les naseaux ensanglantés me soufflent doucement une brume tiède et rouge sur le visage. La tête du cheval. Seulement la tête du cheval sur moi.

Je crie. J'appelle. Personne. Où est-il ? Je dois me libérer avant la suite de l'avancée des Allemands. Je pousse la longue face, pleine de dents écarlates, de terre et de sang. Je me dégage. Je peux bouger mon bras. J'entends Lantier. Il appelle sa mère. Il n'appelle pas, il murmure. Où est-il ? Je le cherche. Je soulève des morceaux de viande. C'est chaud et lourd, le cheval. Lantier est là. Il est. Je le prends dans mes bras, mon fusil dans le dos et je cours. Il est. J'ai de plus en plus de difficulté à courir. Mon pantalon colle.

« Lantier ? » Il me regarde et sa tête roule dans le creux de mon bras à chacun de mes pas. Il ne me quitte pas des yeux. Je cours encore plus péniblement. Je fais des efforts incroyables pour ne pas trébucher. Mon pantalon se raidit.

« Il geint ? » Claire se pencha pour poser son oreille sur la bouche de l'homme. « Oui, il gémit. » Nicolas et Tournier écoutèrent à tour de rôle ce souffle douloureux, cette plainte morte avant de s'exprimer.

« Lantier ? » C'est là que j'ai compris. Je porte un homme tronc qui se vide. Il me fixe avec tant d'intensité que je m'arrête. Je ne cours plus. J'écoute. Je me couche à côté de lui. Je prends sa tête. Je la caresse. Je n'avais jamais fait attention, mais ses yeux ne sont pas de la même couleur. Il articule quelque chose que je ne comprends pas. Une mélopée, un chant, loin, perdu dans sa gorge. Et puis plus rien. Mon pantalon durci et collant de sang m'est odieux. La toile épaisse ne plie plus aux genoux.

Mon ami est là, sur la terre. Je sens monter en moi

une épouvantable colère. Je suis un colosse innommable qui veut tuer, qui veut dépecer, mordre. Un monstre de colère qui crie, debout, ensanglanté.

Je m'effondre sous les yeux vides de Lantier. Pourquoi me fait-il ça ? Je lui avais interdit de mourir. Qui va me dire la fragilité des papillons dans cette saleté qui nous entoure ? Leurs couleurs, leurs noms ? Il ne dessinera plus leurs chenilles dans son carnet ? Qui va partager mon attente de Mathieu ? Qui me dira les poèmes ?

Je le reprends dans mes bras. Il est si léger maintenant. Une moitié de lui-même, comme son fils qui ne le pleure pas encore. Je suis le premier à savoir. Écœurante faveur. Les soldats autour de moi se montrent du menton le morceau de Lantier que je porte. Mines fatiguées. Chacun reprend son activité. Moi, je rends Lantier au caporal. Mon collectionneur de papillons s'est envolé.

Maman a une drôle de voix.

« Ne t'approche pas de l'eau. Pierre. Fais attention ! »

Moi je jette des cailloux dans l'eau. Je fais bien attention. Maman m'a dit que je pouvais tomber dans l'eau et me noyer. Je ne sais pas ce que ça veut dire, mais ça l'inquiète, alors ça me fait peur. Les cailloux, ils font des ronds dans l'eau. C'est joli. J'aime aussi leur bruit quand je tire fort.

Maman discute avec le monsieur qui a des chevaux. C'est la première fois que je vois des chevaux de course. Je connais le cheval de Pépé, mais c'est pas pareil, je peux monter dessus quand il me tient. Ces chevaux-là, ils ont une voiture qu'ils tirent. Le monsieur m'a dit que c'est un cabriolet. C'est un joli nom, mais il ne veut pas que je monte dedans. Il a peur que je tombe lui aussi.

Maman est très belle avec son nouveau chapeau que le monsieur lui a offert. Moi aussi j'ai un cadeau. C'est des craies de couleurs. Il m'a dit de faire de beaux dessins. Je ne sais pas ce que c'est un dessin.

Moi, je n'aime pas quand elle l'embrasse. J'ai tiré sur la jambe du monsieur pour pas qu'il touche à Maman et il a ri. Il a dit que j'étais fort pour un garçon de deux ans. Il a dit que je ressemblais à Maman et que c'était bien.

Il est gentil, mais Maman est triste. Elle se cache pour pleurer, mais je vois bien. Le monsieur lui dit de ne pas se faire du souci. Il me dit qu'il a trouvé une nouvelle maison pour nous, mais que Pépé il ne pourra pas habiter avec nous. Il dit aussi que c'est une dame qu'il connaît qui va s'occuper de moi. Il dit qu'elle est gentille. Maman dit que je vais avoir une chambre pour moi tout seul. Je veux encore dormir avec elle.

Je pleure. Je crois que c'est parce que Maman pleure aussi.

Il me prend dans ses bras et me jette en l'air. C'est bon. Ça fait respirer plus fort par la bouche. J'ai peur. C'est bon.

Maman a arrêté de pleurer, elle est d'accord pour quitter Pépé et s'installer dans la nouvelle maison.

Je demande au monsieur s'il va rester avec nous. Il rit. Il dit que non. Il dit qu'on ne va plus se voir mais qu'il prendra soin de nous.

Maman pleure encore.

Je me sens seul.

J'ai écrasé une craie bleue sur les cailloux. C'est très joli, mais je sais que je vais me faire gronder. C'est joli avec du rouge aussi.

Paul rit. Pas le rire d'une bonne blague, non le rire devant l'incompréhension d'un idiot. Je rejette sa main *de sur mon épaule, qui se voulait consolante et complice. Je sens le froid qui se propage comme un liquide de ma tête à mon estomac à m'étourdir. Je vais vomir, le cœur au bord des lèvres. Il recule. Peut-être est-il inquiet. Je lui suppose un doute au fond des yeux.*

« Vous croyiez vraiment que je n'étais pas au courant. Me prenez-vous pour un imbécile monsieur Guibert ? Quel homme vous aurait-il accueilli sous son toit en son absence avec votre beauté renversante pour seul bagage ?... Non, excusez-moi, je suis injuste. Vous avez très bien rempli votre rôle auprès de Mathieu... Aussi. »

La nausée m'embrume l'esprit et le froid a cristallisé toutes mes réflexions. Je ne veux pas comprendre ! Qu'on me laisse disparaître ! Ils étaient... Je ne veux pas l'imaginer. Anna n'est pas là, il ment c'est sûr. Il ment pour garder la tête haute, se donner un rôle moins insupportable que celui du cocu. Je ris à mon tour. Il a peur de perdre la face.

« Vous inventez toute cette histoire pour sauver les apparences ! » J'ai mis toute la morgue dont je suis capable sans avoir l'air ridicule.

« Demandez à Anna. Vous n'êtes pas le premier. Que croyez-vous ? » Il me fixe pour me tuer d'une phrase. « Vous êtes resté plus longtemps que les autres car vous avez mis plus de temps à prendre ce qui vous était destiné depuis le début. » Il rit, la gueule ouverte comme si le soleil se levait là, chaque matin.

Il se moque de ma bonne foi, de mes délicatesses. Je me souviens de tous nos rendez-vous. L'air détaché d'Anna. Sa frivolité que je prenais pour du courage. Mes bras se raidissent, mes épaules remontent à mes oreilles comme si mon corps redoutait le coup qu'il vient de prendre. Je vacille légèrement, mon corps comprend ce que mon esprit ne veut pas entendre.

« Anna ? » Il se sert de sa femme comme d'un rem-

part. Depuis quand est-elle présente dans mon dos ? Quel plaisir dans l'estocade. C'est bien elle.

« Je suis désolée Pierre... Tu peux toujours rester un peu, le temps de te trouver quelque chose, une chambre... »

Anna, vêtue de blanc comme tous les étés... C'est odieux ce rôle de mère protectrice qu'elle prend tout d'un coup avec moi. Je n'ai plus rien à entendre. Je ne souhaite plus la mort de Paul. Ni de quiconque d'ailleurs. C'est le moment du sacrifice de l'amour sur l'amour-propre. Sortir de ce lieu écœurant. Je voudrais revenir avant, avant que je me sente sale. Quitter cette puanteur navrante.

« Il fait la moue. Il a l'air de souffrir... »

Claire se retourna. Tournier, la plume en l'air, vint constater les progrès. L'épaule était détendue, mobile. Il sortit son marteau en caoutchouc pour contrôler les réflexes de l'homme avec l'aide de Nicolas, qui soutenait le bras, en l'air. L'effort fut concluant. Tournier consulta sa montre.

« Bon, cela fait vingt minutes. C'est suffisant. »

Il fit signe à Nicolas et ils portèrent l'homme sur son lit. Claire installa les sacs de noyaux de cerises chauds sous ses pieds et son dos.

« Je reste un instant avec lui, le temps de lui donner à boire. »

Tournier lui demanda de les rejoindre à son bureau et ils quittèrent la chambre.

L'homme était couché sur le côté gauche, vers la fenêtre. Elle s'assit sur les édredons près de ses genoux. Il était si fragile, si fin et si délicat.

« Je suis Claire Brazier, vous le savez déjà. » Elle ne trouvait rien à rajouter. « Vous avez eu mal pendant le massage ? Vous aviez l'air de souffrir. Je suis désolée si je vous ai blessé d'une quelconque manière. »

L'homme ouvrit les yeux. Elle ressentit chaque nerf réagir en même temps, comme quand elle était tombée dans l'eau glacée du bief, une secousse et toute la vie qui volait en éclats éblouissants. Elle ouvrit la bouche pour inspirer, échapper à la noyade qui la tétanisait. Parler, banaliser, vite.

« Je vais vous laisser, je m'occupe des enfants cet après-midi. Nous préparons la crèche. Nous allons faire une promenade sur les bords du lac pour trouver des cailloux blancs et tracer un chemin dans l'église. Je passe vous voir ce soir. »

Seule la pulpe de son majeur toucha le front, mais elle retint sa main. Elle ne pouvait plus s'autoriser à le caresser.

Tournier fit taire Nicolas de la main pour permettre à Claire d'entrer et de s'asseoir. Claire resta debout. Elle avait la très nette impression qu'elle interrompait une discussion passionnante. De toute évidence, Tournier avait un nouvel interlocuteur. Il était avide d'apprendre et Nicolas lui apportait du neuf.

« Alors, votre avis, monsieur Varenne ? »

Nicolas prit une seconde.

« C'est une pathologie post-traumatique. Il me semble. Trouble moteur et sensitif. Une psychonévrose de guerre…

– Apparemment. Mais avec votre expérience des séquelles dues au conflit… Sur le terrain, je veux dire…

– Vous savez, j'ai peu de recul. Certains aliénistes et neurologistes ont fait des constats, émis des théories…

– Je sais, je sais… » Tournier s'impatientait. « Mais vous, personnellement, avec votre expérience…

– Il est toujours en état de réaction…

– Justement ! Je n'ai pas vu comment ça s'est passé sur le front. J'ai juste lu. Dupuytren et son "hémorragie de la sensibilité" au moment de l'attaque et surtout l'épuisement qui suit chez Voivenel… Avez-vous déjà pu observer un cas concret comme celui-ci ? » Ne le laissant pas répondre, il poursuivit : « Je pensais à des complications psychiatriques suite à un choc, ou plusieurs répétés, avec apparition d'une névrose traumatique. » Il jeta un coup d'œil à Claire qui écoutait avidement.

« C'est également ce qui me vient en premier. Vous avez pensé à l'hypnose ? Parce qu'il ne faut pas compter sur la conversation persuasive…

– Oui, c'est moi qui vais m'occuper de la séance, répondit-il en se reculant dans son fauteuil. Avez-vous des choses à ajouter, Claire ? »

Elle en avait beaucoup, mais ne savait pas si elle pouvait. Alors elle ne dit rien.

« Je vais vous laisser travailler. » Elle sourit à Tournier, tendit la main à Nicolas Varenne et sortit. Il faisait frais dehors. Et c'était bien.

Les lettres étaient serrées contre son cœur depuis le matin. Le ruban bleu sortait de sa chemise. Claire respirait profondément en marchant jusqu'au 5 de la rue de la Providence.

Espérant qu'il n'y eût personne ou trop de monde… La souffrance injuste des parents meurtris, elle n'en pouvait plus. Si elle se refusait à établir une hiérarchie dans la mort, celle du mari, du frère, du père ou du fils, elle constatait des différences entre l'abîme qui s'ouvrait sous la mère et le père, et celui des autres. La femme, la sœur, la fille survivaient. Les parents non. Était-ce cette mort qu'ils donnaient à la naissance qui les culpabilisait ? Pour Étienne, la mort paraissait si injuste. Il avait dû être blessé dans les derniers jours du conflit ou peut-être après… Que trouverait-elle à dire, une fois de plus.

Elle frappa sans conviction. La main de métal effleura le bois de la porte.

« Y a personne ! »

Ses doigts restèrent collés au heurtoir dans un gel subit. La voix de monsieur Jacquet, cassée par le chagrin, tonnait comme un dieu vengeur. Une force inconnue, dévastatrice, enfermée dans cette maison, se refusait à sortir, de peur d'incendier la ville.

Cette colère aussi, elle la connaissait. Celle qu'on s'autorisait seul chez soi, après une trop longue modération en public. Celle qui voudrait briser, arracher, détruire.

« Je repasserai… »

Claire fit demi-tour et redescendait déjà dans la rue lorsqu'il l'interpella :

« Fille de Dieu ! Vous avez quelque chose à moi ! » Immense dans sa violence, Jacquet se tenait sur le pas de la porte. Il la montra du doigt et, à travers elle, les lettres retenues par le ruban du berceau d'Étienne qu'elle avait conservé, contre sa peau.

« Je passais justement pour vous les rendre… Comme promis… »

Elle revenait lentement sur ses pas. Il lui paraissait si grand, aujourd'hui. Grand et digne. Seuls ses mots trahissaient son enfer. Elle remonta doucement la volée de marches pour se retrouver juste en face de lui, sans le quitter des yeux. Il ne protesta pas lorsqu'elle lui remit les lettres. Il les saisit tendrement, comme on porte un nourrisson. Deux grosses larmes s'écrasèrent sur le paquet. Il ferma brutalement la porte. Claire resta sans bouger, comme l'instant auparavant, le nez sur le heurtoir.

« Dieu n'existe pas ! » hurla-t-il en direction de Claire pour la faire fuir.

Elle ressentait la peine comme une nausée qui l'empêchait de déglutir. Un nœud si serré qu'elle bascula la tête en arrière, la bouche béante, pour retrouver son souffle. Elle aurait voulu que Jacquet ouvrît la porte pour la consoler et cette idée accentua son étourdissement. Claire fit quelques pas sur le pavé boueux. Elle tremblait de chagrin. Étienne, ce gamin qui l'avait prise par la main au détour des lettres, déjà mort. Elle entra au *Mal Assis*. Le patron aussi surpris qu'elle par son intrusion plissa les yeux derrière le zinc, mais ne fit aucun commentaire. Les habitués levèrent le nez de leurs cartes juste à temps pour la voir disparaître entre les tables, entraînant deux chaises dans sa chute. André-Jean médusé mit quelques secondes à comprendre qu'elle avait juste cherché un endroit chaud pour se permettre de s'effondrer.

« Tapez vos pieds ! Chacun son tour sur le grattoir. Pascal on ne pousse pas ! »

Ils entrèrent brusquement dans la sacristie, le bruit des chaises qu'on pousse. Jean avait fait chauffer du lait, sortit du pain, du sucre et des oranges. Les enfants s'installèrent devant un bol, le nez et les oreilles rouges des courses dans le froid. Claire entra et d'un commun accord, ils déposèrent devant eux le fruit de leur collecte. Leurs lots de cailloux blancs qui gonflaient leurs poches.

« Tout ça ! » Jean s'empressa de les ramasser pour les laver. « Ils seront magnifiques pour souligner le chemin des bergers. »

Claire servait le lait chaud dont l'odeur l'incommodait. Appuyée sur le chambranle de la porte, elle laissa le prêtre et les enfants manger tranquillement.

« Fatiguée ? » demanda Jean en s'installant auprès d'elle.

« Non. J'ai une jolie vue d'ensemble, d'ici. » Après tout, l'essentiel se trouvait là, attablé devant elle, ces enfants qui croquaient des morceaux de sucre avec du pain. Un vide insatiable avait creusé en elle une niche, s'était installé petit à petit sans qu'elle n'y prêtât attention. Elle n'était qu'un coquillage vide soumis aux marées de l'humanité. Elle prit une orange, défit le papier de soie qui la protégeait. Elle entortilla deux coins et le reposa sur le fruit qui se transforma en un escargot assez laid. Elle le fit rouler sur la table. L'escargot difforme longea une rangée de bols sous les cris de surprise des enfants. Elle savait comment s'y prendre avec les petits. Elle savait répondre à leurs questions et les consoler. Cela lui était naturel. Spontané. Avec eux, elle se devait de construire de beaux lendemains, le pardon des peuples, seule cicatrice possible à la guerre.

Pourtant Claire se sentait ailleurs. L'inconnu était là-bas, dans le noir d'une chambre, impassible devant les douleurs du monde, comme le Christ d'ivoire au-dessus de son lit.

« Que je vous trouve beau », murmura Claire, debout dans la chambre. « Je crois que je m'invente une vie à vos côtés. Une vie qui ne me rendra pas heureuse. Comment être heureuse avec quelqu'un qui ne vit pas. Ce qui m'attire c'est le vide qu'il y a dans vos yeux. On peut s'y installer et rêver… »

Elle laissa passer un instant tout en s'approchant, puis reprit, aussi calmement : « Un rêve, c'est comme un parfum, il suffit de croiser une odeur qui lui ressemble, et il revient intégralement, dans les conditions du souvenir. Vous êtes un parfum, une présence immatérielle… »

Claire s'assit sur le drap, dans la nuit. Elle devinait

pourtant les lignes du visage dans la clarté des rayons de lune filtrant au travers des volets. Il dormait. Il était si parfait. C'était sa propre vacuité que Claire contemplait, penchée au-dessus de son Inconnu, pareil au vertige.

Mercredi 11 décembre

Ils avaient de la chance, ceux qui rentraient du front par beau temps.

Claire se retourna au bruit familier de succion. Un soldat lui montrait la gaze qui pendait, sale.

« Suivez-moi. Installez-vous dans ce box, je vous rejoins dans un instant. » Les ciseaux stériles, le désinfectant et les pansements propres dans la bassine, elle s'assit en face du blessé. Elle avait pu observer les évolutions de la chirurgie sur les gueules cassées, mais ce n'était toujours pas parfait.

« Comment vous appelez-vous ? » Claire récita l'alphabet jusqu'à pouvoir former le nom « Frédéric Brun ». Elle parlait toujours lors des soins, afin de donner aux pauses dans sa logorrhée un pouvoir apaisant. Une sensation de calme qui se traduisait par un relâchement physique. « Si vous avez mal, levez la main. Ce n'est pas la peine de jouer au héros, c'est déjà fait… » À l'aide d'eau distillée, elle décollait doucement la gaze qu'elle découpait au fur et à mesure. Sous ses ciseaux apparaissaient les coutures, les greffes, les plaies et le métal. Le travail des chirurgiens était admirable. Ils avaient fixé les apophyses zygomatiques et les zygomatiques faciaux à la mécanique métallique, qu'ils avaient recouverte des muscles temporaux et des masséters. Le tout, assez discrètement, relevait la langue contre le maxillaire supérieur.

« Frédéric…, hasarda-t-elle, y avait-il un homme, un écrivain public dans votre division ? »

Il acquiesça.

« Avait-il les yeux verts… » Elle s'arrêta. Comment le décrire ? Qu'avait-il d'unique qui l'aurait identifié parmi tant d'autres. Son tatouage peut-être ? Claire suspendit sa réflexion : le soldat pointait son index droit sur sa tempe et tira dans un souffle humide. Malgré elle, Claire tressaillit d'horreur au bruit de la détonation chuintante.

Installé au solarium, l'homme regardait une mésange suspendue à un bout de gras. Claire n'en fut pas certaine, mais elle crut voir ses yeux suivre le petit corps gonflé de plumes. Elle contourna un noisetier pour s'installer dans l'axe du regard. La position de son corps dans le landau la surprit sans qu'elle comprît tout de suite ce qui la troublait. Il était toujours ramassé sur lui-même, mais les infirmières lui avaient appuyé le bras droit sur le montant en bois, de façon si décontractée, qu'il aurait pu être réveillé. Ses yeux ne suivaient pas la mésange. Il venait de la voir, elle en était certaine, et il lui souriait.

Claire ouvrit la bouche sous le choc qu'elle reçut à l'estomac. Son esprit enfantin, écrasé, broyé, enseveli par ces quatre années de contrôle de soi, ses rêves de petite fille venaient de resurgir, comme une brise qui gonfle enfin la voile d'un bateau. Il était là, ses yeux ouverts sur le jardin, à la regarder. Elle aurait pu l'embrasser pour le ramener à la vie… Mais quelle vie ? Une vie sans elle ? Ce qui se débattait dans sa poitrine battait si brutalement, comme si son cœur avait voulu la blesser. Elle serrait son poing contre son estomac, prise de nausée, de vertige.

Elle se réfugia dans l'ombre de l'arbre. Que lui arrivait-il en réalité ? Prise de panique, elle courut au bureau de Tournier, vers ce monsieur qui la rassurait. Peut-être allait-il l'aider, comme elle l'avait aidé à survivre après la mort de sa fille. Ils étaient ça l'un pour l'autre, la confiance et le soutien.

Tournier lui avait souvent répété qu'il fallait être fort pour vivre dehors, hors de l'asile. Peut-être était-ce pour cette raison qu'elle restait dans ce cadre si familier, si contrôlable… Mais non, elle n'était plus à l'abri dans ces lieux, bien au contraire, elle y vivait un danger fascinant à la découverte des mécanismes de son esprit. À l'opposé de son choix religieux, mais passionnant.

Elle pointa son nez dans l'encadrement de la porte et toqua légèrement. Tournier lui fit signe de s'asseoir. Il regardait par la fenêtre, le lac.

« Je vous ai vue courir… marmonna-t-il. On aurait dit que vous aviez peur… » Il se retourna pour scruter son visage.

« Avant de vous répondre, j'ai besoin de savoir pourquoi vous dormez sur votre sofa. » Après une courte pause, elle reprit : « C'est donnant-donnant. »

Elle soutenait son regard dans un duel secret. Tournier aurait rêvé de former Claire à la psychanalyse, elle était la plus réceptive, la meilleure de ses collaboratrices, mais elle se tournait vers une autre voie. Il se leva, contourna la chaise de Claire et ferma la porte. Il attendit d'être dans son dos pour répondre.

« Nicolas Varenne dort sur le sofa. Affaire classée. » Claire l'entendit s'asseoir sur le canapé. « Vous, en revanche, c'est autre chose… » Il se recula dans l'assise ce qui fit grincer le bois. « Comment vous sentez-vous depuis qu'il est là ? »

Claire se refusant à se retourner, accepta l'échange.

Mais comment Tournier pouvait-il savoir ? Elle pensait avoir bien caché les chamboulements intérieurs.

« Bien et affreusement mal. Bien car je me sens heureuse, mal car je ne devrais pas être heureuse de ça…

– Vous vous sentez troublée par cet homme ?

– Troublée n'est pas le mot… » Claire s'appuya sur les accoudoirs. « Je ne suis toujours pas arrivée à savoir pourquoi sa présence me rendait heureuse. » Elle continua presque à voix basse : « Sa beauté ?

– La beauté ne se prête pas à un sujet de discussion… Le désir oui, en revanche… » Il donna à Claire l'impression de réciter. « Le désir n'est pas l'amour. Il vient parfois lorsqu'on se sent vide… Cela peut arriver à un moment où l'on se pose des questions sur son avenir… Sur ses choix… » Il se mit à marcher dans son dos. « On peut lutter contre le désir, pas contre l'amour. L'amour est ce qui fait vivre tous les jours de la vie.

– Vous m'aiderez ?… Je ne pourrai pas m'en sortir sans vous. Je veux devenir religieuse… Si vous ne relativisez pas, si on n'en rit pas ensemble, c'est que c'est grave ! »

Claire croyait pouvoir utiliser Tournier comme une forteresse entre l'homme et elle. C'était lui qui lui faisait confiance, qui la soutenait. Il lui devait bien ça !

« Bien. Parlons de vos sentiments pour Nicolas… » Il se tenait juste derrière elle.

« Je me moque bien de Nicolas. Il est chaleureux, gentil, joli garçon, mais… Ah ! comment dire ? Je saurai me garder de lui !

– Mais alors de qui me parlez-vous ?

– De l'homme ! le soldat inconnu ! » Claire était presque debout, les mains tendues en avant d'impuissance.

Essayant de comprendre, Tournier découvrait la profondeur du travail du désir dans le cœur de Claire. Sa petite Claire. Sa sage et douce Claire. Il n'en revenait pas. Il se souvint de ces moments où il avait rejeté Dieu, et avec une violence similaire Claire ébranlait le regard qu'il posait sur elle. Il avait eu peur qu'elle ne se laissât séduire par Nicolas, et elle lui avouait un autre penchant. Qu'il n'avait pas vu venir…

« Bien ! » Il ne trouva rien à dire de plus. Jamais il n'aurait imaginé cette situation et il laissa deviner sa surprise.

« Oh… Je sais bien c'est ridicule… » Claire baissait la tête, elle se sentait honteuse. Elle joignit ses mains sur son tablier. « C'est complètement ridicule… Le fait d'en parler, de vous en parler… me permet de voir combien cette situation est risible. »

Elle se retourna. Tournier souriait paisiblement. Il n'y avait pas de peur, pas de regrets sur le visage de son patron. Elle avait raison, tant qu'ils pourraient en rire ensemble, tout n'était pas perdu.

« Avez-vous un désir d'enfants ? »

Il ne quitta pas son air impassible et attendit la réponse. Il attendit longtemps.

« Pourquoi cette question ? » Claire se refusait dans un dernier geste de pudeur à répondre.

Alors Tournier poursuivit :

« Cet homme n'est pas vraiment un homme… C'est plutôt un enfant… Il faut le laver, le nourrir… » Il attendit encore plus longtemps. Claire boudait maintenant. « Nous n'allons pas nous fâcher pour lui… Vous connaissez mes doutes, mes douleurs… Nous sommes amis… Mais ce n'est pas un homme. »

Claire se contenta de garder son air buté lorsque Tournier poursuivit.

« Ne vous faites pas de soucis pour l'inconnu, une fois réveillé, il ne vous intéressera plus. Il reprendra sa place d'homme, parmi tant d'autres. » Tournier regarda sa montre. « On ouvre la porte ?

– Non, pas encore… » Claire sentait qu'elle n'avait pas tout dit. La violence de monsieur Jacquet ; la mort d'Étienne. « Je ne me sens plus à l'abri de la distance que j'ai toujours placée entre le monde et moi dans les gestes appliqués de la religieuse, dans les gestes techniques de l'infirmière… »

Elle se tut. Tournier appuyé sur le dossier de la chaise de Claire regardait son cou maigre, tendu en avant. Trop long, trop étroit, trop enfantin encore.

« L'abattement que vous ressentez, d'où vient-il exactement ? »

Il attendit longtemps que Claire répondît. Il aurait voulu pouvoir la prendre dans ses bras et la bercer, comme on câline après un cauchemar. Jamais il ne l'avait vue si fragile. Petit oiseau au foulard de novice. Cela aurait été si simple si Dieu n'avait rien eu à faire là-dedans…

« Vous doutez de votre vocation ? C'est ça ? »

Claire nia et il observa le M de la racine des cheveux, suspendu aux muscles du cou.

« Je ne sais plus rien… » Elle chuchotait, et Tournier se pencha un peu et s'abandonna plus encore au silence de Claire. « Je ne sais pas ce qu'est l'amour… Je n'en connais que les démonstrations divines, les exercices de style… Je suis certainement plus douée pour la souffrance, c'est tout.

– C'est plus facile, c'est certain… » Il recula pour marcher vers le sofa. « La mort de votre mère vous a privée de la confiance qu'il faut pour se construire, puis la douleur des autres pendant la guerre n'a fait que vous maintenir à l'extérieur de vous… » Le divan soupira lorsqu'il s'assit. Il croisa les bras et chercha du courage au plafond. « Apprenez que toutes les religieuses du monde ne la remplaceront pas. Que l'estime et la tendresse que j'ai pour vous ne parviendront pas à combler votre manque de confiance. » Il fit encore une pause avant de poursuivre le plus calmement possible : « Pourtant, c'est cette peine originelle qui vous donne un regard juste sur la souffrance des autres et qui fait de vous une soignante efficace. » Il était soulagé de ne voir de Claire que le dos. « Vous avez l'âge d'être mère à votre tour sans modèle pour vous épauler, vous guider. C'est donc plus simple de rester la mère de tous les enfants du monde. Cela n'entraîne pas les mêmes responsabilités. »

Nicolas frappa à la porte. Tournier cria bien plus fort qu'il ne l'aurait fait dans d'autres circonstances un NON retentissant.

« Pensez aux chemins qui s'offrent à vous. Ils sont nombreux… » Il s'approcha pour voir comment se portait sa protégée. « Bien, réfléchissez, mais ne faites pas de choix hâtifs et ne prenez aucune décision pour l'instant… » Il saisit le menton de Claire entre ses doigts et vérifia qu'elle n'avait pas trop pleuré.

« Promis », murmura-t-elle.

Tournier pivota et cria : « Entrez ! » les mains en porte-voix.

Nicolas paraissait fatigué par sa nuit de veille. Il sortit ses notes et commença sans attendre à décrire ses impressions.

« Il parle de plus en plus. Il fait des phrases. Il s'agite. Il a poussé des cris étouffés, plus proches du cri que les chuintements de la dernière fois. Le plus important est la mobilité retrouvée de sa main droite…

– C'est-à-dire ? l'interrompit Tournier.

– Il s'agit plutôt de mouvements liés aux réminiscences ou aux rêves… » Nicolas tira d'autres notes de sa poche. « Il a dit : *Maman, je t'aime, dis-moi son nom, je t'en prie. La boîte des trésors de Lantier. Anna, il est mort.* Là, sa main a agrippé le drap de son lit sur la dernière phrase et les râles ont poursuivi le geste. Cela a duré au moins deux minutes. »

Tournier se leva et quitta le bureau. Claire et Nicolas le regardèrent un instant.

« Vous venez ? Non ? »

Il attendit que les jeunes gens l'aient suivi. « Je vais le chercher au solarium. Préparez donc sa chambre. Il faudra peut-être aérer, Claude l'a lavé ce matin. » Très sérieusement il ferma la porte et partit de son côté dans le couloir.

« Il est étrange ce matin… À moins que ma veillée ne me fasse voir les choses différemment… » Nicolas parlait un peu pour lui, mais Claire lui répondit.

« Il attend que vous fassiez les rapports, les prises de notes, le suivi du dossier en quelques sortes. Il vous a engagé pour ça. C'est en tout cas ce qu'il m'a laissé entendre… »

Après une courte pause, et surtout pour ne pas laisser à Nicolas le temps de répondre, elle s'éloigna en direction de la chambre. Nicolas suivit, se demandant ce qui pouvait bien se passer ce matin. Il apostropha Claire :

« Vous avez quelque chose de lui…

– Je suis d'accord avec vous. Nous nous ressemblons. C'est mon maître après tout. »

Nicolas ouvrit la porte de la chambre et suffoqua.

« Ne peut-on rien faire contre ça ? » Il tenait toujours sa main devant sa bouche et son nez. Claire sourit devant la naïveté de la question.

« Essayez… »

Elle ouvrit la fenêtre, fit chauffer le poêle, tapa les édredons. Elle tournait autour du lit, Nicolas la regardait faire. Elle pencha la tête de côté d'un air interrogateur.

« Oui ? demanda-t-elle.

– Rien. Vous prenez grand soin de lui… » Il se

réchauffait les mains au-dessus du poêle qui vrombissait d'un appétit féroce.

« Nous allons demander à cet homme de faire des efforts, il faut au moins qu'il se sente bien. Ne croyez-vous pas ? »

Le landau livra l'homme sur le lit. Claire s'assit à ses côtés sans oser le toucher, Tournier regardait. Elle allait bien être obligée de le faire. Là où elle aurait voulu déposer ses lèvres, elle posa le dos de ses doigts.

« Bonjour, c'est Claire. Je suis venue pour votre main gauche ce matin. Enfin, il n'est plus si tôt que ça, j'ai le ventre qui gargouille… »

Elle n'a pas l'air d'une femme adultère. Il neige et c'est en courant presque qu'elle entre dans la brasserie. Elle me rejoint sans me chercher, à ma table d'étudiant. Je lui ai bien expliqué où je me trouverais assis, au point qu'elle semble être une habituée, sauf pour les vrais habitués, évidemment.

Je m'abuse, bien sûr qu'elle dénote ici, mais je suis si heureux de la voir enfin en dehors de chez elle. Elle va connaître ma vie à moi. Une chambre de bonne plus petite que sa salle de bains. Mais je n'ai plus peur qu'elle me méprise. Ses joues sont rouges malgré sa grande écharpe russe.

*Je sens le froid de son manteau lorsqu'elle l'enlève distraitement. Nous nous regardons sans parler. Elle commande un chocolat et au regard mauvais du gérant, elle prend un verre de vin chaud. Décidément, elle n'est pas faite pour ce genre de lieux. L'*Hôtel du Palais *lui seyait mieux... Elle a un air si sérieux que cela m'effraie. Est-ce notre envie l'un de l'autre qui tue chaque tentative de dialogue ? Je sors une cigarette pour nous abriter d'un nuage bleu. Je ne sais pas si c'est une bonne idée de nous retrouver ailleurs. Et si* *ça brisait le charme de nos rencontres ? Si cela nous plongeait dans la banalité d'un adultère sordide ? Elle me regarde et je ne sais que lire dans ce silence. Alors que j'aurais dû me taire, le malaise me souffle des platitudes affligeantes. Je me déteste par avance.*

« Oui… Je fume de la main gauche. Je prends les verres avec aussi… Enfin, sauf si je fume déjà, bien sûr… » Mourir ! Saisi, foudroyé par Zeus, qui ému par ma crétinerie m'éviterait de dire la suite… « Je vise avec l'œil gauche aussi… J'ai un drôle de rapport avec mon corps… » Elle rit ! Je suis sauvé. Je retrouve mon calme et je me sens fort. Je lui prends la main. Loin de m'apaiser, ce contact me chavire. J'ai tant envie d'elle. Les ailes délicates de son nez battent doucement lorsque je glisse mon pouce sur son poignet nu. Je me retrouve. C'est le pouvoir que j'ai sur son plaisir qui fait de moi un homme. Je retrouve ma voix, mon regard, toutes ces choses que j'ai étudiées sur les filles de mon quartier et d'ailleurs. Je me penche pour lui parler et serre le ravissant poignet. Je ne suis plus moi, je suis celui qu'elle rêve que je sois. Tendre, brutal, exigeant ou délicat… Pourtant, Anna est une justification à mon existence. Serait-ce ça l'amour ?

Elle a laissé la moitié de son verre de vin, et elle semble plus légère qu'en arrivant. Elle marche devant moi. Sa silhouette blanche dans son manteau de laine. Elle s'est défaite de ses bijoux pour me rejoindre. Elle garde au poignet une breloque russe de sa grand-mère, une matriochka émaillée, une petite chose qui tintinnabule.

La porte est étroite et grinçante, mais l'intérieur est chaud. Les tapis confortables, les fauteuils aussi. Je passe devant. Je lui laisse le temps de se faire au nouveau décor. Anna navigue d'un coin à l'autre, doucement, consultant mes livres, soulevant une édition pour voir celle au-dessous. Ma chambre scintille du métal des tapis mauresques. Je ne m'étais jamais rendu compte à quel point elle est orientale. Rouge et cuir. Heureusement, l'odeur aigre des poufs a disparu depuis leur installation et les livres meublent avantageusement ce petit espace. Elle est toujours à faire un tour. Je reste debout.

« Ce n'est pas de la curiosité... C'est de l'intérêt... » Elle n'a pas enlevé son étole. J'ai l'impression qu'elle ne s'arrêtera jamais de consulter les piles de livres un peu partout. Je m'approche d'elle. Je défais la fibule de son manteau qui tombe mollement en éclats de neige. Sa toque chute lorsqu'elle lève la tête vers moi, sans bruit. Je commence par son cou où je peux suivre ses artères tendues du bout des doigts. J'ouvre la bouche et réchauffe sa peau pour en exhaler les parfums. Anna ne respire plus, les yeux clos, dans l'attente de quelque chose de plus violent, mais ce sera lent. Nous avons le temps.

Mathieu a devancé l'appel. Il part demain sous les drapeaux. Je me sens vieux. Il a déjà dix-huit ans. Dire que depuis quatre ans nous travaillons ensemble... J'en ai vingt-huit maintenant... Un petit bout d'homme qui part. Je n'ose regarder Anna et Paul se tait. Nous sommes tous les trois morts d'inquiétude, et nous continuons à nous mentir.

Le jour de mon entretien d'embauche, Paul Dubreuil m'a demandé ce que je pensais du droit de grève. Lorsque j'ai fini mon exposé très superficiel et convenable pour une première rencontre, il a pris la parole de sa voix basse.

« Trop timoré, manque de passion. Recommencez sans craindre de m'effrayer, monsieur. » Il restait assis, Mathieu debout à côté du fauteuil. Sans regarder son fils, il a ajouté : « Mathieu, écoutez. » L'enfant qu'il

était semblait l'ombre de son père, pâle à l'extrême, maigrelet, mais des yeux vifs et dérangeants de franchise. Les mains moites et le cœur tremblant, je dissertais sur les quatre morts de Villeneuve-Saint-Georges de juin, sur les petites gens qui n'ont pas voix au chapitre. Au fur et à mesure, je pensais que je ne serais plus jamais engagé nulle part, alors j'y étais allé vraiment. Contre Maurras et l'Action française, qui détournaient la classe ouvrière de ses racines, profitant d'une lassitude de certains pour la République… Pour Jaurès, les élections de 1906… Tout y était passé. Lorsque j'eus fini, prêt à prendre mon cartable pour partir sans plus de tremblement, Mathieu m'interpella.

« Monsieur, vous venez de nous démontrer votre intérêt pour les gens. Je ne connais que les classiques et je cherche quelqu'un qui, comme vous, se passionne pour l'actualité. » Il n'avait pas changé d'expression, son visage me perçait à nu. Deviné par un enfant qui n'en avait que la taille. Son intelligence aurait été, à elle seule, mon salaire si je n'avais pas eu besoin de me nourrir. Il me fascinait déjà. Le père, sans bouger non plus, interrompit son fils.

« Vous venez d'être engagé. Je ne partage pas vos opinions, mais la confrontation est susceptible de nous enrichir tous. Chaque journée, vous dispenserez les sciences et les lettres. Chaque soir, comme à l'instant, tous les trois, nous commenterons les nouvelles. Il se peut que je ne sois pas toujours disponible, je voyage souvent. Il vous faudra assumer seul cette fonction de tuteur. » Je le regardais sans bien comprendre ce qui m'était demandé… Il poursuivit malgré mon haussement de sourcils : « Je sais, cela peut vous sembler étrange, mais Mathieu sera amené à de grandes responsabilités au vu de ses capacités. Il lui faut donc quelqu'un qui puisse l'aider, puis le suivre. Vous êtes très brillant mais pas assez fortuné pour vous offrir de

poursuivre vos études. Bien... je mets à votre disposition l'accès à l'information. Vous enseignerez ici, rien ne vous empêchera de reprendre l'université le reste du temps. » Il se leva. Sa silhouette puissante de terrien, ses jambes arquées dans le drap le plus fin et cet enfant fragile. Rien ne me paraissait logique. Mathieu prit ma main pour me guider vers la sortie.

« Appelez-moi monsieur. Mathieu c'est pour père, Matveï pour mère, Matthew pour Nani, ma gouvernante anglaise. Lorsque nous serons amis, vous aurez le droit de me choisir un surnom. » Il ouvrit la porte sans qu'aucun domestique n'intervienne, sans que je l'aide, tant sa détermination s'imposait en tout. « Je vous appellerai monsieur en retour. » J'eus envie de poser ma main sur ses cheveux blancs à force d'être blonds, afin de me rassurer sur la normalité de sa constitution. Tout était étrangement différent. Un enfant trop précoce, entouré d'adultes entièrement dévoués. Laissant le parc derrière moi, j'avais la pénible sensation qu'une tare cachée menaçait cette maison, que je servais d'autres desseins. Depuis mon enfance, un autre, ce père absent, me surveillait de loin en loin. Ici, cette même impression de vide m'attirait à la façon d'un retour entendu.

Claire lâcha la main pour dégourdir les siennes. L'homme, pendant les vingt minutes chronométrées par Nicolas, n'avait rien manifesté. Le massage n'avait provoqué aucune amélioration visible, hormis les doigts qui pointaient la fenêtre dans un relâchement difforme. En faisant le tour du lit, elle vit la main droite caresser le fil épais. C'était la première fois que Claire assistait à cette manifestation de vie. Cela la dérangea physiquement. Elle se souvint des mouvements désordonnés des anguilles mortes, qui continuaient à se contorsionner pour échapper à la poêle. Elle dut reculer, car Tournier l'attrapa pour éviter qu'elle ne lui marchât sur les pieds.

« Il est vivant et nous le réveillons doucement… Ça n'a rien d'effrayant, c'est au contraire un bel événement. Ce n'est pas un mort qui marche, juste un dormeur qui s'éveille. »

Il murmurait à peine dans son oreille, plongé qu'il était devant ce chef-d'œuvre éphémère. Puis la main s'arrêta. La chambre accueillit à nouveau le silence des respirations.

« On continue encore un peu ce matin. » Tournier, souhaitait accélérer le processus, même si la patience était selon lui la première qualité d'un chercheur en neurologie et en psychanalyse. La deuxième étant la synthèse à travers l'écoute… Mais c'était une autre histoire.

Claire se remit au travail, frottant ses paumes l'une contre l'autre pour poser sur ce grand corps ses mains chaudes.

Il m'appelle. Je me lève. Paul à côté de moi me saisit le bras et serre si fort que mes dents grincent. Pourtant, il a raison. C'est son fils qui appelle, même si c'est mon nom qu'il ânonne dans son délire. Je reste donc à la porte, qu'il ferme à peine entré. Anna n'a pas quitté Mathieu depuis trois jours que la fièvre s'est déclarée.

C'est étonnant comme cette maison paraît morte. Les domestiques sont les seuls à bouger encore, même si la plus grande partie de leurs journées est occupée à servir à boire et à manger aux visiteurs. Médecins, amis, les deux à la fois. Un monde qui murmure lors d'une veillée funèbre. Je murmure aussi, je me sens désœuvré. Je crois que je n'aurai jamais d'enfant, c'est trop de douleur. Dans l'absolu, il est évident que les joies priment sur tout, mais le croup qui m'écorche à chaque toux de Mathieu les rend caduques.

Anna vient se reposer un instant. Elle me croise devant la porte de la chambre et me fait signe de la suivre. Est-ce vraiment un signe, ou ai-je seulement envie d'en savoir plus ? Je la suis jusqu'à la cuisine. Elle est si touchante et si forte. Si bouleversante avec ses cheveux défaits, sa mine pâle et ses yeux rougis. Si forte par la détermination qui la soutient depuis trois jours et trois nuits au chevet de son fils. Le médecin l'a convaincue de s'habiller en conséquence d'une blouse et d'un masque, mais elle ne cesse de cajoler, chanter et caresser Mathieu. Je lui sers à boire sur la grande table. Elle se lave à l'eau et au savon, longuement. Les mains, les bras, le visage, et moi je fais du bruit pour qu'elle me croie occupé. Elle s'assied, obéissant à mon invitation.

« Merci… » Elle boit lentement de ses lèvres blanches de fatigue. Sans que je m'y attende, elle continue. « Il veut vous voir… Il veut que vous soyez là si jamais il lui arrivait malheur…

– Il ne lui arrivera rien ! » Je m'offusque, pourtant, ni elle ni moi ne sommes dupes de mon petit jeu. Il se peut qu'il meure aujourd'hui, cette nuit, demain. Je me sens anéanti : l'inquiétude de ma voix tranche tellement avec la résignation calme d'Anna.

« Le professeur Delorme réserve son pronostic… Il y a quinze pour cent de décès avec le croup… Il se bat bien. Nous faisons notre possible… Je vous dis seulement ce que Mathieu souhaite. » Son accent donne de la vie à tout ce qu'elle dit, même quand elle évoque la mort de son propre fils.

« Je serai là. » Ma voix est basse, beaucoup plus basse qu'à l'accoutumée et Anna me regarde pour la première fois. Jamais, jusque-là, elle n'avait levé les yeux sur moi, invisible précepteur, anonyme parmi la

domesticité, bruissement dans le parc. Comme si j'avais toujours fait partie de son entourage proche, elle me prend la main.

« Je savais que votre affection pour Mathieu était profonde. Merci de ne pas avoir déserté la maison. » Elle retire vivement sa main nue, fraîche après le long et méthodique nettoyage. Paul est à l'entrée de la cuisine.

« Pierre, il veut vous voir. » Il m'invite à l'accompagner. Anna se lève.

« Je vais lui jouer du piano. » Elle passe devant Paul. Dans l'encadrement étroit, évitent-ils de se toucher ?

Mathieu est allongé dans son lit. Son corps paraît démesuré sous le drap.

« Vous êtes immense ! Ça fait grand, un mètre cinquante quand c'est allongé ! Votre mère vous joue du piano, vous avez de la chance, c'est autre chose que la chorale des voisines de la mienne. Lorsque j'étais malade, elles passaient chacune à leur tour dans la cuisine, contre le mur de ma chambre, et elles racontaient toutes les maladies de leurs propres enfants… Le pire venait toujours de la même femme, une matrone épaisse, qui décrivait tellement bien la couleur du pus que mes haut-le-cœur se transformaient à coup sûr en évanouissements. » Entendant les chuintements de rire de Mathieu, je pose ma main sur son front, instinctivement.

« Racontez-moi encore la vie dehors… »

« Alors on se fait beau ? Un rendez-vous soldat ?! » Lantier est en train de couper ses ongles avec un Opinel gras. Il hausse les épaules. La lame grince et racle comme une pelle sur du gravier. Je m'assieds à côté, dans la cagna, et je le regarde faire. Il y a une certaine maîtrise dans l'arrondi de la courbe que Lantier impose

à la redoutable lame noire. Il ponce le tranchant de l'ongle délicatement et vérifie son travail en le frottant sur le revers de sa veste. Il n'accroche pas.

« Merde ! » Lantier vient de se couper. Il y a de ça trois mois, cela m'aurait fait mal dans les jambes de le voir souffrir. Maintenant, mon corps ne réagit plus à la douleur, seuls les morts des romans me font encore quelque chose. C'est étrange... Il suce son doigt meurtri en bougonnant. Puis il sourit.

« Tu crois que je vais être remplacé ? » Il me montre son doigt saignant. « Blessure de guerre !

– Une médaille pour Lantier ! Le boucher des boches est blessé crie-t-on à la cantonade ! Le grand collectionneur, le Passet du XXe siècle souffre ! Les femmes pleurent. La rumeur populaire enfle encore : il a perdu son doigt ! Les femmes apportent des fleurs. Mais la rumeur populaire enfle toujours : Lantier a perdu une couille ! Les femmes rentrent chez elles !

– T'es trop con ! »

C'est vrai ! Je suis devenu con, ou fou. Dans les premiers temps, j'étais harassé par les marches forcées et je mourais de trouille. Je ne pouvais pas dormir à cause des angoisses. Mon cœur me trahissait, palpitant au bord de mes yeux dans des larmes cachées. La vue du doigt de Lantier m'aurait tué, toutes mes terminaisons nerveuses m'électrisant de concert pour m'achever. On marchait sans se rendre compte. J'ai vu des hommes se faire descendre sans riposter tant ils étaient hébétés. De vrais fantômes. Et les médecins qui libéraient les constipés, soulageaient les chiasseux avant l'assaut. La tête qui tourne, la nausée... J'ai tout goûté. Chaque jour ça changeait de toute façon. Les jours de repos, le plaisir de l'herbe fraîche, la couleur du ciel, plus rien n'importait. Je tremblais la nuit, couvert de sueur. Je crois très sincèrement que si je n'avais pas risqué le peloton d'exécution dans nos lignes, j'aurais fui.

Et puis j'ai survécu. Je me suis adapté, ou j'ai simplement arrêté de sentir si violemment la mort. Je suis déjà mort, peut-être. L'enfant que j'étais est mort, pour lui c'est certain. Plus de trace de cette peur panique qui me saisissait à la vue de mon propre sang lorsque j'étais petit. Je ne savais pas pourquoi... Maintenant, je comprends que c'est l'apprentissage de la mort, de la finitude, de la fragilité de la peau, si prompte à la blessure. C'est l'abandon de la toute-puissance de l'enfant. L'immortalité dans l'enfance est d'une grande banalité. « Ils s'aimèrent jusqu'à la fin des temps. » Comme si le monde n'existait que pour eux ou, plus simplement, qu'ils ne mourraient jamais ! Mais voilà, ce sont des rêves de gamins. La mort gagne tous les jours un nouveau contingent. Elle ne lésine pas.

Et puis, chacun a combattu la peur à sa façon. Lantier, qui est entomologiste, cherche des papillons et j'en chasse pour lui. Mais on est d'abord devenus frères. Tous ensemble pour le pire. Nous donnons les noms des femmes des copains aux canons... Moi, je me suis fait tatouer un tigre sur l'omoplate par un Anglais perdu. C'est fou cette quantité d'égarés ! Je suis devenu un autre. Un autre qui rit du doigt coupé de Lantier.

« T'es vraiment con ! T'inventes toujours des trucs, toi ! » Il regarde son doigt. « Pas d'couilles !... » Il rigole en suçotant la pulpe du majeur découpé.

« Bien. » Tournier referma le dossier et le rangea sur l'étagère de son bureau. « Demain, hypnose. Laissons un peu de repos au corps et parlons à l'inconscient. Cet homme s'est installé en retrait du monde, c'est à lui de revenir. Nous allons stimuler ses sens avec des lumières et la voix pour le préparer au sommeil hypnotique. »

Claire souriait distraitement et Tournier la gronda. « Ne faites pas ces yeux ! Mon ami Janet l'utilise régulièrement sur ses patients, avec de très bons résultats. La suggestion nous permettra de converser avec l'homme. Vous tirerez les volets avant la séance… C'est tout pour ce matin. » Il s'enfonça dans son fauteuil. « Claire, restez un instant s'il vous plaît. » Nicolas les salua de la tête et sortit en tirant la porte, sur ordre de Tournier.

« Pour en finir avec notre discussion sur le désir… » Claire plongea immédiatement son regard dans le moulage des mains de Tournier qui étendait son ombre sur la pile d'*Annales médico-psychologiques*. « Le désir appelle le désir. C'est une loi qu'il vous faut connaître… Elle offre une compréhension plus vaste des comportements humains, et c'est en quelque sorte votre futur, les relations humaines… » Il frotta ses mains comme si un froid vif le saisissait. « Ouste ! Allez manger. » Claire ralentit devant la porte.

Elle lui tournait le dos. Elle attrapa la poignée. « Vous pouvez me promettre que cela me passera lorsqu'il se réveillera ?

– Vous me demandez de lirc l'avenir… Aucun médecin aliéniste ne s'y hasarderait, tout psychanalyste qu'il soit. »

« La guerre, ça vous guérit de votre ville et de vos amis… » Nicolas épluchait une pomme jaune, son visage grave venait de se fermer. Suite à une discussion légère sur le pourquoi du bleu de la robe de Marie et la symbolique des couleurs dans la chrétienté – en particulier pourquoi le noir était lié au diable et le blanc à Dieu –, Claire avait demandé à Nicolas la raison pour laquelle il venait s'installer à Annecy. Elle entretenait la conversation pensait-elle et comme souvent depuis la guerre, elle touchait une blessure. « À partir du moment où je ne pouvais pas exercer à Paris, il fallait bien que je me trouve un ailleurs... » Ses lèvres se plissèrent dans un dédain blessé. « Je suis un planqué, vous savez... » Elle prit cela comme une gifle.

« Vous n'êtes pas un planqué... » Elle se faisait hésitante, après tout, elle ne savait pas grand-chose de cet homme. « ...Vous revenez du front. » Elle se concentra sur la blancheur de la chair de la pomme, dans son assiette. Parfois le regard offrait une seconde interrogation et elle ne le souhaitait pas. Nicolas à son tour baissa la tête pour raconter.

« J'ai accompagné mon frère, Ludovic, à la gare d'Austerlitz, je devais partir le jour suivant à Senlis. Il y avait des fanfares sur le quai. Les femmes, en riant, embrassaient les soldats. J'enviais ce frère plus jeune, qui s'inscrivait dans l'histoire des héros militaires de la famille. Et il est mort dans son deuxième assaut... Maintenant, je me souviens d'une mère qui accompagnait son fils, c'était la seule qui ne riait pas, qui soupirait si fort, que même loin d'elle, je l'entendais. Elle lui disait de prendre soin de lui, de changer de chaussettes et de caleçon tous les jours. Je ne voyais du fils que sa nuque qui rougissait. Je pensais à la honte. Quand le train a disparu dans la vapeur, la mère pleurait, seule.

« Vous voyez, je ne suis parti que bien plus tard. J'ai manqué cette grande fête de ma génération, les flonflons, les chansons dans le train. On pensait leur mettre la pâtée en dix jours. Fritz a tué Ludovic en quelques mois... Après, mon père, qui était aussi mon colonel, m'a planqué. J'ai formé des infirmiers qui partaient sur le front toutes les semaines. Je demandais à faire mon devoir et chaque fois il me disait que j'étais plus utile ici à transmettre mon savoir qu'à aller me faire tuer. Je suis resté à Senlis pendant trois ans. Mon père n'a pas pu me soustraire plus longtemps à la guerre. J'ai tout fait pour mourir. Je courais comme un dément sous le feu ennemi et jamais la moindre balle perdue n'a abrégé ma souffrance. À se demander si votre Dieu, par négligence, ne m'inflige pas une peine plus lourde encore. »

Claire nia de la tête fermement mais ne le coupa pas.

« Ça laisse un vide innommable, opaque et anéantissant. Je suis celui qui reste, qui vit dans une famille qui pleure la mort de l'autre. Je suis la culpabilité incarnée de mes parents…

– Ils sont, je suis certaine, heureux de vous avoir près d'eux… » Claire s'appliquait à l'aider.

« Il n'y a bien qu'eux. » Il eut une mauvaise moue avant de poursuivre : « Tous mes copains ont été tués ou mutilés ou internés. Ceux de ma promotion qui sont rentrés à Paris, démobilisés, m'évitent. Ils savent. Tout se sait. On ne me reçoit plus. Il n'y a pas de place pour les lâches.

– Non, vous n'êtes pas lâche… Vous avez remonté vos manches… Vous soignez…

– Je ne vous parle pas de ça… La guerre, on ne la choisit pas. Pensez-vous que tous les morts ont choisi de l'être ? Le "pourquoi pas moi" des sauvés, je l'entends autant que les "pourquoi moi" des mutilés…

– Non, ce n'est pas ça non plus. » Claire ne savait pas comment prendre cette confession. « Si vous êtes là pour fuir, vous serez rattrapé… Il faut vraiment prendre le temps de savoir ce que vous voulez vivre ici. Votre père vous protégeait à sa façon. Sa peur de vous perdre vous a éloignés l'un de l'autre plus que votre mort qu'il redoutait tant… »

Nicolas ferma les yeux et Claire pâlit. Elle savait qu'ils ne travailleraient pas ensemble, qu'elle partirait tout de suite après Tournier. Pourtant quelque chose lui disait de ne pas clore ainsi cet échange. C'était sa confiance qu'il lui avait donnée.

« Je suis heureuse de faire votre connaissance,

monsieur Varenne. » Elle recouvrit la main du jeune médecin dans un geste de bienvenue. Elle lui aurait bien fait remarquer qu'avec toutes ses souffrances, il ferait un bon soignant, mais elle s'abstint.

Nicolas se leva et dans un dernier sourire de pardon quitta la cantine.

Jeudi 12 décembre

Claire avait aéré la chambre avant que Tournier et Nicolas n'arrivent. Ils se seraient encore plaints de l'excès d'essence de lavande. Il fallait bien remarquer que Claude n'y allait pas de main morte, mais après tout, la grippe tournait autour de l'asile et ne rentrait pas.

Depuis la fenêtre, elle voyait les montagnes. Elle tira les volets sur une journée particulièrement lumineuse.

Elle resta face à la fenêtre sans horizon. Il faisait bon dans la chambre. Elle pouvait imaginer la fraîcheur du visage et la chaleur du corps sous les édredons. Même si ce corps était sec, même si la peau était tirée, elle se sentait capable de l'aimer… de le désirer aurait rectifié Tournier, ce qu'elle fit. Elle désirait le toucher rien qu'une fois, pas dans un massage, pas dans un geste thérapeutique. Dans une caresse. Elle imagina la douceur de son cou, le velouté de son oreille, le creux de son ventre. Elle posa ses doigts frais sur ses yeux pour en chasser les images. Elle devait se refuser à cet imaginaire qui gonflait son cœur et soulevait ses épaules dans un bien-être coupable. Appuyant plus fort, elle expirait bruyamment dans l'espoir de souffler au loin sa honte.

« *Anna…* »

Claire s'approcha du lit, d'autant plus consciente de son rôle d'infirmière et de religieuse qu'il rêvait d'Anna. Il pensait à Anna. Elle n'avait rien à vivre avec lui. Elle ne connaîtrait jamais ce corps qu'elle massait tous les jours. Elle s'assit doucement sur les édredons.

« Bonjour. Je ne vous masserai pas ce matin. Tournier va vous hypnotiser, c'est-à-dire qu'il va essayer d'accéder à vous, à travers votre sommeil. Jusqu'à présent nous passions par votre corps, aujourd'hui il va tenter de passer par votre inconscient. » Elle s'arrêta une seconde, il n'y avait rien de grave à ce qu'il aimât Anna, n'avait-elle pas choisi Dieu ? Elle soupira un dernier coup pour dissiper l'émotion qui s'accrochait encore à sa poitrine. Et elle eut envie de rire. Un rire de soulagement car son esprit venait de lui offrir une scène cocasse. « Je ne saurais pas vous expliquer comment, mais l'hypnose marche avec les poules, alors imaginez ce que ça va produire comme résultats sur une vieille momie ! » Pour toute réponse, l'homme avança sa main droite contre celle de Claire.

J'entends sa voix. C'est toujours la même. Elle me rassure.

La dernière phalange du majeur et de l'annulaire de l'homme se posèrent sur les doigts de l'infirmière. Elle fut saisie par le bourdonnement violent d'un coup de poing au cœur. Et s'il simulait depuis le début ? Si cet homme l'écoutait depuis son arrivée. Non, ce n'était pas possible, jamais elle n'aurait vu pareil faux-semblant. Non, ça ne se pouvait pas. Il devait, inconsciemment, rechercher une chaleur dans l'obscurité.

Claire se remit debout. Les pas de Tournier résonnèrent sous les voûtes du cloître. Elle ravivait le feu du poêle lorsqu'ils entrèrent dans la chambre. Nicolas passa le premier, Tournier sur ses talons, baissant la tête comme s'il fallait éviter les ombres au plafond que la faiblc lumière créait.

« Bien dormi ? » Tournier lui serrait la main avec une légère insistance inhabituelle.

« Pas trop mal… Sans rêves de guerre, sourit-elle bravement en retenant encore la poignée de main. Et vous ?

– Sans rêves, puisque j'ai toujours eu la possibilité de choisir. » Tournier lâcha la main de Claire.

« Moi comme un veilleur de nuit, si ça vous intéresse ! » Nicolas la salua de la tête dans un geste de connivence qu'elle lui rendit.

« Fatigué, en quelque sorte… A-t-il parlé cette nuit ? » Claire et Nicolas, debout au pied du lit, laissaient Tournier allumer la lampe à pétrole. Les ombres sur le visage de Nicolas le vieillissaient, creusaient ses joues, ses cernes.

« Je pense que si nous restons dans la pénombre, je vais en profiter pour piquer du nez. Mais ne le dites pas au patron…

– Qui est sourd depuis longtemps… conclut Tournier sans se retourner. Mais il ne chôme pas lui… Prêts pour l'expérience de suggestion ? » Puis, après un silence engourdi par l'obscurité : « Pour éviter que vos ronflements n'interfèrent, vous voudrez bien tenir la lampe à hauteur d'œil et la balancer en cadence. S'il vous plaît.

– Et moi ? interrogea Claire qui se demandait bien à quoi elle allait pouvoir servir.

– Vous prendrez des notes. » Tournier s'installa sur le lit et se pencha sur l'inconnu pour entamer la séance. « Bien… Monsieur, vous regardez la lumière qui se promène devant vous, elle va vous guider. Ne la perdez pas des yeux… »

« Suivez le Lapin Blanc ! » Deux Anglais me poussent hors du camion sans ménagement. Je suis ébloui par une torche qui fait des signes. Je ne vois que du blanc de toute manière. Puis plus rien. Enfin, les phares des

camions éclairent mes compagnons de voyage. Ils fument une tige. Ils ont l'air tout aussi déboussolés que moi. J'ai dû dormir longtemps car le paysage, pour ce que j'en vois, ne ressemble en rien à celui d'hier. Je demande l'heure et une cigarette. Il est trois heures du matin. Nous venons d'être incorporés au 368ᵉ R.I. Nous sommes des restes d'autres compagnies, venus juguler l'hémorragie de celle-ci.

« Guibert ! » Je fais un pas en avant. Un sergent criant et imposant comme un sauvage nous appelle. Il y a des feux de camps partout autour. Nous nous trouvons certainement à l'arrière. On ne les laisserait pas être aussi voyants.

« Guibert ? » Je me retourne et Fabre est là. Nous tombons dans les bras l'un de l'autre. « Alors tu es vivant ? On est encore deux alors ! » Moi aussi je suis heureux de trouver une tête connue, un ami c'est encore mieux. On en est tous là… On sait que la vie ne durera plus longtemps au rythme où vont les choses et il est certain que mourir en compagnie d'une personne qui tient un tant soit peu à nous, c'est rassurant. Les autres, ceux qu'on rencontre maintenant, on ne peut plus s'y attacher, c'est plus comme au début… Je ne les reconnaîtrais pas demain, s'ils tombaient dans la boue. Fabre, même de dos, je sais que c'est lui. Il me regarde en me tenant par les épaules. « Tu sais, j'ai une surprise pour toi. Tu ne seras plus jamais obligé de faire le coureur d'une division à l'autre… » Il me pousse vers un feu et je n'ose comprendre. Les feux bougent, se déplacent, je crois que je vais tomber, là. « T'as mangé quelque chose au moins ? Parce que les émotions, ça creuse ! » Il me lâche. « Ben quoi ? Fais pas ces yeux-là… Je te l'ai protégé ton gamin. » C'est bien ce que j'ai cru… Je vais m'arrêter un moment pour reprendre mon souffle. « J'en reviens pas, tu ne le reconnais pas ? » Heureusement que Fabre parle

tout le temps, sinon on entendrait mon cœur battre à cent mètres. Je me redresse, je l'ai vu. Il a changé, sa silhouette en particulier. Fabre a vu juste, je n'ai plus de raison de courir, il l'a retrouvé pour moi. Il est de dos, cramponné au feu pour se réchauffer. Je regarde Fabre. Il me pousse du menton et ne m'accompagne pas, me laissant franchir seul les derniers mètres. Il reste à l'écart des retrouvailles. Derrière moi j'entends mon brigadier-chef prendre une dernière fois l'initiative. « Soldat Dubreuil ? Une surprise pour vous ! »

Mathieu se retourne. Il me dévisage sans me reconnaître. Je ne l'aurais pas reconnu non plus. Il est large. Il a perdu ce côté recroquevillé qu'il portait chez ses parents. Il est grand et sec, musclé, tout en longueur. Ses yeux et sa bouche s'ouvrent brusquement. Je n'ose plus bouger, il ne sourit pas. Il marche sur moi si vite que je pense une seconde qu'il va me gifler, mais ce sont des tapes qui pleuvent sur mes épaules. Il me porte. Il a perdu son odeur d'enfant… On se tâte, on se palpe pour être bien sûrs qu'on est ensemble.

« Pierre qu'est-ce que tu fais là ? Si on m'avait dit ! » Tout a changé, même sa façon de parler. Je suis émerveillé par cet homme qui a été un enfant bien-aimé.

« Tu m'as écrit… » Que répondre ?

« Et tu es venu ?… » Mathieu me serre dans ses bras plus fort encore. « Viens… » Il m'accompagne vers le feu énorme où l'on pourrait faire rôtir le grand Fritz debout. « Tu as faim ? Raconte-moi pour toi… T'es poilu depuis quand ?… » Il serre sa cuisse contre la mienne se penchant en parlant. Je suis si bien. Mon frère, mon ami… Mon gamin comme dit Fabre. Le bois craquant pète en éclats ardents et nous éclaire. Il lui reste cet élan de vulnérabilité dans la tendresse qu'il a pour moi et que j'ai pour lui, je crois que je suis le seul à la voir. Oui, cette fragilité. Je suis si surpris qu'il soit

encore vivant… Je lui raconte comment sa mère a lu la lettre qu'il m'a envoyée et comment je suis parti juste après à sa recherche. Je lui dis que Fabre reste le seul de ma division. Il ne me questionne pas, il sait pour la guerre. Il conserve une curiosité qu'il ne pouvait me livrer avant, lorsqu'il était enfant, il y a un an maintenant. « Tu l'as aimé… Maman ? » Je pensais l'avoir protégé de ça aussi, mais mal, certainement.

« Oui. » Je le souffle plus que je ne l'articule.

« Tu savais pour Papa ? » Il ne me regarde plus et je partage cette présence absente dans la lumière vacillante.

« Non… Je n'ai appris qu'après ton départ. » Il n'y avait plus de raison de nous cacher la réalité. La question qui venait ensuite me déchirait. « Tu l'as su quand, toi ?

– Une fois dans la boue, pour vivre, j'ai pensé à la maison comme une fable que mon esprit malade aurait construite. » Il rit en se tournant vers moi. « Tu sais… Je suis d'une intelligence supérieure… C'est ce qu'on dit ici, au Génie ! » Il redevient grave et j'imagine sa solitude même au cœur de la confrérie des génies. « J'ai compris pour toi et maman… Donc, très vite je t'ai observé afin d'isoler le mécanisme de l'amour, du désir. » Il rit encore. « Vous étiez les seuls papillons de mon jardin. La beauté a des âges différents. » Il s'assombrit à nouveau. « Pour mon père… Il m'a fallu le quitter pour voir comment il t'avait sélectionné. On n'imagine pas comment fonctionne le couple de ses parents, quand on est enfant. C'est plus tard qu'on se permet de s'interroger. C'est quand j'ai compris que j'allais mourir dans cette guerre que je me suis découvert une impatience pour mon père, une curiosité scientifique. J'ai commencé par penser que jamais je n'aurais engagé un beau gars comme toi chez moi, ni ne l'aurais laissé en vacances avec ma femme jeune

encore et mon fils. J'imagine qu'il devait la tromper et qu'il souhaitait garder une femme sans contraintes… Comblée par ses absences, mais qui tiendrait son rang… Un calcul plutôt généreux…

– C'était une sorte de contrat entre eux. Chacun sa vie, mais l'autre partie devait donner son accord sur le choix de l'amant… C'est ainsi que cela m'a été rapporté quand j'ai interrogé ton père. » Je ne voulais pas être brutal. Je fus surpris de la réaction de Mathieu.

« Et moi, je servais d'alibi… Dire que je ne suis jamais allé à l'école pour des raisons de santé et qu'ici, dans cette merde, on ne me trouve pas même les pieds plats ! » Il me prend le bras, son regard trahit la balle dans la tête qu'il me réserve. « Tu n'es pas le premier… Mais tu es celui que j'ai préféré ! » Il éclate de rire, cette façon slave de dire que rien jamais ne sera grave, que l'amour entre les êtres doit rester le plus important. Il tient ça de sa mère. D'ailleurs, en le regardant, maintenant que personne ne se coupe plus les cheveux, il ressemble à l'imagerie du cosaque, blond à la démarche élégante dans la pire des boues. À la lumière tremblotante, il est presque roux sombre mon filou, ce gredin, ce voleur de vérité que j'aime tant.

« Il ne dit rien… » Nicolas commençait à sentir son bras s'engourdir dans les mouvements de va-et-vient de la lampe tempête. Il pensait qu'en brisant la concentration de Tournier, il pourrait bénéficier d'une pause.

« Je vois bien ! » Tournier ne semblait pas d'accord pour arrêter dans l'instant.

« Il a raison… Ça ne prend pas… » Claire soutenait Nicolas ce qui finit d'exaspérer Tournier qui se drapa dans sa mauvaise foi.

« Avec tout le bruit que vous faites, comment voulez-vous que j'obtienne une réaction ? » Il se leva brusquement, déçu par l'absence totale de contact. Pourtant il s'était employé à utiliser une voix calme et réconfortante et la lumière pour guider l'inconscient du soldat inconnu vers lui. Rien ne fonctionnait… « Vous n'allez pas continuer à jouer le phare d'Alexandrie ! On remballe tout et j'envoie un courrier à Paris chez Janet. En attendant de pouvoir vous reposer, Nicolas, venez dans mon bureau pour les résultats de votre nuit… Plus fructueux que la séance d'hypnose, j'ose espérer… » Il jeta un coup d'œil à Claire qui frôlait les murs dans l'attente de la fin de l'orage d'orgueil. D'un geste impérieux de la main, il lui signifia d'ouvrir les volets et de laisser entrer le soleil hivernal sur les lieux de cet échec cuisant. Il sortit, suivi de Nicolas qui laissa flotter derrière lui une moue inquiète, avant de disparaître à son tour.

Claire attendit un moment assise sur le lit de l'homme. Un moment qu'elle estimait correspondre à un retour au calme. Il était vrai que l'homme, non content de ne pas avoir répondu aux questions de Tournier, n'avait rien daigné manifester physiquement. Il avait été muet et de marbre devant les efforts du médecin. Elle posa le cahier resté vierge et colla sa joue au front de l'inconnu. Claire ferma les yeux. L'obscurité la cachait au monde, absorbait son désir.

Dans le bureau, Tournier ne s'obstinait plus à se rendre coupable du manque de réactivité de l'homme et par la même occasion, commençait à sourire de son aventure d'hypnotiseur.

« Il manquait le turban… » Il se frisait les moustaches dans son plaisir à se moquer de lui-même. Il n'était jamais meilleur compagnon qu'après une grosse colère orgueilleuse. Claire supposait que, d'une certaine manière, il essayait de rattraper ces bouffées ombrageuses. Elle s'installa sur un siège, à côté de Nicolas qui répondait à Tournier.

« Il n'a pas mis de bonne volonté non plus. Je reste persuadé qu'il préfère les mains de Claire... » Tout à son bon mot, il se retourna vers Claire dont le cœur battait sur ses joues. « Oh, pardon ma sœur, je manque de délicatesse... » Et il rit. Claire n'osait pas lever les yeux sur Tournier.

« Bien, revenons à cette nuit. Qu'en est-il ? Allez mon garçon ! » Tournier bousculait Nicolas qui continuait de chahuter Claire, droite, les mains sur les genoux, bien à plat, en parfaite bonne sœur. Il pensa qu'elle ne devait pas moins souffrir d'être prise pour ce qu'elle n'était pas que de ne pas maîtriser ses émotions. Nicolas abandonna les taquineries dont il croyait pouvoir piquer sans crainte sa nouvelle confidente. Il tira ses notes de sa blouse, ouvrit le petit carnet en maroquin rouge.

« *Ils m'ont attrapé. Cette fois-ci c'est la torture indienne. Surtout ne pas pleurer comme la dernière fois.* Et aussi *Je serai le plus gentil des garçons.* Il articule de mieux en mieux. Il parle plus fort aussi », commenta le jeune médecin.

« La torture indienne... Cela ne vous dit rien. Ce n'est pas un truc d'enfant ? » Il notait dans le dossier sans nom, en marmonnant. Il reprit, laissant les Indiens du cours élémentaire se perdre dans son souvenir : « Les émotions jouent un rôle important dans la mémoire autobiographique... Ici... » Il tapa sur le dossier de l'inconnu que Claire lui avait rendu sur un claquement de doigts autoritaire au début de l'entretien. « ... nous avons une réponse émotionnelle violente à un stimulus dont nous ne savons rien... Un choc aurait fatalement laissé une trace, ce traumatisme n'est pas physique. » Tournier tournait en rond et cela l'agaçait. « Votre premier souvenir, Nicolas ?

– Je ne sais pas... » Nicolas interloqué et surtout

soupçonneux ne souhaitait pas répondre à brûle-pourpoint, il savait que la psychanalyse permettait de connaître les secrets les plus intimes et il n'acceptait pas facilement de se trahir.

« Je suis en train de faire la sieste dans le lit de ma mère. Elle se lève, ouvre les volets et il pleut. Je me souviens qu'elle me demande de la rejoindre. Dehors il y a un faon sous le chêne. » Tournier ne risquait plus rien. À son âge, pensait-il, il donnait l'exemple. « Voilà, un souvenir, banal. Il montre simplement qu'on ne se rappelle pas tout, mais uniquement ce qui est lié à l'affect. Imaginez que l'on se souvienne de chaque instant… On sélectionne d'après le poids émotionnel que porte l'événement pour nous. » Il regarda sa montre. Le silence s'imposait, il voyait les efforts de Nicolas parti à la poursuite de son premier souvenir. Il connaissait celui de Claire : le craquement de l'huile chaude versée dans son oreille pour soigner une otite. « Notre homme subit les suites d'un bouleversement. Nous allons continuer les massages, ils ont de meilleurs résultats. N'oubliez pas que l'émotion s'exprime, dans un premier temps, à travers le corps. » Il prit les *Annales médico-psychologiques*. Avant que Claire ne fût sortie, il abaissa le coin supérieur de son journal. « Vous transmettrez mes salutations à Grosjean.

- Je n'y manquerai pas. »

Elle tira la porte sur Tournier, le laissant seul à ses études.

« Vous a-t-il psychanalysée ? Ne vous sentez pas obligée de répondre… Je suis certainement trop curieux… » Nicolas partait vers sa chambre de repos sans attendre la réponse de Claire qu'il supposait trop intime et qu'il n'espérait plus au moment même où elle sortit de sa bouche.

« Oui, enfin en partie… Je ne me sens pas complète

encore… » Claire, qui marchait à ses côtés, sourit misérablement. « Cela suppose une grande confiance…

– Vous partez maintenant ?

– Oui, j'attends Rémi. Nous allons à l'*Hôtel des Bains* dans une vingtaine de minutes environ. Je vais préparer le patient. Bonne sieste Nicolas. » Elle s'arrêta prise d'un doute. « Vous avez trouvé à vous installer dans la région ?

– Pour l'instant, je n'ai pas cherché. Tournier m'héberge, dans son bureau… C'est transitoire bien sûr… Dès que j'ai du temps, je me lance. Ce n'est pas rien de changer de vie ainsi… »

Claire acquiesça. Elle s'imagina Nicolas Varenne à vélo visitant la ville et les bords du lac, le vent du printemps dans les cheveux. Puis la maison avec ses pommiers, plantés à l'ouest devant la terrasse. Et enfin, la femme et les enfants jouant dans le jardin, sur le terrain de croquet que Nicolas aurait aménagé… Une gentille vie, tranquille, à l'air de la montagne. Elle se sentit heureuse pour lui, il était si gai malgré l'abattement qui l'enveloppait parfois. Elle s'interrogea. Sa vie à elle l'entraînait dans plus d'aventures. Ses pas résonnaient sous les voûtes de l'asile. Elle se fit peur. N'allait-elle pas toute sa vie se pencher sur les mêmes interrogations avec des outils différents. Non. Tournier lui avait déjà offert de quoi aiguiser sa curiosité de l'esprit humain. Claire sentait son avenir décrire une courbe, pas seulement vers l'homme, mais vers un engagement plus actif que la paix. Elle souffrait toujours des suites de la guerre. Elle avait eu l'étonnante expérience de servir à quelque chose et elle se refusait à la routine. Claire ne s'était jamais tant questionnée que depuis que le vide dans la cour de Saint-Joseph s'était fait envahissant. Les évidences la quittaient, ses certitudes aussi. Elle respirait le sel de la vague qui l'emportait avec cette impatience pour les événements qu'on sait inévitables.

« Vous êtes sûre que ça va aller ? » Rémi se serrait contre Claire sur la banquette. Elle hocha la tête et ses joues se teintèrent de rose. Trop brusquement à son goût, la machine partit en avant, projetant les graviers de l'allée dans l'herbe. La voiture s'ébranla et la tôle cliqueta fort. Claire tourna au portail dans un silence qui ne lui laissait pas la possibilité de se tromper, d'échouer. Elle retenait sa respiration si bien qu'elle manqua de défaillir. Son cœur tapait. Elle vivait et elle aimait par-dessus tout cette sensation de vitesse. Sur la route, la machine cahotait, tremblait, mais Claire se sentait en pleine possession de sa vie.

La terre tremble, se secoue comme un chien qui gratte sa puce. On hurle d'éteindre. J'éteins. En fermant les yeux je me rétrécis dans le trou qui est le mien. Je claque des dents. Non, c'est le gars à côté de moi. Il vient d'arriver. Lantier. Un grand type blond et étroit comme une ficelle. Pour son baptême, je lui ai dit qu'il ne risquait rien, qu'il était trop maigre, que Fritz ne le trouverait jamais puisqu'il ne sait pas viser. Il m'a rendu un anguleux sourire, mais j'ai su qu'on deviendrait copains. C'est étrange de pressentir des choses aussi banales. Pourquoi notre esprit s'arrête-t-il sur un individu plutôt que sur un autre… Quand on est rentrés, il a dit que j'avais raison, qu'Herman ne savait pas tirer. Comme moi, il parle allemand, mais il est seul à les insulter à tout bout de champ. Je lui ai dit que ce n'est quand même pas la peine de se faire trop remarquer… Ce soir, sous le grondement des bombes, il a la trouille. Il aura beau les narguer, c'est la grosse Berta qui canonne, elle ne s'en laisse pas conter. Je me rapproche de lui quand l'explosion éclaire un instant son visage.

« Tu devrais faire quelque chose… » Moi, je lui donne des conseils de vieux. Je revois les détails du visage de ma mère, d'Anna, je me récite des poèmes. Je m'occupe l'esprit le temps de l'attaque.

« Tu sais la seule chose qui me vient ? » ânonne Lantier qui ne claque plus des dents. C'est déjà ça de pris.

« Non ? » je lui réponds.

« Un poème… Un poème de Rimbaud. » Il aurait mieux fait d'en trouver un autre. Si c'est celui auquel je pense, je vais avoir du mal à garder mon sang-froid. Il est bizarre ce type tout de même. Je passe mon temps à le rassurer depuis qu'il est là, dans la merde, avec nous et ce con me récite du Rimbaud. Le pire. Le poème interdit ici.

« Tandis que les crachats rouges de la mitraille
Sifflent tout le jour par l'infini du ciel bleu ;
Qu'écarlates ou verts, près du Roi qui les raille,
Croulent les bataillons en masse dans le feu ;

« Tandis qu'une folie épouvantable broie
Et fait de cent milliers d'hommes un tas fumant ;
– Pauvres morts ! dans l'été, dans l'herbe, dans ta joie,
Nature ! Ô toi qui fis ces hommes saintement !…– »

« Moins fort ! » Un autre Dieu marche sur la Terre. Ses pas finissent d'écraser les corps sur lesquels les soldats ont rampé, aujourd'hui. Ses mains étincellent. Son souffle élève les mottes de fer qui retombent décapitant les humains sanglants.

« Il est un Dieu, qui rit aux nappes damassées
Des autels, à l'encens, aux grands calices d'or ;
Qui dans le bercement des hosannas s'endort,

« Et se réveille, quand des mères, ramassées
Dans l'angoisse, et pleurant sous leur vieux bonnet noir,
Lui donnent un gros sou lié dans leur mouchoir ! »

« Silence ! » Le monstrueux, l'innommable est sur nous. Le sol a tremblé, engloutissant les hommes qui, il y a un instant, écoutaient, fascinés, un autre Rimbaud. Je saisis Lantier éberlué. Nous courons comme des lapins nous terrer dans un second trou, un peu plus loin. Mais ce Dieu avance toujours, il n'aura de cesse de nous débusquer, soulevant, fouillant la terre. Son haleine brûlante, cuisant les inconscients, rôtissant les moins rapides, nous rattrapera. Ce Dieu métallique rouillera-t-il un jour pour s'effondrer enfin dans l'herbe grasse et fraîche ? Les oiseaux lui chieront-ils dessus ? Lantier respire. Nous sommes dans les bras l'un de l'autre, sans amour, sans tendresse, juste pour vivre. Nos cheveux serviront d'herbes folles et nos veines de liserons.

La voiture offrait à Claire une sensation de puissance, de maîtrise qu'elle n'avait jamais connue. Conduire lui donnait ce sentiment de liberté qui lui permettait de s'imaginer ailleurs, en Afrique, là où les gens continuaient de souffrir. Elle avait soigné, aidé à sa manière les soldats rentrant du front, jamais elle n'avait pris le temps de rencontrer ces victimes. Qui étaient-ils en fin de compte ces êtres cassés qui traversaient sa vie un instant, pour un fugace bandage, un mouchoir ? Qui avaient-ils été ? Qui seraient-ils à présent ? Elle voulait enfin s'offrir du temps pour comprendre… Les chrétiens avaient essaimé des congrégations partout dans le monde et le monde était vaste. Au volant de cet engin râlant, trépidant, elle pourrait le parcourir. Son seul regret était de ne pouvoir regarder le paysage. Elle gara la voiture, lentement, devant les escaliers de l'*Hôtel des Bains*. À l'arrière, l'homme paraissait dormir. Jamais la mère supérieure n'accepterait qu'elle parte ainsi. Elle n'était pas encore religieuse. Claire décida qu'elle prendrait le temps.

« Non. Le professeur Grosjean est à Dax pour un congrès sur l'hydrothérapie chez Delmas-Marsalet. Je suis désolée… Cela ne change rien, il est inscrit pour cet après-midi. Je vous appelle Henri. » L'infirmière partit, la laissant muette dans le hall magnifique. Ils arrivèrent, des brancardiers tout en muscles, râblés comme ces chiens de combat anglais. Ils sortirent l'homme sans effort et l'emportèrent aux bains, martialement.

« On continue ? » Rémi, profitant de cette heure vacante, proposa à Claire de poursuivre la leçon avec la marche arrière. « Si vous savez conduire à l'envers, vous saurez vous sortir de toutes les impasses. » Devant la moue dubitative de son élève, il la prévint : « Je vous assure que ça arrive plus souvent qu'on ne le croit.

– J'imagine… » Elle ne parvenait pas à laisser le soldat seul, elle aurait voulu superviser le bain, rester avec lui. « Je vous suis. Vous avez raison, il me faut apprendre à sortir des impasses. »

Ils roulèrent en marche arrière et l'angelot sur son socle frémissait à chaque passage de la lourde voiture sous son regard creusé dans la pierre. Claire, attentive, progressa vite, sans se lasser, et arrêta le moteur sous l'ange. Le silence qui suivit se répandit en nappe délicieuse.

« Comment se porte votre beau-frère ? Va-t-il mieux ?

– Pas vraiment… Il ne parle que de la guerre. Enfin de ces sales Boches, du coup, personne ne parle plus chez eux… Ma sœur ne sait comment s'y prendre… Mon neveu joue à tuer du Herman dans le jardin avec ses amis… » Rémi semblait plus inquiet du comportement de l'enfant que de celui de son beau-frère passé du mutisme à la propagande. « En même temps, il a raison… Ils en ont tué du gars de chez nous. Mais de là à faire croire que tous les Allemands sont des pères fouettards qui vont venir tuer les petits enfants… » Comme Claire se taisait, il continua : « Il est incohérent. Il dit qu'il ne veut plus jamais une autre guerre et il méprise ouvertement tout ce qui vient de l'autre côté du Rhin. Du coup, ses enfants font de même. C'est un héros pour toute la famille, un modèle, un grand guerrier… » Il se tut, regardant devant lui au travers du pare-brise, moucheté de boue. « Je crois que je préférais quand il ne disait rien. » Ça n'était pas vraiment un reproche, mais Claire se sentit obligée de répondre.

« Muet ou prolixe… il transmet la guerre à son entourage, et en particulier à ses enfants. Il l'a apportée chez vous. Ce n'est pas de sa faute, il a souffert comme tous ceux qui se sont battus… La guerre ne s'arrête pas quand cessent les armes, vous l'avez bien remarqué, vous aussi… Votre blessure à l'estomac vous cause tous les jours des douleurs… Vous avez eu à subir quatre jours de feu… Pourtant, votre guerre à vous continue… Non ? » Rémi semblait plongé dans une analyse détaillée des taches de boue fraîche, en rond, en giclée.

Claire reprit : « Les enfants choisissent ce qu'ils doivent faire de cet héritage… Tenez, le mois dernier, juste après l'Armistice, vous savez ce à quoi les enfants du catéchisme ont souhaité jouer ? » Elle n'attendait pas de réponse. « Au mariage ! Ils se sont déguisés pour la noce. Il n'y avait pas de fleurs, bien sûr, alors nous les avons découpées dans du papier, ils ont ensuite organisé une procession… Le cortège composé des plus petits criaient des hourras au passage des mariés pour de faux… Chacun de ces enfants orphelins va mûrir cette guerre et se l'approprier. Votre neveu doit bénéficier de votre expérience, de vos idées… » Elle laissa s'installer le silence. Pourtant elle-même se sentait pleine du conflit, s'interrogeant encore sur sa finalité. Le questionnement lui paraissait aussi essentiel que le soleil qui se lève le matin. Bénéficierait-elle du résultat de ses recherches ou était-ce le cheminement de son raisonnement qui la satisfaisait… Elle ouvrit la porte. « Je vais voir où ils en sont. On n'est pas loin de la fin du soin ?… Vous faites ?

– Je reste fumer une cigarette dehors, ça se lève. » Rémi effaçait la buée d'un geste très appliqué.

Claire sortit pour rejoindre l'homme en se disant qu'elle n'avait pas choisi la voie la plus facile.

Elle le chercha aux bains au hasard des couloirs et enfin dans les douches. Lorsqu'elle ouvrit la porte en verre derrière laquelle il se trouvait, elle resta un instant la bouche ouverte tétanisée par la douleur qu'elle ressentit d'abord dans les jambes puis dans tout le corps. L'homme recevait le fouet de l'eau. Un jet puissant faisait rougir sa peau.

C'est une vraie explosion ! Pourtant elle ne m'effraie pas. La foudre me semble si inoffensive maintenant. J'ai toujours eu peur de l'orage en campagne, mais s'agit-il encore d'une campagne. Il n'y a plus un arbre debout, quelques troncs arrachés, écorchés retenus par un bout de racine, dernier doigt d'une main brûlée. Ils sont penchés dans le même sens, bougies éteintes sous un crachat d'encre. Nous sommes les seuls à contempler ce paysage et à le comprendre. N'importe qui, venu des antipodes, croirait voyager sur une autre planète, plus rien ne laisse espérer au vert de l'herbe, des forêts. Plus rien, que l'orage. Il fait brusquement froid à Pâques et nous n'avons pas assez d'abris pour tous, alors nous tournons. Je suis dehors pour deux heures. Pas de chance, c'est moi qui prends la grêle sur le dos. Je ne cherche pas d'échappatoires, comme pendant l'assaut, il n'y en a pas. Je suis devenu un résigné de la mort, un résigné de la vie. La grêle grossit pour devenir un largage d'œufs de caille. Je me ratatine sous mon casque en un champignon métallique.

Elle se jeta sur le robinet pour éteindre le jet. La jeune fille de salle surprise regardait le tuyau vide. Claire, à genoux dans les flaques, commençait à sécher l'inconnu avec ses jupes.

« N'ayez plus peur… Je suis là. » Elle se retourna furieuse. « Des serviettes ! Qu'attendez-vous ? »

L'infirmière abasourdie disparut laissant Claire bercer l'homme recroquevillé. Elle caressait son front tout en enveloppant du mieux qu'elle pouvait ce grand corps couvert de chair de poule. Les yeux cernés, les lèvres bleues, elle le crut mort.

« Dépêchez-vous ! » Elle ne reconnut pas sa propre voix résonnant sur les carreaux blancs. Tournier n'avait-il pas raison lorsqu'il lui faisait remarquer qu'elle projetait un amour maternel sur cet homme ? Ne le berçait-elle pas ? Ne lui parlait-elle pas doucement pour le rassurer ? Elle le serra fort contre elle, les yeux fermés, lui offrant la chaleur de son propre corps.

Lorsque l'infirmière revint, Claire se redressa et la laissa s'occuper de l'homme s'appuyant contre le froid du carrelage, à l'écart.

L'infirmière, confuse, lui tendit un drap de bain. Claire s'enroula dedans et partit. Elle n'écouta pas les excuses au travers desquelles elle ne retint qu'une chose : Grosjean était à l'origine du choix du soin, ce qu'elle supposait bien avant la confirmation par la fille désolée.

« Rémi, conduisez s'il vous plaît. » Elle s'était réfugiée, le visage fermé d'une veuve, à l'arrière de la voiture dans l'attente du corps qui suivait porté par quatre brancardiers râblés. Ils parleraient plus tard. Il se mit à neiger.

Dans le cloître, les arbres ourlés de blanc filtraient le bruit de ses pas. Silence de neige. Silence des silhouettes que Claire croisait. Les ombres des religieuses la saluaient de la tête sans mot dire, silhouettes semblables aux arbres noirs se découpant à peine dans la pénombre de la fin de l'après-midi. Cela formait un tout végétal. Religieuses et arbres aux lignes pures et noires. Claire pensa qu'elle n'aurait pas pu dire lesquels étaient nés des autres. Une rigidité protectrice. Le silence du couvent, son mystère faisaient régner le calme dans son cœur. Elle se retrouvait loin de celle qui pleurait un amour impossible. Claire marchait dans le sillage tranquille que les ombres laissaient dans la neige. La cloche résonnait au loin, assourdie.

Vendredi 13 décembre

« Ce matin, pied droit ? » Nicolas avait ravivé le feu dans la chambre de l'homme. Ils le soulevèrent pour le coucher sur le côté afin de faciliter l'intervention de Claire. L'homme tourné vers la lumière de l'extérieur, les bras sagement allongés sur le drap, ouvrit les yeux.

Claire s'installa. Le pied était assez grand et osseux. La peau légèrement jaune lui rappela l'ivoire.

Les chaussettes de laine laissent leur empreinte dans la chair bleue. Elles sont mouillées de neige. J'ai encore froid aux mains, mais je ne sens plus mes pieds depuis longtemps. Lantier en grand marcheur m'a dit de prendre soin d'eux. Ça ne l'a pas sauvé. Laisser des pieds en bon état sous la carcasse d'un cheval assassin… Quel merdier.

J'en tire un de sa gangue humide. Il est atroce, violacé et les ongles noirs. Je sais ce qui se dit sur la gangrène et je crois que ça me fout la trouille. Je frotte, décidé à le gorger de sang frais. Du sang nouveau et chaud qui va pulser à m'en donner une nausée douloureuse. Ce n'est pas la première fois, mais cela me semble plus grave. Deux jours dans la glace. Je ne suis pas vraiment sûr que ça les conserve. Je frotte. Je ne sens rien. La neige silencieusement nous abrite. Je ne pense pas que Fritz va se montrer ce soir.

« Si c'est la gangrène tu m'en passes en peu ? » Morel vient d'apprendre qu'il est papa. Il fait ce qu'il peut pour être renvoyé à l'arrière. Il n'est pas le premier que j'entends dire ça. La noire est un billet de retour pour désespérés et la guerre en fabrique de nouveaux chaque jour. Je les ai vus faire. Ils prélèvent un morceau de chair infectée à l'aide de leur baïonnette puis ils l'appliquent sur une plaie. Désespérés, mais pas idiots, toujours au pied. Quand je vais rentrer, il n'y aura plus que des unijambistes en France. Fabre a promis de passer par les armes les gars qu'il trouverait à s'inoculer l'infection. Je frotte. Toujours rien. Le sang est sombre et pue comme la mort avec la gangrène. Mon couteau dans ma poche. Il faut que je sache. Je sais que je ne ressentirai pas la douleur, puisque mon pied dort. Ce n'est pas la première fois non plus que j'opère dans ma chair. Je ne compte plus les échardes que j'enlevais

systématiquement au début. J'en ai plein les mains et elles finissent par sortir d'elles-mêmes maintenant. Mon corps refuse le métal. Il conserve plus longtemps le bois sous la peau. Je crois que ce qui retient ma main, c'est la peur. Peur de découvrir que je n'aurai plus de pieds. Ici, les médecins sont expéditifs. L'hôpital de campagne ne désemplit pas. Première incision le long du gros orteil. Rien. Pourtant j'ai ouvert sur deux centimètres au moins et pas une gouttelette. Sous le médium, plus profonde celle-là. Je ne sens rien. Rien. Ma main ne tremble pas, elle a l'expérience du couteau dans la peau. La cheville devrait saigner, mais la plaie reste vide de sang. Ça ne peut pas être déjà si haut.

« Arrête Guibert ! Tu veux un coup de fusil dans le buffet ? » Fabre vient de me désarmer d'une grande baffe. Ça fait suffisamment mal.

« Je ne sens plus mes pieds ! Ça ne coule pas ! » C'est comme s'il ne m'écoutait pas. Il regarde autour de nous et demande à Morel de déguerpir. Il le chasse en agitant son bâton comme mon grand-père avec les vaches. Alors je rigole. « Vinti Kélon !

– Ça t'est déjà monté au cerveau, ma parole !

– C'est mon grand-père qui disait ça pour rentrer les vaches. Ça marche avec Morel aussi, tu devrais essayer plus souvent... » Il me coupe et pointe mes pieds.

« Abruti ! Tu pisses le sang... T'es rassuré. » Il m'aide à me mettre debout. « Va voir le médecin, ça va s'infecter et là si tu chopes la noire tu l'auras méritée. Allez ! » Il se penche pour prendre ma godasse. « Fais-moi sécher tout ça. » Il me tend ma chaussette et ma péniche d'un air dégoûté, mais il se marre en même temps. Juste avant que je ne lui tourne le dos : « On a besoin d'un nouveau coureur dans le secteur qui t'intéresse, celui de ton gosse, alors joue pas au con. » Il agite son casque vers moi. « Vinti Kélon ! » Je recule en sautillant, désar-

çonné par le geste brusque. Je l'entends se foutre de ma gueule. « T'as raison ça marche ! »

J'ai froid. C'est la fièvre. Le père Dominique m'a mis au train pour rentrer à Lyon. La voisine est venue me chercher et a pris soin de moi en attendant que maman rentre. J'aime son odeur. Elle emporte avec elle les parfums de la boulangerie de son mari. C'est l'odeur de mes maladies. La croûte chaude et les épices. J'ai mal à la gorge et le bleu de méthylène a taché mon drap. Je sais que j'ai de la chance, mon père nous a fait parvenir des remèdes pour traiter ma gorge. Rouge, douloureuse.

« Pierre ? Tu dors ? » Je fais semblant. Je veux tant qu'elle vienne s'allonger à mes côtés. Maman. Le lit grince sous son poids de moineau des villes. Elle sent le parfum des grands soirs. Depuis que je suis enfant, ils s'arrangent pour que je ne le voie pas, que je ne sache pas qu'il existe. Elle caresse mon front. Ses doigts froids et apaisants qu'elle pose sur mes yeux brûlants. Je bouge légèrement pour maintenir l'illusion de mon sommeil. Elle couche son cou sur mon crâne et respire calmement l'odeur de mes cheveux. Nous restons ainsi dans nos retrouvailles inattendues. Il me reste encore une semaine d'école, mais le père Dominique m'a autorisé à la récupérer en septembre. Il m'a dit de rentrer, qu'il valait mieux que je sois malade chez moi. Il a raison. Maman change de main sur mes yeux et la fraîcheur détend ma douleur. « Pierre… Ne sors pas de ta chambre ce soir… Je viendrai te servir ton repas… Pierre, je lui ai promis, tu sais notre arrangement… Ce n'est pas qu'il ne t'aime pas… C'est comme ça. Tu sais, il prend soin de toi avec le pensionnat. Il te permet d'avoir un travail de qualité… Il ne faut pas lui en demander plus. »

Elle se lève, elle me quitte, elle est belle. Je me retourne dans mon lit, elle comprend que j'accepte.

Je suis à nouveau réveillé, j'entends des chaussures, elles grincent sur le parquet. Je me souviens de ce bruit, un chant de l'enfance. À l'école, je cire les chaussures des curés, c'est là-bas que j'ai appris à les graisser dessous pour conserver la semelle plus longtemps. Elles résonnent de la même façon. Je ferme mes yeux fiévreux, je deviens une oreille géante, je n'ai plus de corps, je rétrécis. Les chaussures bougent dans l'appartement. Maman lui demande de parler moins fort et se fait obéir. La voix de mon père est agréable, basse. Je crois qu'il lui parle gentiment, doucement. Dans mon rêve, le grincement des chaussures enfle, il entre dans ma chambre. La porte ouverte m'offre une silhouette. Flou et scintillement. J'ai mal.

Son visage a basculé hors du lit. Une fleur de rire sort de sa gorge, plus sombre qu'à l'accoutumée. Son cou blanc. Ses seins blancs. Son ventre, tout son corps m'appartient. Allongée en travers du lit, les bras en croix où je viens de la jeter, Anna rit. J'avance pour la rejoindre, mais elle m'arrête arquant sa bottine sur mon torse. Les lacets, serpentins, narguent mon sexe. Je les saisis et effleure le coquillage de peau de son nombril. Anna rit. Elle m'oppose son deuxième pied, nu. Je me laisse porter dans un abandon feint et enferme ses genoux dans mes mains. Anna ne rit plus. Sa poitrine retient un souffle qui laisse deviner l'appétit qui me gagne. J'aime cet instant suspendu dans le désir, où tout doit se transformer. Le rire en silence. Le silence en soupirs. Les jambes d'Anna tremblent un peu. Je connais leur force et ce frisson qui les parcourt me ferme les yeux. Je veux chuter, tomber en elle. Elle me retient encore et elle rit de nouveau. Ce sera un amour festif, glorieux, lumineux. Ses genoux cèdent et je me retiens brutalement de chaque côté de son corps tendre. Anna rit. Elle m'enferme dans ses jambes longues. Les lacets jouent avec mes flancs. J'attrape la bottine qui trouve simplement sa place sur mon épaule. Le cuir frais et les crochets froids. Je caresse de mes lèvres son mollet et l'intérieur de sa cuisse. Le silence impatient étourdit la chambre à en faire vaciller les flammes des lampes. Je me sens ivre d'elle. Mon haleine chaude embrasse son sexe et elle ramène ses bras sur son visage.

« Tire ! Bon Dieu mais tire ! » Je cherche mon fusil tombé à mes pieds. Étienne ne se décide pas. Il est figé, tétanisé. Je lui siffle une dernière fois, entre mes dents, de tirer. Je sens la bandoulière au bout de mes doigts. Il me reste quelques secondes avant que l'Allemand ne soit en face de nous. À l'abri derrière un muret, mais pas pour longtemps, nous avons une chance. Cette putain de bandoulière est coincée. Je me tends pour dégager mon fusil. Il nous a vus. Il nous vise. Je crie si fort qu'Étienne ouvre le feu. Il reste la bouche et les yeux grands ouverts devant la mâchoire qui se détache de la tête du soldat, qui rebondit sur la poitrine. L'Allemand s'écroule sur place, sans faire un pas. Mort sur son ombre. C'est le premier d'Étienne. Baptisé de sang allemand en pleine figure. Je le serre dans mes bras lorsqu'il vomit. Nous sommes en embuscade, nous avons le temps.

« Le pied paraît détendu… » Claire berçait les orteils, lentement en cercles concentriques. Le pied droit reposait dans sa main, la couleur de la peau avait changé. Ivoire jeune. Lorsqu'elle détacha ses yeux de l'homme, elle vit Tournier la regarder d'un air sérieux. Claire souleva un sourcil pour demander la cause de ce regard. Il cilla puis vint la rejoindre au bord du lit.

« Oui, effectivement, il semble relâché. » Il sortit son crayon mine et fermement, piqua la plante du pied. Rien. Il rangea le crayon et rabattit l'édredon. « Je n'ai que peu d'espoir… Je ne sais pas s'il se réveillera. Vous savez, ce n'est pas notre premier cas… Au début de la guerre… » Claire se mit debout à son tour.

« Je suis au courant, sœur Claude m'a déjà commenté le cas du soldat qui a changé de tempérament. Ce n'est pas la même chose ici. » Elle se mit à marcher dans la chambre pour atténuer sa contrariété. « L'autre avait subi un choc à la tête. Ça change tout… » Nicolas et Tournier la suivaient des yeux. Les mains sur les hanches, elle fit face à leur air assombri. « Je prie pour lui tous les soirs, ça devrait compléter l'hypnose ! » Tournier se dirigea vers l'entrée, un peu voûté.

« Bien. Sur ces bonnes paroles, je vous abandonne. » Il ouvrit la porte et s'arrêta. « Nicolas, soyez assez aimable de nous lire vos notes, je voudrais vous montrer un cas tout aussi intéressant. » Nicolas fouilla dans ses poches pour mettre la main sur le carnet en maroquin puis se ravisa.

« Il n'a rien dit cette nuit. À moins que j'aie trop bien dormi, mais cela m'étonnerait… Je le couve comme une mère. Chacun de ses soupirs me réveille… » Il gagna la porte pour suivre Tournier dans ses visites, laissant Claire à contre-jour. Tournier lui mit la main sur l'épaule.

« Nous commençons par de la nouveauté, une jeune hystérique que ses parents nous ont confiée. Au deuxième étage. Allez-y et faites-vous une idée. Je vous rejoins dans quelques minutes. » Nicolas partit sans poser de questions, après avoir fait signe à Claire qu'ils se retrouveraient à la cantine. Tournier s'assit près du feu.

« Prenez une chaise. »

Claire s'installa sur le rebord du lit.

Tournier frisait ses moustaches, en chat qui a vu d'autres souris.

« Ne vous faites pas trop d'illusions, Claire. Il est arrivé chez nous il y a presque deux semaines. Et, nous ne savons pas depuis combien de temps il est dans cet état… »

Claire, balançait ses jambes : « Je sais.

– Et s'il ne se réveille pas à la suite de vos massages ? Si ce que vous faites lui procure un bien-être dont il ne sera jamais conscient ? Dieu n'aura pas répondu aux prières d'un de ses témoins les plus dévoués. Cela voudra-t-il dire que Dieu n'existe pas ? Qu'en retiendrez-vous ? » Il se leva, vieilli, et quitta la pièce sans se retourner, laissant Claire pleine de questions dont il ne voulait pas connaître les réponses.

Claire eut envie de le battre. Physiquement, les dents serrées, les yeux rétrécis, elle retint sa respiration pour ne pas l'affronter. Elle pensa à la colère d'impuissance de monsieur Jacquet et la sienne se calma. Étienne Jacquet était mort. L'homme fixait la fenêtre, ou regardait la lumière, ou ne voyait rien, mais ses yeux s'ouvraient, il mangeait, il respirait, sa peau chaude répondait parfois aux massages. Il avait bougé, parlé… Elle ne pouvait pas se permettre de baisser les bras. Elle ne s'opposerait plus à Tournier dans ces termes, l'humour lui réussissait mieux. Elle sortit en courant de la chambre dans l'espoir de le retrouver avant le deuxième étage. Il montait pesamment les escaliers. Claire se faufila devant lui pour l'arrêter. Montée sur une marche au-dessus de lui, elle le dépassait de quelques centimètres, ce qui ne leur était jamais arrivé.

« S'il ne se réveille pas… » Tournier la dévisageait.

Claire le trouva irrésistiblement drôle. « S'il ne se réveille pas à la fin du massage… je me fais bonne sœur ! » Puis elle rit fort et l'embrassa sur le front.

« Rappelez-moi de vous faire interner ! » Les yeux fatigués de Tournier pétillèrent.

« Je vais rendre visite à monsieur Jacquet ! Il a besoin de moi, lui aussi.

– Attention ! Ne tombez pas !… » Tournier suivait la jupe gonflée de Claire qui dévalait les escaliers.

Le 5 de la rue de la Providence avait pudiquement tiré ses volets sur le chagrin. Claire retint son poing. Qu'allait-elle proposer ? Elle appuya son front sur la porte. Que pouvait-elle dire de plus ? Elle ne savait rien des Jacquet. Elle arrivait, sa foi en bandoulière.

« Claire ? » Monsieur Jacquet, sorti sur le perron, lui fit signe. Elle le salua d'un sourire surpris, un « je passais par hasard ».

« Bonjour monsieur. » Ne rien dire de plus. Ne rien dire de stupide.

« Entrez donc. Il fait frisquet. » Il accompagnait le sourire d'un geste de bienvenue. L'hésitation de Claire le contraignit à insister de la tête.

« Vous avez raison… Et j'ai un peu de temps avant de retrouver les enfants de la chorale. » Il faisait sombre et froid dans l'entrée, dans la cuisine. Claire s'enroula dans sa capeline.

« Asseyez-vous. » Monsieur Jacquet lui montra une chaise puis se retourna pour sortir deux verres du buffet noir. La photo d'Étienne avec ses parents n'avait pas bougé. Il souriait avec tant de naturel, jeune homme blond aux yeux clairs de son père, bouclé très court sur le front. Innocence perdue, remplacée par une force virile. Monsieur Jacquet suivit son regard. Il se racla la gorge, mais ne dit rien. Il déposa un petit verre devant

Claire et servit le vin blanc. Il resta debout à côté d'elle un instant.

« J'ai cru que vous ne repasseriez pas… Après… Ne m'en voulez pas… La peine fait dire des choses… qu'on regrette.

– Je regrette aussi, vous savez. » Elle porta à ses lèvres le verre de vin blanc. « Il est toujours aussi bon… » Elle sourit, doucement comme à un enfant malade.

« J'ai bien réfléchi à ce que j'avais fait de mal pour qu'on me prenne mon fils unique… Pour qu'il meure après l'Armistice. On pensait qu'on le verrait rentrer un beau matin, après ces quatre années de peur. Quatre ans à mourir un peu chaque fois que l'on frappait à la porte… Vous savez, je suis un bon catholique… Je n'ai même jamais tué un pigeon… » Il se racla la gorge plus fort encore et toussota, mais cela ne servit qu'à faire perler des larmes.

« Je pourrais vous dire des choses toutes faites, mais… Je me pose les mêmes questions que vous, en ce moment…

– Une nonne ne doit pas douter ! Si vous doutez, que me reste-t-il ? » Il allongeait les mains en travers de la table vers celle qui devait le secourir.

« Vous pensez que les religieux ne s'interrogent jamais ? Le chemin que j'ai choisi ne me garde pas des doutes… Je dirais même, qu'au contraire, infirmière et religieuse est l'association la plus fertile en questionnement… » Elle regarda le verre brillant entre ses doigts. Le silence s'installa, complice et triste.

« Pourquoi Dieu nous prend-il nos enfants ? » Il restait penché en avant.

« C'est plutôt la guerre, non ? Dieu pleure le mal que se font ses enfants…

– Pourquoi laisse-t-il faire ? » Il but le vin d'un coup.

« Qu'en savez-vous ? Nous ne faisons qu'essayer

d'interpréter les signes… Mais notre interprétation, sur quoi se base-t-elle ? Notre expérience d'homme ? C'est bien peu non… » Elle finit son verre d'un seul coup. « En ce moment je masse le soldat que vous avez vu à l'hôpital… Il ne se réveille toujours pas… Je me demande parfois si je ne vais pas contre la volonté de Dieu… Qui suis-je pour aller contre Sa décision… » Elle tendit son verre en direction de la bouteille et Jacquet les servit tous les deux. « Vous voyez… Les questions ne doivent pas se tourner contre nous… Vous n'êtes pour rien dans la mort d'Étienne, je ne suis pour rien dans le silence de l'inconnu…

– Pourquoi certains traversent-ils la vie sans brusquerie alors que d'autres perdent tout ? » Il repoussa la bouteille vers le centre de la table. Il eut peur de l'alcool tout à coup.

« Traverser la vie sans en comprendre la puissance, est-ce vraiment une bénédiction ? Croyez-vous l'homme capable d'émerveillement sans qu'il se rappelle la fragilité de ce qu'il a ? Peut-on éprouver de la compassion, de la compréhension pour ses contemporains lorsque la vie a toujours été douce ?… » Claire leva son verre et ils trinquèrent. Monsieur Jacquet pleurait.

« Aux vivants !

– À ceux qui restent !

– Il y en a beaucoup qui restent, justement… D'ailleurs, j'aimerais vous demander de m'aider, mais je ne sais pas si vous pourrez la réparer… Il s'agit de la troisième fenêtre du calendrier de l'avent… Elle va nous tomber dessus si rien n'est fait. Les enfants doivent l'ouvrir dimanche prochain et j'ai peur de l'accident. C'est un vieux machin, elle doit avoir votre âge… » Elle scruta l'œil de monsieur Jacquet et elle trouva l'indignation qu'elle espérait. « Vous saurez l'amadouer pour qu'elle évite de nous éborgner Jean ou les enfants… »

Jacquet ne pleurait plus. Il la trouvait trop légère pour une religieuse, mais il acceptait son manque de respect sans vraiment savoir pourquoi. Il sourit.

« Je passe quand, demain ?

– Quand vous aurez un moment… »

Elle se leva pour partir.

« Merci encore pour ce vin qui me fait dire des bêtises…

– Il n'a cet effet que sur vous… » Monsieur Jacquet lui indiquait qu'il ne s'était pas laissé berner en toute innocence. Sourire d'avril pensa Claire en s'éloignant, un sourire de giboulée.

Devant l'église, les enfants impatients entouraient le père Jean qui cherchait Claire des yeux. Elle était en retard. Il l'aperçut, trottant vers lui de la façon la plus digne qu'elle eût trouvé, une main sur le haut de sa capeline et l'autre relevant ses jupes à peine au-dessus de ses bottines. Elle le rejoignit calmement pour ne pas déranger les enfants qui déjà décomptaient de dix à un en baissant la voix, graduellement. Lorsqu'ils furent à peine audibles, elle ouvrit la porte. Ils entrèrent en silence dans la nef. La statue de la Vierge retenait sous son socle le drap aux couleurs de désert qui servirait à la crèche. Le premier signe de la préparation des fêtes de Noël.

Arrivés dans la sacristie, n'en pouvant plus, ils commentèrent l'événement tant attendu. Noël approchait à grands pas. Il restait beaucoup de choses à préparer. Les photophores à installer derrière les dernières fenêtres du calendrier de l'avent. Préparer les santons de l'église, les repeindre, les habiller, organiser les répétitions de la procession. À chacun de vérifier l'état de celui de sa famille. Le santon portant le pain du boulanger, le santon berger du paysan qui entrerait dans la crèche le soir de la messe de Noël. Claire les laissa organiser la procession : comme chaque année, les enfants du catéchisme tiraient au sort l'ordre d'entrée des santons des paroissiens. Ils donnaient un numéro de passage à leurs parents évitant ainsi toute jalousie. Claire alla voir l'état de la fenêtre du troisième dimanche qui donnait des signes de fatigue indéniables, les gonds arrachant le bois.

Comment reconnaître un signe de Dieu ? N'avait-elle pas trouvé cette astuce pour Jacquet, toute seule ?

« Claire ? Vous rêvez ? » Jean la regardait depuis la sacristie, intrigué par son immobilité.

« Comment sait-on si Dieu nous inspire ? » interrogea la jeune novice.

Jean s'esclaffa et son rire éclaboussa les voûtes du chœur. Claire resta stupéfaite.

« Mon Dieu, jeune Claire… On s'attaque aux vrais mystères ! »

Il la rejoignit devant le vieux calendrier qui manquait sérieusement d'entretien.

« Suivant la personne que vous questionnerez, les réponses varieront. » Il s'assit sur les marches menant à l'autel et tapota la pierre froide pour qu'elle en fît autant. « Je suis un peu musulman, moi. En Égypte, j'ai appris à reconnaître les limites de ma compréhension de mortel. Vous savez, là-bas, on s'en remet à Lui avec plus de décontraction. À chacune de mes questions, mon père supérieur, un copte, me répétait *Inch Allah*, une façon de me dire qu'il ne me répondrait pas. Suis-je sur la bonne voie ? Si Dieu le veut. Ai-je bien fait ? Si Dieu le veut… Si vous demandez à un médecin aliéniste… il vous répondra que votre expérience a permis à votre cerveau de mobiliser ses souvenirs pour trouver la solution la plus favorable à cette situation… »

Il laissa courir le silence, puis se releva.

« Est-ce si important ? Faire du mieux qu'on croit est à mon avis un bon début.

– J'ai demandé à monsieur Jacquet de s'occuper de la fenêtre pour dimanche prochain. Il a perdu son fils… J'ai pensé que la présence des enfants pouvait mettre du baume sur sa blessure… » Jean la coupa.

« Vous supposez bien… Mais il va souffrir aussi. N'est-ce pas là la source de votre questionnement ?

– Oui, mon père.

– Qu'a-t-il répondu ?

– Qu'il viendrait. » Ils gagnaient la sacristie d'où leur parvenaient les voix des enfants.

« Il a choisi… Et il se connaît bien. Les hommes ne vont jamais au-delà de ce qu'ils croient pouvoir endurer. Parfois, le travail aide… Mais, nous sommes bien d'accord que c'est tout de même lui qui a accepté. »

Jean entra dans la sacristie.

« On ne s'entend plus ici ! » Le ton du prêtre, démenti par son sourire, provoqua chez les enfants un instant de silence qui ne dura pas.

Les plus grands sculptaient les santons dans des bouchons de liège pour représenter leur entrée dans l'église. Le règne des moutons aux pattes d'allumettes s'était étendu à la table des petits qui les animaient d'un galop téméraire sur plongeoirs de petite cuiller. Déjà un agneau se noyait dans le lait d'Antoine. Les filles, leur verre de lait bu, organisaient l'atelier papier de soie pour les photophores. L'autorité naturelle de Madeleine, sa capacité à répartir les tâches semblaient étranges chez une enfant de cinq ans. Elle levait le nez, haussait un sourcil et le doigt en l'air mandatait chacun d'une mission de la plus vitale importance. Claire observait la révolte de certaines filles et la soumission des autres.

Dans le silence feutré des religieuses à la cantine, en plein repas, Claire reconnut le rire cataclysmique de sœur Claude, à la table de Nicolas. Ils finissaient les navets râpés.

« Claire ! Par ici. » Sœur Claude lui faisait de grands signes. Nicolas, essuyant une larme de rire, lui désigna une chaise, se levant à demi pour l'accueillir.

« Je comprends mieux pourquoi vous tolérez ses excès de lavande… » Nicolas retint un rire. Claire sourit par mimétisme, ne cherchant pas à comprendre, mais appréciant le ton. Elle posa la main sur celle de Claude.

« Vous savez, elle a été exclue des séances ouvertes à la Salpêtrière. Charcot a essayé de l'hypnotiser, pour démontrer que chacun de nous peut l'être, mais elle a commencé à rire et la femme hystérique en a fait autant… Ils ont été obligés de l'évacuer pour calmer le public et la patiente…

– C'est vrai ? demanda Nicolas interloqué.

– Je suis beaucoup trop jeune pour ça ! » minauda sœur Claude avant d'exploser une fois de plus de ce rire si reconnaissable. Puis, redevenant sérieuse, elle interrogea Claire sur Tournier. « Je les ai accompagnés chez la nouvelle hystérique… Mais, il n'avait pas l'air en forme du tout. »

Elle se tourna vers le jeune médecin et avant que Claire n'intervînt, elle reprit : « Il a perdu sa fille le 22 décembre 1917, la date anniversaire approche…

– On ne choisit pas… Perdre sa fille doit être abominablement douloureux, répondit Nicolas, tout à son propre deuil.

– Perdre un fils, une fille, un frère… La mort d'un

être cher n'offre pas de hiérarchie dans le malheur, rappela Claire.

– C'est le Destin… dit simplement sœur Claude.

– C'est quoi le Destin ? C'est Dieu qui choisit notre vie ? C'est le Grand Livre écrit sans annotations ? »

Claude jeta un coup d'œil à Claire. Elle rit, lui donnant un coup de coude.

« Il n'est pas encore notre patron ! On va lui montrer de quel bois on se chauffe ! Allez novice ! Du cœur à l'ouvrage ! Ce petit monsieur – tout le monde était petit à côté de Claude – veut une confrontation théologique, eh bien ne le décevons pas… Mon cher monsieur, je ne connais pas ce Grand Livre dont vous faites grand cas me semble-t-il, pas plus que le libre arbitre tant vanté par vos pairs, pourtant… »

Nicolas, sur le même ton léger, lui coupa la parole :

« Le libre arbitre étant une notion religieuse, appelons-le désir ?

– Choix ? dit sœur Claude fronçant le nez.

– Va pour choix… Dans la mesure où on accepte la notion de Destin, où se trouve le choix ? » Comme Claude ne répondait pas, il ajouta : « Le libre arbitre…

– Vous jouez aux cartes ? » Sœur Claude plissa les yeux avec une petite menace qui fit entendre à Nicolas le silence vibrant de curiosité des religieuses, tout autour de lui. Il pensa qu'il deviendrait le patron dans quelque temps, peut-être lui fallait-il composer. Il devait plutôt se faire respecter pour son diagnostic que pour ses théories sur Dieu.

Claude continua : « Lorsque vous recevez vos cartes, vous voyez ce que vous pouvez en tirer de meilleur, c'est la même chose avec la vie que nous offre Dieu. Faire de son mieux avec ce qu'on a.

– Vous acceptez qu'il n'y ait qu'une seule donne. Je pense qu'il en existe plusieurs. Pour moi, notre vie dépend de nos choix, de nos désirs, et suivant qu'on les écoute ou non, notre vie change de cap. C'est tout… » Nicolas se croyait libéré après cette tirade.

Sœur Claude se pencha et il crut voir les religieuses se resserrer autour de lui pour écouter la suite.

« Et en cas de coup du sort, comme on dit ? Quand ce n'est pas votre choix, ni même votre désir, mais un imprévu, une catastrophe… vous maudissez Dieu, ou la Fatalité ? » Sœur Claude s'appuya sur le dossier de sa chaise à la faire craquer. Nicolas songea à un bizutage. Ce n'était pas dans l'esprit du lieu. On ne bizute pas à la cantine en plein jour. Il sourit de sa naïveté. Il subissait le test élaboré, dans le secret de l'*Hospital*, depuis Rabelais, par les religieuses pour obtenir l'obéissance des médecins. Il se ressaisit, basculant à son tour dans le fond de sa chaise.

« Je ne maudis pas, je pleure. Je ne sais pas… » Il retint son souffle, sachant qu'il devait s'offrir un peu pour obtenir la confiance. « En ce qui concerne la mort de mon frère… j'ai vécu son absence chaque minute de ma vie, mais un jour, j'ai marché sous le soleil en le trouvant doux à nouveau. » Il se tut.

Nicolas regarda autour de lui. Les religieuses mangeaient paisiblement, Claire le regardait attentive et sœur Claude avait quitté le manteau de Torquemada. Dans sa blouse blanche, Tournier apparut dans l'encadrement de la porte. Il paraissait encore plus grand de loin. Ses moustaches argentées lui donnant bonne mine, il ressemblait plus à un alpiniste qu'à un médecin aliéniste. Il signala à Nicolas, par un geste sans équivoque, qu'il avait besoin de son aide. Nicolas jeta une cuiller de navets au jus de viande dans sa bouche avant de le rejoindre. Il salua les religieuses de la tête et disparut dans le sillage du patron.

« Il est bien le gamin. Il apprendra vite.

– Que va-t-il apprendre ? interrogea Claire subitement impatiente d'en savoir plus.

– À écouter son intuition autant que sa médecine. Il est venu se cacher… Il va devoir affronter, abandonner le manichéisme. Il en a le talent. Maintenant nous devons lui laisser le temps de faire ses preuves, et l'aider.

– Il est très curieux en tout cas. Il s'intéresse… »

Sœur Claude lui coupa la parole :

« La curiosité ne fait pas tout… La volonté d'apprendre chaque jour dans son métier est primordiale… Et celle d'accepter de se laisser enseigner l'est tout autant. L'humilité est une qualité rare chez les médecins. J'entrevois le choix de Tournier… »

Claire s'assit doucement sur le lit et n'osa plus bouger lorsqu'il ouvrit les yeux. Il la regardait. Dans le vert des iris brillaient des paillettes d'or. Elle ne se demandait plus s'il la voyait ou non. Il lui plaisait de le croire.

« Vos yeux sont magnifiques… Je suppose qu'un battement de cils vous attachait toutes les femmes. Vous savez ce qui me manque le plus ? C'est de connaître votre sourire. Un visage change tellement lorsqu'il s'éclaire… Lorsque j'ai pris le train pour venir m'installer au couvent, il y avait un jeune soldat qui dormait sur le siège en face de moi, contre la fenêtre. C'était un vieux, il devait avoir au moins vingt et un an. J'en avais quatorze… Donc, il dormait, son visage d'un ovale parfait reposait sur sa capote. Peut-être que vous lui ressemblez et que c'est pour cette raison que je pense à lui aujourd'hui… Je l'ai regardé pendant tout le voyage. Ma tante aussi, je crois. Il paraissait fragile, délicat, malgré son nez un peu large. Le train a cahoté en entrant en gare d'Annecy, son front a rebondi sur la vitre du compartiment et il s'est réveillé. Lorsqu'il a posé des yeux sombres et enveloppants sur moi, j'ai rougi jusqu'à la racine des cheveux.

Il m'a souri. Ses yeux se sont arqués en demi-lune et ça l'a rajeuni d'au moins trois ans. Ce qui, je vous le fais remarquer, est très important lorsqu'on en a soi-même quatorze. »

Claire contourna le lit. Elle souleva les édredons pour accéder aux pieds. Fraîcheur et maigreur… La pulpe de son index descendit de la cheville jusqu'à la naissance des longs orteils de l'inconnu.

« Pourquoi les religieuses se sentent-elles toujours obligées de laver les pieds des mendiants ? » lança sœur Claude, suivie de Tournier et de Nicolas, interrompant la contemplation de Claire.

« Parce que c'est le choix de vie de toutes les religieuses ! C'est notre maternité refoulée comme dirait Tournier… » Claire fit un clin d'œil à la religieuse.

« Bien, bien, bien… Ce monsieur a besoin de nous… » Le médecin désigna du regard l'inconnu étendu sur le lit « Claire, s'il vous plaît… Voulez-vous expliquer à monsieur Varenne comment vous pratiquez votre massage ? Je le crois capable de vous remplacer aujourd'hui. » Et il gagna son banc près du poêle. Il écouta, tête baissée, les bruissements de jupes de Claire contourner le lit et les pas de Nicolas, puis leva le menton pour suivre les instructions appliquées de la jeune novice.

« C'est très simple, mais cela nécessite de l'endurance. Le corps étant spastique, vous n'avez que peu d'amplitude dans les mouvements. C'est comme si vous le berciez lentement, avec de petites pressions. » Claire prit le pied de l'homme entre ses mains, un pied fléchi, dur. « Comme ça. »

Elle entama un massage où apparemment rien ne se passait. Le pied ne bougeait pas. À peine la peau diaphane se plissait-elle. Après un coup d'œil pour Tournier, elle invita Nicolas à la remplacer. Comme il hésitait, Tournier l'encouragea.

« Il vous faudra tout connaître. » Il fronça ses sourcils broussailleux. Ce qui était pour lui parfois une expression de doute marquait une autorité sans faille pour le personnel. Nicolas poursuivit donc. Claire recula à côté de son patron.

« Nicolas, j'aurai plus besoin de vous pour masser le bassin… Cela ne vous ennuiera pas ?

– Très bien, capitula Tournier. Laissez-la continuer aujourd'hui. Claire a raison… » Il paraissait gêné. « Vous vous occuperez du bassin. »

Nicolas acquiesça, et, ravi, céda sa place assise à la jeune novice.

Sept ans c'est l'âge de raison. Ce matin je me sens devenir grand. Mes jambes fortes qui me portent, mon souffle dans l'air froid qui panache à ma bouche. Surtout mon cœur ! J'ai envie de crier les bras ouverts dans le silence du premier janvier. Pas un chat en ville. Je glisse dans la rue des Fantasques puis dans la montée Saint-Sébastien, je m'appuie sur le vent. Le monde m'appartient. Je ne peux m'empêcher de suivre le cours du Rhône entre les pâtés d'immeubles que je dépasse. Il brille. Il me guide, lourd et vert ce matin. Je sais que je n'ai pas le droit d'aller si loin, mais je suis devenu un homme aujourd'hui, alors qu'importe. Je dois gagner le quai pour que le vent du Nord soit plus fort encore. Il me faut de l'espace aussi pour faire voler mon cerf-volant. J'entends dans mon dos le papier de soie qui crépite comme un feu, comme des ailes. Je cours plus vite encore. Je porte mon père. Il me porte. C'est la première fois qu'il m'offre un jouet. Pas n'importe lequel, un tigre peint sur du papier rouge. Je suis si fier qu'il ait choisi un tigre pour moi. J'espère qu'il me voit comme ça. Je suis un félin souple et puissant qui dévale les pentes de Lyon vers le soleil et l'eau.

Je sais que c'est lui car maman ne m'achète que des cadeaux utiles. Des chaussures... Ce matin, elle m'a apporté mon premier pantalon long, encore un signe que je suis grand maintenant. Une laine sombre comme ses yeux. Le froid craquant fait couler des larmes sur mes joues. J'ai vu dans sa façon de me parler, de me regarder, que je change. Je suis encore plus petit qu'elle, mais je ne me suis pas trompé, elle me respecte différemment. Le tigre de papier pétille d'impatience. Il me pousse de l'avant. Lorsque maman m'a donné le cadeau de mon père, elle n'a rien dit.

« Un deuxième paquet ? » J'étais surpris. Elle souriait, encore couchée dans son lit, toute à sa joie de me voir heureux.

« Oui », a-t-elle simplement dit, doucement. J'ai compris dans le ton différent que ce cadeau avait quelque chose de spécial. Je n'avais jamais eu deux cadeaux non plus. « Ouvre-le. » Devant son visage encore chaud de la nuit, j'ai défait lentement le papier de couleur sans vraiment la quitter des yeux. Voyant sa surprise, j'ai compris qu'elle ne savait pas ce que le paquet retenait. C'est alors que j'ai pensé à mon père.

« C'est lui qui te l'a donné pour moi ? » Elle n'a pas répondu. J'ai cherché un message, une lettre, un signe. Rien. Mais ma joie bondissant dans la nouvelle poitrine d'homme tout neuf, j'ai découvert le tigre. Un tigre ! Rien au monde n'aurait pu racheter son absence pendant toutes ces années. Pourtant il m'offrait la puissance d'Asie, le roi de la jungle, le mangeur d'hommes. C'était comme si mon père me racontait ses voyages en Extrême-Orient, la longue traversée de l'océan Indien, les soies cuisse-de-nymphe-émue, cette couleur qui n'en est pas vraiment une tant sa délicatesse ne se prête pas à la lumière du soleil. La peau des femmes si pâle et si mate sous le maquillage. Images troublantes. Mon corps me traduisait ce que ma tête ne pouvait comprendre.

Une graine d'homme qui pressent un avenir dont il ne sait rien, mais qui tout à coup coule brûlant dans ses veines.

« Que fais-tu ? » Ma mère me vit renifler le papier par petits coups pour en exhaler les parfums de peintures, de bois laqué. Des odeurs sèches, brèves et entêtantes.

« Je vais le faire voler ! » Je me mis debout devant son lit, encore dans la nuit. Ce lit duquel j'étais sorti et où je n'avais plus de raison d'être. J'appartenais à mon père. Il trouvait une place dans mon corps, puzzle historique, sans même que cela me surprenne. Dehors le monde, son monde m'appelait. Je venais de quitter ma mère pour devenir un homme. Cet homme de sept ans qui court après le vent du nord et le soleil.

« Monte ! Allez, monte ! » Contraint par ma voix assourdie, Mathieu me donne son pied. Je le soulève et il saute de l'autre côté. Sa main saisit la mienne et j'escalade à mon tour le mur de boue. Les gars courent tout autour de nous. Je ne sais pas d'où ça vient, mais c'est la mort qui arrive. Mon corps me dit de courir. Je sens une raideur sur la peau de mon dos. Tous mes sens écoutent ce qui vient de derrière. Je pousse Mathieu sur le côté. Il disparaît dans un trou. Je saute sur lui. Je m'allonge sur lui. Je sais. Explosion à quinze mètres devant nous. Je ne vois plus rien. Je n'entends plus rien. Mon masque à gaz me blesse. Mathieu est sous moi sans un mouvement pour me déloger. Seule sa respiration sur mon ventre me dit sa vie. Il sait que je suis là. Je tape sur son casque. Deux coups qui rappellent qu'il faut partir. Nous profitons de la terre qui tombe en pluie de caillasse pour continuer notre course. Il trébuche. Il m'emporte. Je me laisse aller contre lui. Je glisse pour le regarder. Pour le rassurer. Pour sentir l'odeur de course, du cuir du

masque, de salive sèche et de terre, mais pas de sang. Il va vivre. Je le regarde dans les yeux, capter son regard c'est ne pas le perdre, être sûr qu'il est là. Il me fait signe que tout va bien. Debout, encore dans la fuite, nous courons droit devant. Je vois des gars qui nous rejoignent. Ils sautent dans une galerie. Nous sautons. Un nouveau trou. De nouveaux gars. Des égarés qui tirent dans le même sens sans savoir sur qui. Nous tirons par réflexe. Il fait nuit en plein jour. Un jour jaune.

Je l'enviais. Bel homme, de grande culture, intelligent. Une femme magnifique, un enfant brillant et des étés à Biarritz. Je me rêvais tout ça, sachant que cela n'arriverait jamais. Lorsqu'il me proposa une promenade à cheval, je me sentis très mal. Mon ignorance des sciences équestres m'humiliait. La simple présence de Paul me rappelait mon infériorité. J'avais passé toutes mes études avec des types comme lui, ce pli de condescendance sur les lèvres, le sourire qui dit qu'on n'est pas du même monde mais qu'on s'en arrangera.

Le père Armand m'avait dit une chose qui m'avait bien aidé : je ne serais jamais vraiment à ma place comme tous les bâtards, les illégitimes. Trop ambitieux, trop en colère.

Je donnerai tout pour une cigarette.

« Vous êtes le précepteur qui a eu le plus de succès jusqu'à présent. La curiosité de mon fils s'éveille. C'est bien. Mon épouse pense les meilleures choses de vous. » Paul claqua la cravache sur sa botte brillante. Nous nous dirigions vers les chevaux préparés qui attendaient devant l'écurie. Je redoutais ce moment où d'un geste leste et empreint de dignité, Paul projetterait sa jambe par-dessus la selle, puis se retournant vers moi, me verrait essayant vainement de me hisser

sur le dos de l'animal. Peur du ridicule, de mes épaules creuses, des trois poils sur mon torse, de mes jambes maigres perdues dans les bottes. Il ne me restait plus qu'à déserter. Il reprit sans prêter la moindre attention à mes états d'âme. « Vous prendrez la jument de ma femme, vous ne risquerez rien... Il faut bien commencer un jour... » Il rit et le reste de mon amour-propre tomba au fond des bottes trop grandes. « Allons, passez votre pied dans l'étrier... » Comme je le regardais, interrogateur, il poursuivit : « Il faut bien monter dessus... » Il sourit, certes gentiment, mais étant de ceux qui s'interdisent l'erreur, j'eus froid d'orgueil. Je le regardai s'installer sur un étalon magnifique, digne des gravures anglaises de leur salon, et je ressentis un mépris grandissant. Je venais d'abandonner mon abattement pour de la colère. Pour qui se prenait-il ? Oui, il maîtrisait le monde, oui, il possédait cette élégance naturelle, oui, il me souriait... Pourtant je me mis à le détester. Il était plus simple de lui en vouloir de mes manques que de les combler. Je pensais que sa femme était trop belle, son fils trop intelligent et lui, trop sûr de lui. Mais je ressentais au fond de moi-même que le mal que je lui voulais soudainement ne l'atteindrait jamais.

« Il bouge ! »

L'homme agitait les bras, repoussant des ombres. Nicolas éloigna Claire d'une main en essayant de maintenir le corps sur le lit. Elle fit le tour, se glissa contre la tête qui basculait hors des oreillers.

« Du calme. Du calme. » Elle lui parlait doucement, tout contre son oreille, caressant la tempe où perlait la sueur. Le baiser qu'elle y déposa aurait pu être pour un enfant malade, mais elle ferma les yeux et respira l'odeur de la peau. Ses doigts se nouèrent sur le front et elle l'embrassa de nouveau. Un baiser à la recherche du vertige qui venait de se cacher en elle.

« *Je t'aime…* »

C'était doux. C'était ce qu'elle attendait.

« Vous avez entendu ? » Claire se redressa si brusquement que Tournier crut qu'elle s'était brûlée. Debout, les yeux immenses, elle suppliait Tournier de confirmer.

« Quoi ? » demanda-t-il à la cantonade. Claude haussa les épaules et Nicolas baissa les yeux. Ne trouvant personne pour l'aider, il interrogea Claire : « Mais qu'a-t-il dit ? » Comme personne ne répondait, il s'impatienta : « Pourquoi cette tête, bonté divine !

– Il a dit : *Je t'aime.* » Claire, la main posée sur celle de l'homme, n'offrit pas son regard à Tournier, elle ne pouvait détacher ses yeux des yeux ouverts sur le plafond. Prendre sur soi, voilà ce à quoi elle pensait. Il m'aime. Il aime… Claire fronça les sourcils pour se donner une contenance. « Combien a-t-il donné de prénoms de femme ? » Elle savait, connaissait cette Anna. Il rêvait d'elle, prononçait son nom la nuit. Nicolas sortit son carnet en maroquin rouge.

« Deux… » Alors qu'il vérifiait, Claire se sentit submergée par l'abandon. « Anna et Magali. Donc, l'homme aime et nous suggérons qu'il s'agit de l'une d'elles. Nous voilà bien avancés… » Nicolas rangea sèchement son carnet.

« En tout cas, il devient évident que la motricité des membres supérieurs est rétablie et que la conscience n'a toujours pas été contactée. » Tournier avertit du doigt Nicolas. « Méfiez-vous des jambes la prochaine fois. Il semble puissant ce soldat. Nous ferions mieux de l'attacher. »

Il attendait une réaction de Claire, mais il n'eut pas d'écho.

Il prit Claire par le bras. « Tant que vous ne lui aurez

pas massé les jambes, nous ne risquons pas de fugue. N'cst-ce pas ? »

Nicolas et Claude sortirent les premiers. Claire s'arrêta, retenant Tournier.

« Je l'ai embrassé et il a dit *Je t'aime.* » Comme Tournier ne disait rien, elle précisa : « Je l'ai embrassé deux fois.

– Et alors ? Curiosité satisfaite ? » Il haussa les épaules et continua son chemin vers le couloir.

Lundi 16 décembre

Claire avait toujours l'impression d'être en retard. Elle courait en descendant vers l'hôpital. Ses bottines emportaient le givre végétal du chemin, laissant ses empreintes dans l'herbe sèche de l'hiver. Tournier marchait loin devant elle, son grand pardessus noir serré sur lui. Elle ralentit son allure pour ne pas le rattraper. La tête penchée sous son chapeau de feutre, il paraissait si vieux. Elle redouta le jour de sa mort. La guerre lui avait montré la fragilité, la fugacité, pourtant, elle ne se ferait pas à la perte de Tournier. Elle eut envie de le serrer dans ses bras, silencieusement, comme lors du décès de sa fille. À la mort de Léontine, Tournier anéanti lui avait fait une remarque cinglante sur le mariage qui continuait de la hanter. C'était à propos de la mort.

« Voyez Claire, le prêtre m'a dit que je suis marié à ma femme jusqu'à ce que la mort nous sépare. Il ne dit pas de quelle mort il s'agit. Il ne dit pas qu'il s'agit de la nôtre. C'est sans doute celle de notre fille qui nous sépare… »

Depuis, Tournier avait séché sur pied. De sa carrure, il restait la largeur des épaules. Épaulcs qui tenaient le grand manteau noir devant elle. Elle le rattrapa en quelques foulées. Ils marchèrent du même pas un instant avant qu'il ne lui adressât la parole.

« En retard ? » La grande écharpe noire enroulée autour du col assourdissait sa voix.

« Si on calculait le retard en mètres, oui, mais que dire de ces cent mètres que je vous ai laissé garder jusqu'à l'entrée pour ne pas vous froisser par une si belle journée… » Elle leva les yeux sur Tournier pour confirmer son insolence.

« Bonne journée… C'est vous qui le dites ! Vous êtes impertinente pour deux raisons. La première, la plus courante, vous remettez en question ce que j'avance. Je vous pardonne, je vous ai trop gâtée. La seconde, de loin la plus blessante, vous dites m'avoir laissé gagner. » Il se tut, puis reprit, les yeux pétillants : « Faites-moi penser à acheter une canne pour vous tenir éloignée.

– Je serais bien capable de la scier pour vous faire trébucher. » Claire courut devant Tournier comme la petite fille qu'elle faisait revivre pour lui. Ils tapèrent leurs pieds blanchis, laissant le givre dehors, et entrèrent dans l'hôpital.

« Professeur Tournier ! » Nicolas sortit de la cantine où il finissait son petit déjeuner. « Il faut absolument que je vous dise ! Il parle ! » Il avait les traits tirés. Il sortit son carnet en maroquin de dessous sa veste en laine. Le tendant à Tournier, à deux mains, tel un original de Léonard de Vinci, il vibrait d'un trouble très particulier que Claire n'aurait pu définir si on le lui avait demandé. Tournier s'en empara avec impatience. Nicolas continua : « Il a parlé cette nuit, voyez… » Claire se pencha par-dessus l'épaule de son patron pour essayer de lire les notes griffonnées d'une main anxieuse dans l'obscurité. « Il a raconté un épisode de la guerre… Pas des plus drôles… J'ai tenté de lui répondre, mais il ne m'a pas entendu. Il semblait en état de somnambulisme verbal. »

Tout en lisant, Tournier dit :

« Allons dans mon bureau. » Cela devenait intéressant, même pour le patron. Sur le trajet, il fit signe à sœur Claude de les suivre.

« Que se passe-t-il ? Les moustaches du chat sont pointées vers l'avant lorsqu'il guette sa proie ! » Claude marchait pesamment à côté de Claire, toute contente à l'idée de découvrir le secret de cette agitation générale.

« Il a parlé ! L'inconnu a décrit une scène dans son sommeil, une scène assez terrible, paraît-il. » Le trouble de Claude se transforma en curiosité et elles marchèrent plus vite.

Ils s'assirent dans le plus grand calme. Tournier, les mains jointes sur ses moustaches, survolait dans un silence de crypte les notes de Nicolas. Claire, qui n'en pouvait plus, se leva pour ouvrir les volets. Le jour offrit un nouveau relief aux rides de son patron particulièrement contrarié.

« Je ne sais pas si je dois vous faire part de mes hésitations… Il se lit sur ce carnet des événements bouleversants, dans la mesure où nous leur accordons un certain crédit. » Il s'était redressé, les sourcils en bataille, et les regardait chacun leur tour. Il poursuivit, toujours très contrarié. « Premièrement, dans le cas où cet homme ne rêve pas mais se souvient, je découvre une facette des lois de la guerre que j'aurais préféré ne pas connaître. Deuxièmement, nous sommes peut-être en présence de l'origine d'une névrose. Troisièmement, il reste la possibilité du rêve, avec son lot de pulsions et de refoulements qui auraient créé ce désir inconscient de soldats français fusillés par les leurs. Ou pour finir, cet homme simule magnifiquement bien depuis le début. » Se tournant vers Nicolas : « Comment interprétez-vous cette affaire ?

– Je suis tout aussi embarrassé que vous l'êtes, sans pour autant analyser la situation comme vous venez de le faire. Je n'avais entrevu que les progrès du patient… Je crois aussi que cette… chose évoquée… ne m'est pas si étrangère… J'en ai entendu parler… »

Le passé de tout son poids envahit le bureau.

« J'y ai assisté. » Nicolas parut s'enfoncer dans son dossier. Il leva le menton en montrant le carnet. « Voulez-vous que je lise ?

– Non. » Tournier ne put se résoudre pour autant à entamer la lecture à voix haute. Claude, les joues rougies par la tension générale, s'empara du carnet, tira sur le marque-page en fil rouge et lut :

« *Ils ont été fusillés ce matin. Contre un mur. Devant nous, les Boches, derrière, les nôtres. Sur le mur, des postillons rouges…* » Claude plissa les yeux sur le texte et lut les quelques annotations de Nicolas. *Il a fait une pause de quelques minutes.* Elle reprit : « *Mais je les ai regardés mourir, comme tous les autres. Je n'ai pas bronché. L'humanité a disparu de nos visages. C'est comme si j'étais parti de moi depuis trop longtemps pour m'émouvoir.* » Claude lut encore les notes de Nicolas : *Il a émis un son guttural. Est agité pendant un instant. A ouvert les yeux.* Puis elle continua sur le même ton calme : « *Insensible aux crachats des tripes sur les murs. Suis-je devenu insensible au feu ?* » Claude posa le carnet sur ses genoux avant de le rendre à Tournier.

« Dites-moi, Nicolas… » Tournier revenait à l'analyse, au concret : « Croyez-vous qu'il sentait votre présence ?

– Son récit n'a pas été modifié par mes interpellations. Il arrêtait ou reprenait malgré moi. Je crois pouvoir certifier qu'il n'a pas remarqué ma présence.

– Vous confirmez qu'il s'agit de réminiscences ?

– Je suppose que oui. » Nicolas confirmait de la tête,

gravement. « Il nomme encore un certain Fabre. On ne sait jamais. On pourrait se renseigner…

– Vous avez raison, c'est une piste à ne pas négliger. »

Claude prit le carnet sur le bureau et se leva. Les autres attendirent de savoir ce qu'elle comptait en faire.

« Je me demande s'il réagirait si on lui lisait ce qu'il a dit cette nuit. Une voix d'homme… » Face au silence dubitatif, elle reprit : « Allons, le monde dont il parle a disparu. Hier n'existe plus… » Elle se demandait comment secouer l'atmosphère de sa poussière de guerre.

« Très bien, je vous suis » dit Nicolas et, il se tourna vers Claire : « Une idée comme une autre… À exploiter… »

Tournier se leva pour les suivre, rejoignant Claude à la porte.

« Vous trouvez les mots qui font avancer.

– Il en faut toujours un pour faire le guet… Pour voir si personne ne se noie… » Claude haussa les épaules sous l'évidence de son propos. Ils rejoignirent Claire et Nicolas dans le couloir.

L'homme ne manifesta aucune réaction à la lecture du jeune médecin. Pas un battement de cils, un visage sans expression.

Alors Nicolas le découvrit et le fit basculer sur le côté pour offrir à Claire une jambe accessible à un massage plus confortable.

Cela fait une minute que je la regarde travailler, elle coud. Je suis rentré du pensionnat pour l'été, il fait si chaud ces derniers jours. Depuis que j'aide la boulangère sur le marché, je regarde les femmes avec plus d'attention. Définitivement, ma mère est belle. La boulangère, ce n'est pas pareil, elle n'a pas cette allure dans les épaules, dans le cou, mais elle m'enseigne des choses qui se passent bien de tout ça.

Ma mère fredonne une chanson que je ne connais pas, d'ailleurs, elle sifflote plutôt, enfin, c'est entre le sifflet et la respiration. À l'inspiration et à l'expiration, la mélodie chuinte entre ses lèvres. Ses cheveux remontés dégagent sa nuque longue et son visage est éclairé par la lumière renvoyée par son ouvrage. La boulangère robuste me traite comme son pain blanc, avec autorité et caresses voluptueuses. Je suis son garnement, son jeune monsieur. Je ne me souviens pas des petits noms que me donne ma mère. J'ai envie d'entrer dans la pièce, me faire voir et poser ma tête sur ses genoux. Cela fait longtemps que nous avons cessé nos jeux de danses et de divination. Je suis devenu grand, m'a-t-elle appris lors de mon entrée chez les pères, du coup, je ne sais plus comment me comporter avec elle. Ma tendresse déborde dès que je la vois. J'ai besoin d'elle... Encore.

« *Maman...*

– J'ai entendu cette fois ! » Tournier pointait du doigt le visage de l'homme. « Il a appelé sa mère ! » Claire en profita pour reposer la jambe toujours contractée, un instant. Elle ne se doutait pas qu'une jambe fût si lourde.

« C'était très distinct... s'empressa d'ajouter Nicolas. Je vous ai dit qu'il parlait de mieux en mieux. Il articule convenablement. » Tout en faisant ses commentaires, il interrogea la jeune novice : « Vous ne souhaitez pas que je vous remplace ? Vous me paraissez fatiguée. »

Claire remercia de la tête. Elle masserait l'homme jusqu'à ce qu'il cède. Tournier dessina un moulinet dans l'air pour encourager Claire à poursuivre.

Ça sent le buis. C'est l'odeur de mon enfance, celle de la cabane, de la cachette. On espionnait les amoureux du parc, avec Guillaume, à l'abri de leurs regards, perdus dans les buissons épais. Heureusement que cette odeur m'apaise. J'ai la vraie trouille, celle qui vide des fluides. Je respire la terre pour cacher mon souffle givré à leurs bottes. Ils sont cinq. Dix bottes qui me cherchent. Elles écrasent les feuilles mortes sans même entendre leur craquement. Ces bottes portent des fusils et parlent allemand avec un accent insaisissable. Elles me cherchent partout. Il y en a un qui dit qu'il faut tirer dans les buissons. Un autre qu'ils vont se faire repérer s'ils tirent. C'est sous les buis que les escargots font l'amour au printemps. Que serai-je au printemps prochain ? Des coups de fusils. Loin, là-bas. Je tremble de les voir se coucher pour éviter les balles et que nous nous retrouvions tous sous les buissons. Je suis coureur, sur moi il y a les lettres des officiers. J'imagine la situation étrange. Cinq Allemands et un Français tapis sur la terre pour vivre encore un instant. Ils ont à peine frémi dans leurs bottes. Il y en a un qui dit que ça vient de chez eux. Un autre tire dans les buis. Je sens le coup dans mon pied, l'engourdissement, la vibration, mais pas encore la douleur. Il paraît qu'elle arrive après, lorsque le choc se dissipe. Je serre les dents. Je me sens sec partout, la blessure doit être profonde pour que je ne la ressente pas. Le médecin m'a expliqué que plus c'est profond et moins on éprouve de souffrance, au contraire d'une blessure superficielle. Je ne veux pas bouger. J'ai peur de pleurer si je découvre mon pied en charpie. Le moindre bruissement et je suis mort.

Petit, j'ai trouvé deux escargots face à face. Lorsque je les ai écartés, ils étaient reliés par un tube blanc que j'ai sectionné pour voir ce qui se passait. Ils se sont rétractés, gluants, moussants. Je n'ai compris que plus tard qu'ils faisaient l'amour et j'ai éprouvé toute la cruauté de mon geste.

Penser à autre chose. Elles vont bien finir par partir, ces bottes crottées. Ils disent qu'ils ne retrouveront pas le Français, qu'il a fui. C'est étrange, je perçois un soulagement muet. Ils ont peur eux aussi que je les tue. Je pense à la vie de cet escargot émasculé par l'ongle noir d'un enfant. Les bottes s'en vont poursuivre la guerre, la porter un peu plus loin, loin de moi. L'Allemand a tiré dans le talon de ma botte. Il est arraché, déchiqueté en brins de cuir qui laissent voir mon pied. Pas une égratignure. Un coureur sans godasse... Je vais me blesser aux coquilles des escargots morts sous le buis.

Claire laissa la jambe s'allonger doucement en l'accompagnant jusqu'au matelas. Il venait de céder.

Les enfants avaient déjà retrouvé leur place en silence mais leur excitation à répéter les chants de Noël les rendait braillards. Ils se chamailleraient rapidement si Claire ne se dépêchait pas. Elle les connaissait par cœur ses petits.

« Les Anges dans nos campagnes,
Ont entonné l'hymne des cieux,
Et l'écho de nos montagnes,
Redit ce chant mélodieux. »

Lorsque monsieur Jacquet entra par le côté, les enfants, installés sur les marches devant l'autel, le suivirent à peine des yeux. Claire lui fit signe de se rapprocher d'elle tout en continuant à battre la mesure. Il resta un petit moment à ses côtés, serrant son sac d'outils contre lui, respectant la fin de la chanson. Dès que le silence retomba des voûtes, elle le présenta.

« Monsieur Jacquet. » Elle se tourna vers lui. « Les enfants. » Un ensemble harmonieux de « Bonjour monsieur Jacquet » emplit l'église silencieuse. Claire les quitta un instant afin de montrer à Jacquet les dégâts du temps sur la fenêtre du calendrier de l'avent. Le panneau de bois ayant été étudié dans ses moindres grincements, il recula, les mains sur les hanches, pour la vue d'ensemble indispensable. Il frotta son menton. Le temps suspendu, les enfants attendaient le verdict du professionnel. Ils auraient pu observer les gestes précis de Jacquet jusqu'au soir, mais Claire claqua des doigts pour se rappeler à eux. Ils reprirent de leurs voix pures et hautes, avec une conviction nouvelle, *Les Anges dans nos campagnes*. Claire supposa qu'ils remerciaient Jacquet à leur façon. Pas seulement un remerciement pour la réparation, mais croyait-elle deviner, pour la distraction, l'imprévu qu'ils rapporteraient à leur mère, le soir au repas silencieux. Claire battait la cadence du pied et des bras. Dans le fond, Jacquet pleurait. Il pensait aux voix des anges, à son Étienne tout petit revenant le genou égratigné, l'odeur de ses cheveux mouillés de chaud après sa première chute de bicyclette. Quand il pouvait encore, d'une seule main, attraper ses épaules nues. Et puis ce grand corps maigre, glabre, qui avait poussé, comme ça, un matin. Un jour, il était homme. Le lendemain, il était mort. Si vite. Jacquet essuya son nez sur ses manches.

« Claire ! » André-le-grand venait de jeter un regard dans la direction de Jacquet. « Regardez, c'est saint Nicolas ! » Effectivement, les copeaux de pin blond accrochés à sa barbe, sa blouse grise offraient une ressemblance saisissante avec le saint des enfants. Tout à coup, comme la voix même de Dieu, venant de la sacristie, le père Jean gronda.

« Il est déjà passé, il y a deux semaines, pour sa fête ! Si vous croyez que je vais me laisser abuser ! Envoyez-moi cet imposteur ! » Aussi fort, son rire parvint, ricochant contre chaque pilier, jusqu'aux petits chanteurs transportés de rire.

Les enfants s'envolèrent par grappes, depuis le parvis, se tenant la main pour rentrer en courant dans le jour finissant. Claire fut vite rejointe par Jacquet.

Le tour de ses yeux était rougi, les paupières battues par la tristesse et malgré le soleil déclinant, on devinait les plis se former sur son front.

« Je voulais vous voir. » Retenant son sac à outils sous l'autre bras, il tira une enveloppe de sa poche. « C'est un ami d'Étienne qui lui annonce qu'il passe par chez nous jeudi prochain en rentrant sur Levens. Il va dormir à la maison… » Il se redressa. « Il ne sait pas pour Étienne… » Il cilla plusieurs fois et Claire regarda ses bottines. « Je vais l'amener à l'hôpital, peut-être qu'il saura qui est votre soldat inconnu…

– Vous n'êtes pas obligé de revenir à l'hôpital… »

Il ne lui laissa pas le temps de finir :

« C'est la première fois que c'est bizarre, après… c'est pas pareil. » Il racla sa gorge, changea son sac de bras pour ranger la lettre. « À bientôt, jeune Claire. Je vous préviendrai… »

Dans le cloître de l'hôpital, elle croisa Escudier, une grosse écharpe autour du cou. Il la tint à l'écart d'un geste de la main, le regard fiévreux.

« Ne m'approchez pas, je rentre chez moi. Je ne voudrais pas vous transmettre mes microbes. » Le silence qui s'installa portait le spectre de la grippe en étendard.

« Dites-moi, Claude vous a-t-elle donné un flacon

d'essence de thym et de lavande ? » Claire s'avança d'un pas mais Escudier recula d'autant.

« Oui... Même du miel et quelques oranges de l'hôpital. Vous ne le direz pas, elle risque d'avoir des problèmes si ça se sait...

– Ne vous souciez pas de tout ça. Surtout, n'embrassez plus personne, pas même votre famille... Promis ? Rentrez chez vous et tuez ce microbe à grands coups de vin chaud ! Cela ne devrait pas trop vous demander d'efforts... » Escudier lui sourit gravement et disparut dans le déambulatoire.

Elle se dirigea vers le bureau de Tournier. Elle ouvrit doucement la porte, les volets offraient une obscurité reposante. Claire devina la silhouette de Nicolas allongé sous un édredon. Lorsque ses yeux eurent accepté la pénombre, elle vit le pied de l'interne sorti du drap. Cela avait quelque chose de touchant et d'étrange.

Elle chercha à tâtons de quoi écrire, défit son foulard, laissant s'éparpiller ses cheveux jusque sur le sous-main. Après avoir installé le foulard sur la lampe, elle l'alluma. Elle laissait une note à Nicolas sur les réseaux de marraines de guerre de la région, afin de retrouver la famille de l'inconnu. Avant de sortir, elle éteignit et remonta ses cheveux, vérifiant ses boucles sur son front.

« Je vous imaginais sans cheveux, comme les religieuses. » Nicolas n'avait pas bougé d'un centimètre.

« Lors de mes vœux définitifs, je demanderai à les faire couper. Pour l'instant, je les garde. »

Claire replaça son foulard dans des gestes rapides et précis.

« Je ne voulais pas vous déranger. » Il tira sur ses pieds l'édredon gonflé. Claire rejoignit la porte à pas feutrés et l'ouvrit, laissant entrer la lumière. « Bonne sieste Nicolas… » Dans le couloir, elle la referma doucement, comme s'il dormait déjà.

À l'étage du dessus, Louise, la plus vieille des patientes de l'hôpital, l'attendait.

« Une de nos pensionnaires est morte. Je l'ai accompagnée jusqu'à la fin… » Tout en parlant, Claire s'assit sur le lit de l'homme qui, remonté dans ses oreillers, une seule jambe pliée, manifestait malgré lui une certaine nonchalance. Elle regarda cette main longue posée sur la couverture à quelques centimètres de sa cuisse. Elle s'en saisit et la posa sur son visage. Les doigts frais sur ses joues brûlantes et le pouce sur sa bouche. « Pourquoi ne te réveilles-tu pas ? » Claire embrassa le creux de la paume plus tiède. « J'ai besoin de toi. »

Mardi 17 décembre

Il faisait encore nuit dans la chambre. Elle referma la fenêtre et attendit sœur Thérèse pour la toilette en ranimant le feu du poêle.

« *Anna ?…*

– Non, c'est Claire. » Dans la lumière du feu, elle vit le regard du soldat posé sur elle. Elle avança plus près. Il la suivit des yeux. Étrangement, elle ne se sentit pas agitée par la curiosité, ni par l'impatience. « Je suis là », dit-elle simplement. Était-il enfin éveillé ? La voyait-il vraiment ? Lorsqu'elle arriva à ses côtés, il la fixait toujours. Claire lui offrit le sourire engourdi des incrédules. À plusieurs reprises, il tenta de soulever le bras droit sans trouver la force d'y parvenir. « Je suis là… » continua-t-elle. Il avait quitté les yeux de l'infirmière pour parcourir son visage. Il ne semblait pas surpris de sa présence. Longtemps, il s'arrêta sur la bouche de Claire. Thérèse entra, encore frissonnante de la nuit.

« Merci d'avoir chauffé la chambre. Nous aurons moins froid qu'hier. Sœur Claude n'étant pas là, j'ai pris de l'eau de Cologne pour le frictionner. » Elle tira un grand flacon au bouchon doré et l'agita en l'air, faisant étinceler le liquide ambré au fond de la bouteille.

« Trésor de guerre ! » répondit Claire s'arrachant au regard.

Elles repoussèrent les édredons. Elles hissèrent la grande bassine en fer sur le poêle pour garder l'eau au chaud et sœur Thérèse s'équipa de gants savonneux.

« Vous le tiendrez afin que je le lave et vous l'essuierez au fur et à mesure pour qu'il n'ait pas trop froid. » Thérèse baissa la tête comme pour donner le coup d'envoi.

La religieuse sortit les mains de la bassine, la novice souleva le drap et la chemise de nuit de l'homme. Le ciel s'ouvrait lentement derrière les montagnes et le corps brillait d'eau. Les gestes mécaniques et expérimentés de sœur Thérèse parcouraient let il fut propre en moins d'un quart d'heure.

« Vous le faites manger ? Sœur Dominique m'attend pour la suite. Je vous laisse le frictionner.

– Oui. » Claire se saisit du flacon d'eau de Cologne qu'elle lui tendait, recueillit le précieux alcool au creux de sa main et le laissa se répandre sur les pieds. Elle mit beaucoup plus de temps que Thérèse. Le temps de quarante-deux *Ave Maria*. Le temps de respirer. Le temps pour Tournier et Nicolas de la rejoindre.

Ils frappèrent avant d'entrer. Claire l'avait habillé d'une chemise propre et les attendait assise et silencieuse à côté du poêle. Sans se lever, elle expliqua ce qui s'était passé avant la toilette. Tournier ausculta l'homme, vérifia les réflexes sans plus de succès que la dernière fois. Pendant ce temps, Nicolas s'installa près de Claire.

« C'était une bonne idée, votre petit mot… Ma tante est marraine de guerre, ainsi que toutes ses filles… Je leur ai expliqué la situation de votre inconnu et elles pensent qu'en faisant une photographie et en la leur envoyant, elles pourraient nous aider à retrouver sa famille. Il existe tout un réseau de marraines de guerre et souvent, elles ont reçu des photographies de leurs filleuls…

– Il y a un photographe portraitiste à Annecy. Il est installé avenue d'Albigny me semble-t-il, peut-être se déplace-t-il… » Claire fut interrompue par Tournier.

« Chut ! Je travaille ! » Il poursuivit son auscultation méticuleuse, puis il se redressa et demanda : « Claire, pourriez-vous venir lui parler ? » Il chaussa son stéthoscope et le plaça sur le cœur de l'homme.

« Que voulez-vous que je lui dise ? » Elle eut peur de la réponse de Tournier lorsqu'elle croisa son regard pétillant.

« Que vous l'aimez. Au moins, quelque chose qui le réveille… » Il regarda un Nicolas interloqué. Décidément son patron avait des pratiques pour le moins étranges. « Vous avez une autre idée ? »

Nicolas fit non énergiquement. Claire haussa les épaules, se glissa contre la tête de l'homme. Il sentait encore l'eau de Cologne. Tournier compta sur ses doigts pour donner le top départ à l'expérimentation.

« Étienne Jacquet… » Claire espéra en vain.

Tournier fronça les sourcils.

« Aucun effet. Reprenons avec le grand classique, l'indémodable et l'incontournable… S'il vous plaît jeune fille, ce n'est qu'un exercice. » Il se pencha sur la cage thoracique de l'homme.

Nicolas envoya un sourire à Claire pour l'encourager. Le « Je t'aime » respiré par la jeune femme le lui arracha aussitôt. Il en avait le souffle coupé. Claire aimait. La nonne aimait. Il devait se tromper. Tournier de son côté pointa le plafond d'un pouce enthousiaste et demanda un second essai. Personne n'entendit le deuxième « Je t'aime » de Claire, hormis Tournier qui en perçut les effets sur le rythme cardiaque de son patient. Une pulsation accélérée puis plus puissante et enfin un retour au calme serein de l'inconscience.

« Bien. Il entend ! Il parle et il entend, nous devrions venir à bout de ce repli. » Il rangea ses instruments avec gaîté.

Claire se sentait très gênée. Elle avait essayé un « Je t'aime » dénué de cœur, mais son souffle l'avait trahie. Elle s'approcha de Nicolas et lui murmura à l'oreille :

« Sarah Bernhardt avec sa Légion d'honneur n'a qu'à bien se tenir !

– Depuis quand les novices s'intéressent-elles au théâtre ?

– Depuis que ce sont des femmes ! » interrompit Tournier en poussant Claire vers l'homme pour le massage.

Oui, elle méritait une récompense pour sa performance. Tournier s'assit sur la chaise, Nicolas sur le rebord de la fenêtre et elle se saisit du genou de l'inconnu.

« Therliert n'est pas rentré. Guibert tu veux toujours le remplacer ? » Je m'empresse de dire oui. Fabre ne me le proposera pas deux fois. « Tu as eu des nouvelles ? » Je lui réponds que non. Je ne sais pas où se trouve Mathieu. « Tu sais, coureur, c'est pas tout rose... » Je lui dis que je sais mais qu'il faut que je retrouve ce gamin. Fabre ne m'a jamais posé de question. Il m'aide à sa façon en me permettant de me jeter dans l'enfer des

lignes. Il regarde autour de lui et chasse Ogier qui traînassait par là. « Prends ton havresac. Il faut que les autres viennent nous remplacer, on ne pourra pas tenir encore longtemps... Tu connais notre situation ? » Je fais oui de la tête. « Alors cours ! » Je me retourne et marche vers Lantier.

« Si tu me trouves un antheraea. » Comme je ne sais quoi dire, il poursuit : « Il reste bien des arbres pour l'accueillir quelque part en France, non ?... » Comme je me tais, il continue à la limite de l'exaspération. « Tu le fais exprès ? Tu sais bien qu'il manque à ma collection ! Tu auras bien l'occasion de mettre ton sale nez dans des feuilles fraîches !

– C'est pas une partie de chasse aux papillons... »

Lantier me claque sa main sur la cuisse pour donner le départ à la course, sur le bon cheval que je suis devenu. Derrière moi, je l'entends qui me dit de faire gaffe. Faire gaffe...

Cela fait deux jours qu'on attend cette relève qui ne vient pas. Il ne reste plus grand monde ici et je pars. Il n'y aura peut-être plus personne du tout à mon retour. Lantier est devenu rapidement mon ami. Il dessinait des papillons qu'il capturait dans l'herbe des prairies. Je trouvais cela fou et rassurant. Un jour il m'a demandé une lettre d'amour. On ne s'est plus quittés jusqu'à aujourd'hui. Il est curieux de tout, toujours la tête dans la boue à siffloter des poèmes graves, des chansons lestes, ses lunettes tenaces soudées à ses tempes, laissant leur empreinte quand il les quitte pour l'assaut. Un jour, je lui ai demandé pourquoi il enlevait ses lunettes pour partir. Il m'a répondu qu'il fallait bien léguer quelque chose à sa famille. Sa collection et ses binocles, toute sa vie dans une boîte de lait. Et puis voir les gens flous, surtout pour les abréger, c'était plutôt mieux. J'aurais donné beaucoup pour être myope et m'offrir un brouillard.

Je ne pensais pas que le monde continuât de tourner, les femmes d'aimer le printemps et l'eau chaude d'exister. Je m'immerge doucement. Les morsures de la chaleur sur mon visage lorsque l'eau pénètre ma barbe. Deux mois sans eau chaude et une éternité sans bain. Ça ramollit le corps. Ça apaise l'esprit. Ça réchauffe jusqu'aux os. Je veux être assassiné dans mon bain par une belle plutôt que les pieds froids, la goutte au nez, par un Fritz. Mes bras flottent doucement, dérivant contre l'émail blanc de la baignoire. Existe-t-il un endroit plus rassurant dans ces camps à l'arrière ? Peut-être la boulangère qui livre le pain. J'ai un faible pour l'odeur de la peau de ces femmes. Mes cuisses sortent de l'eau, surmontées de mes genoux : deux grandes îles poilues aux monts chauves. Depuis que je pense à la tendreté de la chair de la boulangère, il n'y a pas que mes genoux qui remontent. Mon sexe apparaît comme pour respirer, le méat béant.

« Il rit ! » Nicolas prit à témoin Claire, qui suspendit le massage un instant. Tournier devant le rire qui se prolongeait se rapprocha d'eux.

« Claire, veuillez ne pas le chatouiller. » Et, comme personne ne réagissait, il se fit plus professionnel : « Il progresse beaucoup en ce moment. Je suis curieux de voir quel effet va produire la séance d'hypnose de Janet, demain. » Le rire de l'homme cessa.

« Il a gardé un mauvais souvenir de la séance précédente, regardez, on dirait qu'il boude. » Claire chahutait Tournier. Elle se sentait heureuse de la tournure que prenaient les événements. Il allait bientôt s'offrir à la vie. Elle ne put s'empêcher de croire une seconde à leur avenir.

« Les chambres sont neuves. Saviez-vous que l'Hôtel du Palais a supporté un incendie en 1910 ? » Paul marche devant moi. Je le crois impatient de rentrer, il frappe sa cuisse d'un geste mécanique avec son journal.

« Non, je ne savais pas... »

Je regarde l'océan que je découvre. Je crois n'avoir jamais assisté à pareil spectacle. Je me sens capable de passer des heures à respirer son haleine, à l'écouter souffler ses embruns. Paul tire des lunettes de soleil de sa poche de poitrine. Il me les tend d'un geste autoritaire.

« Prenez-les. Il faut que vous puissiez surveiller Mathieu. Je sais qu'il est adulte et que vous l'aidez à présenter son bachot, mais l'océan est dangereux. » Il frappe ma paume avec les montures dorées. Elles sont lourdes sur mon nez, mais bien utiles. Le verre fumé m'ouvre d'autres horizons. Je vois Anna sur la terrasse. Elle nous regarde avancer vers elle. « Je vous quitte par le train de cette nuit. » Que répondre ? Attend-il une réponse ? « J'ai tout organisé, les chambres, les repas, et j'ai laissé de l'argent pour les extra à Anna. » Il me tend mille francs roulés en tube. Je me trouve embarrassé.

« Mais, non... »

Il ne me laisse pas finir.

« Pour vos extra à vous. » Il me sourit et je ressens un certain malaise. « Vous n'aurez peut-être pas seulement envie de thé et de crèmes glacées... » Il rit en offrant son visage au soleil. Il est beau. Profondément beau avec cette aisance dans les gestes, la fluidité de la cotonnade légère. Je veux faire l'amour à sa femme. Je porte ses lunettes, j'ai son argent dans la main, je devrais me sentir fort de mon désir pour Anna et c'est *tout le contraire. Je me trouve moche, malingre, et dégueulasse. Il poursuit sa pensée. « Je connais les occupations des jeunes hommes... Le chasseur vous aidera dans la mesure où vous aurez besoin de lui. » Je devine le rouge qui me gagne et qui le fait sourire de ses belles dents blanches. Comment vais-je ne pas penser à lui ce soir, lorsque je serai à table avec sa femme, seul ? Je ferme les yeux, mais il est toujours là. J'entends la voix de Mathieu. Il arrive. C'est certainement la meilleure façon de tromper mon angoisse. Il sort de l'eau, passe son peignoir et nous rejoint.*

« Pierre, il vous faudra un costume de bain. Vous choisirez parmi les miens si vous voulez. » Il pose la main sur mon épaule. L'océan est froid. J'ai trente ans et je rentre dans les maillots d'un gamin de dix-huit. Brutalement, cette soirée dont je rêve depuis que je sais le départ de Paul me terrifie. Le froid de l'eau gagne mon sang. Qui suis-je pour Anna, un freluquet, maigre au demeurant. Pourtant je trouve le ton qui convient.

« Il vous faudra me guider, je ne sais évidemment pas nager dans l'océan. » Mathieu s'enthousiasme.

« L'important est de savoir sauter dans les vagues ! » Il se moque à n'en pas douter car le regard complice qu'il échange avec son père en dit long sur les surprises qui m'attendent.

Anna ne bouge pas de la terrasse, de dessous son chapeau blanc. Je pensais Anna unique, mais à Biarritz, tout est blanc. Les gens, leurs vêtements, leurs accessoires, leurs voitures... Le cou d'Anna. Depuis notre première rencontre, je la désire. Cela ne m'était jamais arrivé de reconnaître une femme avant même de lui adresser un mot. Son bonjour m'avait laissé sonné. J'aurais pu la suivre dans l'instant, dormir au pied de son lit et accepter toutes ses fantaisies. Je n'étais plus moi, qu'un bout d'elle, une extension de sa beauté. Cette servitude haletante m'ouvrit la perspective de la patience. Je l'ai attendue. Cela n'a pris que quatre ans. Quatre ans pour devenir amis, pour la découvrir, résister à mes élans de la dénuder avec la bouche. Quatre ans à la séduire lentement, à la laisser venir à moi, à l'étonner. Je me suis discipliné au point de redouter ses caresses. Les contraintes que je me suis imposées risquent de rendre mon premier baiser si grave, si sérieux... si impatient.

Claire. Je me souviens de son nom.

« Bien ! Il sourit à présent. » Tournier, resté debout pour participer au plus près, taquina la jeune novice qui venait d'étendre la jambe gauche devenue molle. « Il commence à profiter de vos massages, et regardez-le ! Comme il a l'air heureux ! »

Nicolas se pencha sur le visage de l'homme qui ouvrit les yeux. L'interne sursauta.

« C'est ce dont je vous ai parlé avant la séance. Il m'a suivie des yeux… commenta Claire.

– Nous devons profiter de ces brefs contacts pour lui parler. Il revient doucement… Monsieur Varenne, c'est mon dernier patient. Vous serez peut-être nommé en début d'année.

– Ces deux semaines intenses et riches ne me semblent pas suffisantes, mais si j'ai bien saisi, vous ne nous quitterez qu'au réveil du soldat… Cela m'offrira encore le temps d'observer vos techniques. Ce qui est pour moi un grand honneur, même si je ne comprends pas toujours tout. » Claire tira l'édredon sur les épaules de l'homme. Tournier s'avança.

« Ne lui dites pas de choses compromettantes, les prédictions des bergers de Fatima par exemple. On ne sait jamais, peut-être se les rappellera-t-il à son réveil… » Il rit tout seul. Nicolas le suivit qui sortait, mais s'arrêta, la poignée dans la main.

« Alors, on va travailler ensemble ? » Claire n'eut pas le courage de lui annoncer sa décision d'un départ prochain. Elle se contenta de lui renvoyer un sourire le plus lumineux possible. Nicolas ferma la porte derrière lui.

Elle partirait, elle le savait. La vie qu'elle avait entrevue au volant de l'ambulance devenait une évidence. Elle en parlerait à sœur Agnès, la mère supérieure, dès le soir, se promit-elle.

Il entendait… Mais comprenait-il seulement ? Un « Je t'aime » était universel. Les « Je t'aime » et les amants changeaient, mais Claire supposait l'écho d'amour identique pourtant. Elle comprit qu'à travers ses mains elle permettait le pardon du corps. Elle berçait lentement chaque membre offrant un relâchement de rémission, une grâce après l'horreur insurmontable, sans passer par l'esprit qui analyse.

« Je vais partir. Ce n'est pas pour te fuir. Ce n'est pas pour éviter de tout remettre en question… Bien au contraire. J'ai beaucoup appris sur les autres avec Tournier et beaucoup sur moi avec toi. J'aime ton odeur pâle, j'aime tes mains, j'aime la transparence des cheveux qui poussent à tes tempes, j'aime ta respiration. L'homme ouvrit les yeux. Claire caressa son front et lui sourit. « Je t'aime. » L'homme ne cilla pas. Son regard vide n'effleurait qu'à peine le visage de Claire, suivant son propre chemin.

« Monsieur Jacquet vient de partir. Vous vous êtes croisés. » Le père Jean descendit de l'échelle. Il indiqua de la main la fenêtre du calendrier. « Il a fait un boulot magnifique, n'est-ce pas ? » Jean, très content, fit pivoter le panneau de bois sur ses gonds. Pas un grincement, plus une écharde.

« Incroyable ! » Claire passa les doigts sur le bois poli. Les enfants de la chorale les rejoignirent, encadrés par les plus grands. « Venez voir le travail de monsieur Jacquet ! » Dans un murmure admiratif, ils se répartirent autour du prêtre.

« Nous l'ouvrirons dimanche prochain, patientez encore un peu. » Il indiqua Claire du menton. « Aujourd'hui, nous allons dans le jardin des petites sœurs. Nous allons cueillir du buis pour décorer les bancs pour la messe. »

Il y eut des cris de joie. Les rares visites au couvent prenaient fin autour de pain frais, de beurre et de confitures, mets délicats et si rares pour les enfants. Jean, d'un geste, leur fit retrouver le calme. En traversant le Thiou, Claire se lança :

« Dans quelle congrégation peut-on être envoyé à l'étranger ? » Elle surveillait les enfants de tête, ce qui lui permettait de ne pas croiser le regard de Jean.

« Je suis dominicain, vous le savez sûrement… » Claire acquiesça. Il reprit calmement, comprenant bien le poids de ce qu'il allait ajouter. « Les Dominicains ont pour vocation l'apprentissage, la théologie, les langues, les philosophies étrangères… » Il siffla pour arrêter les plus grands qui marchaient trop vite. « C'est pour cette raison que nous voyageons beaucoup… Et pour une autre raison… parce que nous sommes des hommes… » Il laissa à Claire le temps d'affronter cette réalité. « Peu de religieuses quittent leur pays. Il y a suffisamment de femmes de Dieu dans chaque coin du monde pour prendre soin des déshérités devant leurs portes… »

En arrivant place du Paradis, Claire n'avait toujours pas dit un mot. Le froid rosissait son teint et une colère nouvelle lui tenait chaud. Elle se souvint de deux préceptes que sa tante lui répétait lorsque cette colère la saisissait : *Là où la chèvre est attachée, elle broute* – toute l'impuissance de générations de femmes – et *Mets ton poing dans ta poche* – qui avouait la rage contenue de ses aïeules. Quand les femmes seraient-elles prises enfin au sérieux ? Quand auraient-elles le droit d'être un Homme à part entière ? Elle pria pour Madeleine, Flavie, Mathilde et toutes les petites filles qui marchaient devant elle, se tenant par la main. Les enfants entrèrent dans le jardin du monastère.

« Il me faut donc prononcer mes vœux à l'étranger… » Elle articula ces mots tout haut dans l'espoir que le timbre inébranlable de sa voix rendrait sa décision irrévocable.

« On se calme Bijou ! » Jean retrouva son franc-parler, son rôle de prêtre, se moquant bien des convenances. D'une certaine façon, il se sentait responsable. Claire parlait beaucoup, laissait les gens entrer dans sa vie. Seulement, elle trompait son monde, offrant un espace public très vaste pour mieux protéger son intimité. « Bien, que souhaitez-vous fabriquer à l'étranger, comme vous dites ?

– Aider… » Elle comprenait bien que cela ne suffirait pas à Jean. « C'est un peu de votre faute… Vous me parlez de l'Égypte, du Maroc… Cela me donne des envies de voyages !

– N'inversez pas les choses… On ne change pas de vie sur une envie de sable ! C'est parce que la vie ne vous convient plus comme elle est que vous souhaitez en changer… » Jean s'interrompit pour répondre à André-le-grand. « Les brins de buis ? Faites-en un fagot que nous redescendrons après le goûter… » Il saisit Claire par le bras comme s'il risquait de la voir s'échapper. « Avant toute décision, interrogez-vous. Ne soyez pas dupe de vous-même… » Il desserra son étreinte. « Je crois savoir que sœur Claude et sœur Marthe vous sont proches, n'hésitez pas à en parler avec elles. » Il lui sourit doucement. « Les religieuses que j'ai côtoyées en Égypte étaient vraiment remarquables… Ce n'était pas le lieu qui les avait façonnées, c'était leur engagement. » Il désigna les enfants jouant dans le jardin. « La guerre les a nourris. Ils portent des scories de violence. Qui mieux que vous, qui vous êtes penchée sur la monstruosité pendant tant de temps, peut les guider ? » Il la poussa doucement vers les enfants criant. « Ils ont besoin de quelqu'un et pour l'instant vous êtes là. »

Madeleine arriva en courant, le buis dépassant de ses poches.

« André-le-petit y m'a tapée ! » Son visage contrarié et les coins de sa bouche amers trahissaient l'outrage.

Claire se pencha sur l'enfant. Les mots de Jean étaient légitimes, elle se devait avant tout à l'avenir de ces futurs adultes.

« Viens-là ma chérie. » Elle essuya les traces de larmes sur ses joues pas assez rebondies pour une petite fille de cinq ans. Claire ne lui demanda pas ce qu'elle avait fait à André-le-petit pour qu'il en vînt aux mains.

« Approche, pour le baiser qui soigne de tout. » Madeleine tendit son front à la novice et repartit aussi vite qu'elle était venue. En suivant des yeux sa silhouette rapide, Claire aperçut Marthe, la cornette au vent, qui d'un geste simple rassemblait les enfants pour le goûter. Spontanément, ils se réunirent et la suivirent vers la cuisine. Avant de disparaître, elle leur fit un signe de connivence, et Jean entraîna Claire à l'intérieur.

« Vous faites les meilleures confitures de mûres d'Annecy… » Devant la moue de Claire, il rectifia. « De la région… » Comme la jeune infirmière ne paraissait toujours pas convaincue, il poursuivit : « De la région, c'est déjà bien, non ? » Claire plissa les yeux dans un sourire taquin.

« Vous, vous êtes le prêtre le plus gourmand de la région sans l'ombre d'un doute. » Jean se redressa de toute sa taille, il prit une allure d'expert, la taille cambrée sous sa soutane noire, le pied sûr.

« J'accepte votre opinion avisée, d'ailleurs je vais vous montrer de quoi je me sens capable aujourd'hui… » Dans le silence gourmand des enfants, il tartina une tranche épaisse d'un pouce, puis la montra à Claire. « Il faut voir l'empreinte des dents dans le beurre, mais que celle-ci soit vite recouverte par la confiture qui coule ! » Marthe, toujours en silence, sourit derrière sa main et Claire ne se priva pas de dire ce que tous pensaient.

« Vous avez des airs de chat, Jean. » Le prêtre ferma les yeux et ronronna en mordant dans sa tartine. Il mastiqua longtemps, le plaisir tendait les rides de son visage. Il ouvrit finalement des yeux graves, perçants. Ceux de Claire, interrogateurs, se troublèrent. Jean, fidèle à lui-même, allait la mettre face à quelque chose qu'elle ne souhaitait pas forcément affronter.

« Oui ? » lui demanda-t-elle, curieuse malgré tout.

« Je me souvenais de Fachoda, lorsque les Anglais ont pris la ville après deux mois d'affrontements. Je pensais à ces mères qui nous apportaient leurs enfants mourant de faim, à leurs balancements d'avant en arrière dans les couloirs de l'hôpital, à leurs seins secs, aux cris de ces petits êtres au visage de vieux… Je pensais à leur impuissance, à leur douleur indicible et à la chance que nous avons de pouvoir nourrir les nôtres… » Claire regardait ses mains. « Les cultures, les arts, les pays sont magnifiques… Le monde est vaste… Mais la souffrance reste la même… » Il sourit, un trait de confiture maquillant sa lèvre supérieure. « Les joies sont innombrables aussi ! Rien n'est simple… » Il loucha très légèrement en approchant la tranche de pain de sa bouche et le plaisir gonfla de nouveau ses rides.

Elle ne parla pas à sœur Agnès, l'abbesse. Elle resta devant sa fenêtre donnant sur le noir du lac et tous les soldats, les aliénés, les défigurés, les amputés dérivèrent sur les eaux sombres, en rangs serrés. Cela prit toute la nuit. Au matin, elle n'était plus sûre de rien si ce n'était de son accoutumance à l'horreur. Son esprit, avide de beauté lorsqu'elle se penchait sur l'homme, travestissait la vie. Elle continuait de chercher la monstruosité par habitude et ne savait plus quoi faire du bonheur simple d'une tartine. La guerre avait corrompu à son insu son regard de femme, son engagement religieux et médical. Il ne lui restait qu'un vide fascinant dont le trop grand calme appelait l'action. Elle redoutait simplement ce silence d'après guerre qu'elle entendait enfin. La rapidité des décisions qu'elle prenait à Saint-Joseph, les souffrances qu'il fallait apaiser, son utilité… tous ses repères à travers lesquels elle estimait sa propre valeur et la reconnaissance des autres, tout cela la laissait vide, seule. Elle ne les regrettait pas mais ne savait pas par quoi les remplacer. Elle s'était sentie vivre intensément, prenant des responsabilités devant l'afflux des miséreux. Elle ne pouvait plus envisager de retourner à sa place, sagement. Peut-être aussi avait-elle vieilli, tout simplement. En quatre ans, n'en avait-elle pas pris dix ?

Mercredi 18 décembre

Nicolas rectifiait un épi dans les cheveux souples de l'homme. Il frotta ses joues pour leur donner quelques couleurs, puis recula pour constater avec satisfaction son travail.

La lumière de l'éclair de magnésie, tenue à bout de

bras par Marcel Dame, le photographe, éclaboussa la chambre, écrasant les ombres des plis du drap.

Ça siffle. Ça hurle. Ça tombe sur nous. Cours Mathieu ! Le feu est sur nous. Cours ! La terre bascule. Le plancher tombe. Les murs s'effondrent. Tout fond. Je ne vois plus Mathieu. Je cours. Je saute. J'entends que je crie.

Plus rien. Il y a un grand souffle qui m'emporte. Je tourbillonne. Quelque chose vient me heurter violemment.

C'est silencieux. Mon corps vibre.

Plus rien. Je suis mort. Je ne sens plus mon corps. Je ne sens pas Mathieu. Je pensais qu'il serait là avec moi pour partir ensemble. Peut-être qu'on ne peut pas se voir au début. Je l'appelle. Mathieu !

Je crie. J'ai mal. Je tousse. Tout mon corps brûle. Ma gorge Mes poumons. J'ai peur. Mathieu !

Il fait noir. Il fait froid. Un bourdonnement sous le sifflement strident. Pas un bourdonnement. Un cri continu. Non. Des hommes qui hurlent. Mon Dieu. C'est sûr, je suis en enfer. Je mets mes mains sur mes oreilles pour ne plus entendre. J'entends toujours. Je n'ai plus de mains. Tout est noir. Je veux voir ! Je sens mon souffle sur mes mains. Elles sont là. Merci. Merci…

On dit que je suis mort… Ils disent que je suis mort ?! Au secours ! Ne me laissez pas ! Je sens des mains qui me saisissent. Qui me palpent. Qui m'essuient.

Mathieu ! Ne laissez pas Mathieu. Ils continuent à me tirer.

Je ne peux pas l'abandonner. Il est là. Juste là. Je fouille la poussière avec des mains que je ne vois pas. Mes larmes, ma salive font des cailloux dans lu cendre.

Je sais. Il n'y a plus que moi. Tout seul. Je hurle comme un monstre. Comme un père.

« Écartez-vous ! »

Nicolas se précipita sur le soldat qui gesticulait. Il bouscula le photographe, enjamba la chaise et se jeta sur lui. De tout son poids, il le maintint sur le lit, fermement. Claire se penchait déjà sur la tête, émettant des « chut » réguliers. L'homme, les mains sur les oreilles, la bouche ouverte, faisait des bruits de gorge assez effrayants pour que le photographe s'éclipsât, discrètement.

« Vous pourrez passer demain… L'épreuve vous attendra… Alors à demain… Bonne journée. »

Brusquement, plus rien. Nicolas perçut lui aussi le changement. Il se redressa et constata les dégâts. Le soldat était raide comme une planche. La peau fragile et fine avait cédé aux plis des coudes et des genoux. Claire, déjà dans l'action, cherchait de quoi nettoyer les plaies.

« Ce n'est pas croyable ! » Plusieurs fois, alors que Claire lavait les plis sanguinolents, il avait frappé le bois du lit dans une rage muette.

« Et merde… tout votre travail est fichu. »

Claire ne répondit pas. Elle mourait d'envie de le battre. Bien évidemment, il n'y était pour rien, enfin pas plus qu'elle. Ils en partageaient la responsabilité avec Tournier, persuadés qu'ils étaient de la nécessité de cette photographie.

« Ce n'est peut-être que passager… » Claire sentit l'agacement de Nicolas dans son dos. « De toute façon, ça existe. Il est spastique à nouveau… » Mais Nicolas ne l'écoutait pas.

« Dire que c'est aujourd'hui que Janet vient l'hypnotiser… » Il recommença à tourner en rond.

Elle sortit prévenir Tournier de l'évolution fâcheuse. Avant de fermer la porte elle ne put se retenir. « Personne ne va vous gronder ! » Tout le mépris dont était capable Nicolas s'abattit sur Claire, mais elle quitta la pièce sans un regard.

Elle ne pouvait plus rester à sa place… Tournier lui avait fait remarquer qu'il l'avait trop gâtée… Claire haussa les épaules pour secouer sa culpabilité et s'en libérer : non, tout n'était pas de sa faute.

« Mon cher collègue, est-il habituel que vos infirmières marmonnent toutes seules dans les couloirs ? » Claire, saisie, pivota sur les talons. Janet et Tournier, à peu près du même âge, se dirigeaient vers elle. Janet, plus petit avec une barbe Empire, des lunettes rondes pincées à la racine du nez, offrait un visage accueillant, au regard perçant. Tournier se plaça à côté de la jeune femme pour la présenter.

« Claire Brazier. Pierre Janet. » Janet, la mine satisfaite, lui tendit la main. Tournier guettait la réaction de sa protégée : « Nous étions en train de parler de vous. Monsieur Janet souhaite expérimenter votre massage.

– Ah…, se contenta-t-elle de répondre surprise et embarrassée.

– C'est donc vous qui avez mis au point le fameux massage ?… » Il s'inclina très simplement tout en continuant de la féliciter des yeux. « Eh oui, la recherche passe par là. » Il s'approcha de Claire. « Je veux savoir ce que cela fait sur un être conscient. » Comme l'infirmière rosissait, il poursuivit doucement. « C'est nouveau, que voulez-vous, je suis curieux de nature. »

Claire l'avait vu essuyer une larme derrière ses lunettes à l'enterrement de Léontine, la fille de Tournier. Elle ne risquait donc rien. Un homme qui pleure ne peut pas être méchant.

« Je suis enchantée. Nous allons avoir le plaisir de vous voir au travail et profiter de vos compétences. Le professeur Tournier nous a longuement parlé de vos travaux sur l'hypnose… Je me suis penchée sur "L'amnésie et la dissociation des souvenirs par l'émotion" pour ce cas précis. Je me suis demandée, d'ailleurs, si les massages ne sépareraient pas, d'une autre façon, les deux niveaux de comportements, la volonté et le réflexe… » Janet plissa la bouche et lissa sa barbe grise, ce qui poussa Claire à continuer. « Seulement, dans ce cas, il n'y a pas d'"électivité", d'attention exclusive, entre l'hypnotiseur et le patient puisque les résultats du massage sont indépendants de celui qui le pratique… Ces derniers jours, le professeur Tournier a constaté des réflexes cardiaques à une suggestion orale… Tous les espoirs sont permis ! » Claire sentit que c'était le bon moment pour les prévenir. Elle se tourna vers Tournier : « Enfin… jusqu'à il y a un instant… L'éclair de magnésie a provoqué une sorte de catalepsie spastique… » Tournier ouvrit de grands yeux et Janet resta muet. « Comme vous pouvez le constater, il a de plus en plus de contact avec ce qui l'entoure… » Claire fit une grimace entre l'affliction et le sourire. Voyant Tournier désolé par la nouvelle, elle montra la porte de la chambre. « C'est par là. »

Tournier entra le premier, oubliant les bonnes manières. Il souhaitait se rendre compte par lui-même de l'état de l'inconnu. Janet laissa passer Claire et lui demanda :

« Pensez-vous réellement parvenir à réveiller des pensées subconscientes lors des massages ?

– Le professeur Tournier, sous le contrôle de qui j'interviens, pense que oui. »

Janet acquiesça et entra à son tour.

Force était de constater que le soldat inconnu n'exprimait plus la nonchalante mollesse de la veille. Chacun de ses muscles était bandé. Sur son visage, les masséters retenaient la mâchoire avec une puissance qu'on devinait sous la peau. Tournier et Janet marchaient autour du lit en se parlant tout bas. Janet interrogeait son collègue.

« Psychasthénie ? » Tournier marmonna quelque chose entre ses dents et Janet reprit : « Hystérie… » La réponse de Tournier, plus longue que la précédente, échappa à Claire comme à Nicolas. Janet fit signe à Claire de s'approcher. « Quand vous lui parlez, si j'ai bien compris, il réagit physiquement, non ? Donc nous allons tenter l'expérience, que je me rende compte par moi-même. » Janet souffla en direction de Tournier : « Pas possible d'entamer de parole automatique ? » Comme Tournier signifiait un non, il s'ébroua, s'empara du stéthoscope abandonné sur la chaise et le chaussa. Claire se pencha sur l'oreille de l'inconnu et attendit le signal du médecin.

« Je t'aime. »

Janet avait bien perçu une accélération du rythme cardiaque, mais n'en croyait pas ses oreilles. Il fixait la future religieuse. Elle tira la manche de Tournier qui piquait le bout des doigts de l'homme.

« Vous n'aviez pas prévenu monsieur Janet ? » Le trouble de Janet grandit encore devant la connivence qui les associait. Tournier prit les choses en main.

« Il ne manifeste de réactions qu'à des mots d'amour… » Après un haussement d'épaules d'impuissance, Tournier entreprit de vérifier les réflexes du coude. Janet capitula.

« On le comprendrait à moins… » Il sourit à Claire : « Je vais essayer. »

Là, ce fut Claire qui n'en crut pas ses oreilles. Il lui tendit le stéthoscope et l'invita à constater l'effet. Elle écouta le cœur de l'homme, calme et régulier, malgré les « Je t'aime » répétés de Janet, les yeux pétillants d'amusement. Lorsqu'il se redressa, Tournier le regardait avec circonspection. « Cher ami… Vous avez ma parole que cela ne gâchera pas l'estime que vous portent nos éminents collègues de la Sorbonne… » Après un sourire entendu, il prit Claire à témoin. « Sans effet. Elle est plus émouvante que vous… » Janet poursuivit l'observation de son ami.

« …C'est donc elle qui parlera. »

Sans attendre le consentement de Claire, il installa la chaise contre la tête de l'homme, tira les volets et s'assit sur le lit, à côté de la novice. « Vous allez répéter ce que je vous dirai, en essayant de conserver la mélodie de ma voix… » Il jeta un coup d'œil aux autres. Nicolas installé sur le rebord de la fenêtre avait choisi le meilleur point de vue. Tournier rapprocha le fauteuil. Une faible lumière filtrait des persiennes, laissant deviner les silhouettes des participants. Droite sur sa chaise, Claire inspira profondément et se concentra sur le visage de l'homme qu'elle pressentait les yeux ouverts. Janet se pencha vers Claire avant que la suggestion ne commençât.

« Ne le touchez pas durant toute la séance. Tout contact le ramènerait à son corps et pour un instant, il doit en faire abstraction. » Elle fit signe qu'elle comprenait.

Janet par l'écho féminin de sa voix mit l'homme en état de réception, lentement. Beaucoup plus précisément que Tournier ne l'avait pu. Le silence autour des deux voix s'épaississait et Claire se demanda si elle-même ne se trouvait pas d'une certaine manière en état d'hypnose tant elle était docile. Janet posa enfin des questions directes à l'homme qui répondit sans que cela ne surprît quiconque.

« Où êtes-vous ?

– Je suis à La Cerisaie.

– En quelle année ?

– En 10.

– Que faites-vous ?

– Je suis avec Paul dans la chambre d'étude, nous

préparons le programme des révisions de Mathieu. Paul me dit qu'il sera absent un mois durant. Que sa femme saura le joindre en cas de problème. Il me demande comment nous nous entendons Mathieu et moi. Je lui réponds que l'enfant est très brillant et que c'est un plaisir de le faire travailler. Il me demande comment nous nous entendons personnellement. Je lui réponds que Mathieu est très attachant.

– Qui est Paul ?

– Mon employeur.

– Comment se nomme-t-il ?

– J'aime Anna. Anna ne fait pas attention à moi. Je suis trop insignifiant… » L'homme s'agita d'abord doucement, puis plus fermement, sans pour autant quitter sa rigidité.

« Concentrez-vous sur ma voix. Tout est calme. Comment vous appelez-vous ?

– Pierre.

– Où êtes-vous Pierre ?

– Je ne connais pas le lieu.

– Est-ce un endroit où vous vous sentez bien, calme ?

– Oui. Elle me veille.

– Qui ? Qui est cette personne ?

– Elle est délicate. Elle est douce. Sa voix est douce. Ses mains sont chaudes. Je me sens bien avec elle.

– C'est pour cette raison que vous choisissez ce souvenir ?

– Oui.

– Pierre, vous allez vous endormir profondément. Vous allez descendre à l'intérieur, au plus profond de vous. Maintenant, je vais compter jusqu'à dix pour vous aider à descendre, puis jusqu'à zéro pour vous aider à remonter vers nous. À zéro vous vous réveillerez parmi nous dans cette chambre. » Janet ânonna les chiffres, puis décompta lentement et Claire répétait. À zéro, le corps de l'homme se détendit. Il ne se réveilla pas, mais le succès était évident dans les regards enthousiastes. Janet rompit le silence le premier.

« C'est un bon début. » Dans son habitude de praticien, il oubliait l'aspect déconcertant de ce genre de scènes. Autour de lui, ce n'était que surprise muette. « Merci Claire. Votre voix comme passerelle était une très bonne idée. C'est certainement ce qui vous avait fait défaut la dernière fois. »

Claire inclina la tête sous le compliment et pour cacher sa joie adolescente. Elle connaissait son prénom. Pierre… Tournier coupa net sa rêverie.

« Cher ami, que diriez-vous d'un vrai cigare dans mon bureau ? » Il quitta le fauteuil pour signifier que la décision était en réalité déjà prise.

Janet se frotta les mains ostensiblement dans une attente gourmande. Tournier fit signe à Nicolas de les suivre. C'était une histoire d'hommes. Sans un regard pour les messieurs qui sortaient, Claire prit place à côté de Pierre. Tournier l'interpella, étonné :

« Eh bien alors, faut-il que je vous envoie un bristol ? » Il fronçait les sourcils, grondant ces gamineries.

« J'ai cru… » bafouilla Claire, prise au dépourvu.

« Vous croyez en Dieu. En ce qui concerne les humains, parfois vous croyez mal… Allons, en route mauvaise troupe ! Nicolas va nous donner son aperçu de la nuit et je pense savoir que ce Pierre souhaiterait que vous le massiez. »

Lorsque Claire passa devant lui, à portée de chuchotement, il reprit : « Croyez en vous ! Et faites-moi confiance un jour. » Il grogna comme pour la mordre, ce qui réussit à lui tirer son premier vrai sourire de la matinée. « Quittez l'enfance ! »

Claire avait le corps gourd et l'esprit en ébullition. Pierre. Le prénom du soldat qui écrivait les lettres d'Étienne Jacquet. Ces lettres troublantes, lumineuses, qui avaient réveillé ce désir d'amour chez elle des nuits auparavant. Ces courriers aux délicates attentions, aux détails d'un romantisme exalté qui lui avaient fait entrevoir la beauté de l'écriture et son pouvoir sur les hommes. Pierre. Pierre vivait et le désir engourdissait les pensées de Claire tout en les rendant plus précises, plus brillantes.

Les volutes brunes et bleues s'enroulaient aux rayons de soleil et les deux hommes savouraient sans retenue le rare plaisir du cigare. Il y avait dans leurs moues satisfaites une supériorité involontaire qui excluait les néophytes. Basculé dans son fauteuil, laissant s'envoler la fumée au-dessus de lui, Tournier prit le dossier, nota le prénom, Pierre, sur la couverture et se tourna vers Janet :

« Bien, que pensez-vous de lui ?

– Le premier devoir d'un psychiatre est de bien connaître son patient. Le mieux serait de savoir ce qu'a été sa vie, on n'en sait jamais assez sur un cas comme celui-ci. La seule chose dont je sois sûr, c'est qu'il ne simule pas. Il est perdu dans son esprit et ne sait pas ou ne veut pas revenir.

– Vous croyez… » Claire n'eut pas le temps de finir sa phrase.

– Je crois toujours ce que verbalise un patient, même s'il s'agit d'une vieille femme de soixante-dix ans qui, en plein délire de persécution, pense que le maire de sa ville veut la violer. Cette femme est persécutée par quelque chose et mon travail est de faire une exploration attentive pour aller jusqu'à la racine de son malêtre. On ne doit jamais rejeter l'idée de persécution comme une chose ridicule, même si au premier abord elle est vraiment saugrenue. La parole est un élément inséparable de ma conception de la psychiatrie. Avec

Pierre le plus gros souci est justement cette absence de contact par les mots.

– Il faut revenir à l'origine de la névrose, se contenta de compléter Tournier

– C'est cela. Il faudrait s'appuyer sur vos observations. » Il pivota vers Claire. « Puisque nous n'avons pas accès à la conscience, vous devrez vous appuyer sur ce qui est observable, ses émotions, ses perceptions. Vous allez devoir vous pencher sur l'évolution de la mémoire de Pierre au travers des signes qu'il vous donne.

– Oui, il manifeste des réactions émotionnelles lors des massages…

– Eh bien voilà le chemin à suivre, trouver une logique qui vous permette de prendre la main qu'il vous tend. Vous pouvez vous pencher sur le niveau inférieur de sa vie psychique, celle de l'automatisme total. On vient de le voir grâce à l'hypnose, sous sa catalepsie son subconscient est à portée de main. Trouvez-en le chemin dans ses manifestations.

Tournier notait rapidement les indications de Janet sans le quitter des yeux.

– Vous nous dites de nous appuyer sur des éléments visibles… » Comme à son habitude, Janet ne laissa pas son ami finir :

– Et oui, on combine analyse et synthèse. On décompose en différentes parties l'objet de l'étude et on le recompose. Le souci, et c'est pour cela que la parole est si importante, c'est de définir quels sont les éléments essentiels à la vie psychique de la personne étudiée…

– Un traumatisme qui le laisserait impuissant…

– Et le voilà qui refuse la réalité. Oui c'est bien cela. Mais là, Pierre n'y est pas allé de main morte. Une pensée bannie de la conscience, comme un parasite psychique, cause tous les accidents des maladies psychiques et mentales. »

Janet soupira et bascula dans le fauteuil. La vivacité du discours les laissait bourdonnant. Pourtant avant de fermer le dossier, Tournier invita son interne à présenter les résultats de la nuit.

« Nicolas, nous vous écoutons… »

Nicolas ouvrit son carnet en maroquin et lut les notes prises sous la lampe.

« Contrairement aux nuits précédentes, je ne saurais donner mon avis sur le contenu du discours. Je ne crois pas que nous ayons affaire à un souvenir brut, ni à un rêve… » Tournier se redressa. « Je vais vous lire ce que j'ai consigné. » Il marqua une pause. « *Pourquoi ai-je choisi la main droite pour écrire ? Que serait-il advenu de ma vie si mon choix s'était porté sur la main gauche ? Ma vie aurait-elle été différente ? Existe-il une prédisposition, une marque ? Tant de civilisations le croient…* » Il fit une seconde pause. « Voilà… », conclut-il.

« Effectivement… » Tournier appela du sourcil un commentaire de Janet.

« Bien trop réfléchi, pour un rêve. Une réminiscence… Je n'en suis pas convaincu non plus. C'est plutôt ce dont je parlais, un chemin vers le subconscient. Il s'interroge à haute voix. Parfois ça aide. Ça aide à se comprendre. »

– C'est tout de même étrange, il me semble qu'il revient sur un souvenir et qu'il l'analyse dans le même temps.

– C'est ça, exactement.

Nicolas, n'y tenant plus, entrebâilla la fenêtre croyant libérer la fumée par déferlantes. Elle lui revint comme un mur, en plein visage, portée par l'air froid de décembre. Il se frotta les yeux irrités par le manque de sommeil. « Vivement qu'il se réveille ! » laissa-t-il échapper avec conviction. « Excusez-moi, je vais vous laisser.

– Faites, Nicolas. Bon repos. »

Tournier aspira une longue goulée, creusant ses joues. Ce serait une agréable journée. Il goûtait les joutes intellectuelles qui pimentaient ses retrouvailles avec Janet. Cela avait du bon de vieillir, parfois. Comme Janet laissait s'éteindre le cigare, Tournier l'entraîna par le coude dans le couloir. Une fois la porte close, il tenta de lui expliquer.

« C'est ma meilleure élève. Inventive, exigeante, à l'écoute, observatrice… Elle devrait prononcer ses vœux l'année prochaine. » Janet le coupa :

« Elle sait bien trop ce qu'elle vaut pour faire vœu d'humilité… » Mais il s'arrêta là, sentant que Tournier serait inflexible en ce qui concernait Claire, aussi changea-t-il de discussion : « Avez-vous déjà tenté ce massage ? » Comme Tournier niait, il sourit sous ses moustaches Empire.

« Je vous laisse. » Tournier le confia aux bons soins de Claire qui l'attendait dans le bureau épaissi de fumée.

Janet hésita encore un instant, mais sa curiosité le poussa à l'intérieur. Il entra, un sourire détendu en guise de passeport, et retira sa veste. Claire l'arrêta de la main.

« Mettez-vous à l'aise, mais ce n'est pas la peine de vous… »

Il délaça ses chaussures, les déposa au pied de la chaise et s'allongea sur le divan dans l'alcôve. Il faisait sombre et Claire s'agenouilla près de lui. Délicatement, elle se saisit des lunettes dorées pour les mettre à l'abri sur le siège.

« J'oublie toujours mes yeux… » Il sourit avec confiance ce qui rassura Claire.

Silencieusement, elle se saisit des pieds de Janet. Il resta interdit, raide. Claire le rassura. « Fermez les yeux, concentrez-vous sur les sensations. » Elle-même ferma ses paupières pour ne pas le gêner. Claire inspira longuement, cherchant à rythmer son massage par sa respiration. Janet renonça enfin et laissa ses pieds à la jeune infirmière dans un abandon résigné. Le bercement le fit sourire.

Il en fut ainsi jusqu'au massage de la poitrine. La respiration du médecin se suspendit sous les doigts de Claire. Elle inspira comme pour l'aider. De petites contractions spasmodiques des côtes. Janet étouffait un pleur dans une toux discrète. Claire se troubla. Comment imaginer que ce féru de psychanalyse, ami de Charcot, Bergson ou Freud, pût encore cacher au creux de son torse des larmes fines comme des rasoirs. Il retint les mains de la jeune infirmière, sans violence, juste en plaçant la sienne dessus. Elle sentit qu'il la regardait mais elle garda la même attitude, les yeux clos, la tête inclinée vers le sol. Il retira sa main et chuchota : « Vous pouvez poursuivre. »

Effectivement, la poitrine ne vibrait plus, apaisée. Il ne fit rien pour arrêter le massage et abandonna sans bruit ses larmes.

Elle se remit enfin debout, lissant sa robe.

« Ne bougez pas. Ne vous levez pas avant quelques minutes. Parfois, on a besoin de repos… » Elle tira une couverture sur les jambes de Janet. « Je vous laisse. » Elle ressentait le besoin de le rassurer tout en excluant l'idée d'aborder les émotions qu'il avait manifestées, alors elle ne dit rien et se dirigea sans bruit vers la porte. Avant qu'elle ne sortît, il l'interpella calmement :

« Demain j'accompagne Joseph… Monsieur Tournier, à Zurich. Venez présenter aux congressistes votre pratique… »

Claire le devinait dans l'ombre de l'alcôve, mais lui pouvait la voir, éclairée par la fenêtre. Elle sourit.

« Vous savez faire maintenant… De plus, vous êtes mieux placé que moi pour en parler, vous l'avez expérimenté dans votre corps… Moi, pas. » Elle prit l'air de l'infirmière qui gronde son patient, inversant la hiérarchie. « Maintenant, reposez-vous. » Elle lui envoya un sourire comme on offre des fleurs et sortit.

Janet se dit que Tournier avait sans doute raison, tout compte fait, peut-être était-elle vraiment religieuse.

Jeudi 19 décembre

Déjà les brancardiers des *Bains* ouvraient la porte arrière de la voiture pour en extraire Pierre.

Grosjean l'attendait personnellement à l'entrée du bassin. Ses petits doigts gras, sa lippe, son air supérieur, à son habitude. Pourtant, il souriait, ravi de l'accompagner.

« Chère Christine, Tournier m'a dit qu'il y avait une grosse amélioration… » Il indiqua le bain aux porteurs qui installèrent Pierre dans l'eau. « Détendu, c'est mieux ! » Il constatait l'absence de résistance musculaire avec enthousiasme, comme s'il en était personnellement le responsable. « D'autres choses ?

– Il parle sous hypnose. Il se prénomme Pierre. » Elle ne se sentait pas très chrétienne, mais une sorte de répulsion physique la gagnait en présence de Grosjean. Heureusement, il aimait donner son avis, il fit donc le reste.

« Un de mes patients s'est éveillé après un mutisme de trois mois en appelant sa mère à son secours… »

Claire écoutait en regardant Pierre flotter mollement dans les turbulences des jets, la tête retenue par une sangle. Parfois, elle plaçait un « Ah oui ? », suffisamment interrogatif pour encourager Grosjean à poursuivre.

« Les liens avec la vie sont, pour la plupart, attachés aux parents. Vous savez, le reste n'est que rencontres.

Les vrais enracinements se nourrissent dans la famille… »

J'entends maman qui pleure, elle vient de me mettre dans mon bain, elle a quitté la pièce.

Ce n'est pas mon premier bain, mais aujourd'hui maman est très triste. Elle pleure à côté. Je l'appelle avec mes babillages. Elle ne vient pas.

Pourquoi est-elle si triste ? Je sais que c'est de ma faute. Elle ne voulait pas que je vienne, elle me l'a dit tout de suite.

Je vais retourner dans l'eau de son ventre, doucement. Si je glisse maintenant, je sais que je vais oublier. Je bouge du mieux que je peux et je vois l'eau au-dessus de mes yeux. Je retrouve les bruits de son ventre. C'est rassurant. Je ne peux plus respirer. Je me débats si fort maintenant.

Je veux voir maman !

Mes mains s'accrochent aux rebords, mais je n'arrive pas à me soulever. Ma tête est trop lourde. L'eau éclabousse et retombe.

Je sors la bouche de l'eau. Je crie de peur. Je ne voulais pas, mais je n'arrive pas à retenir mes cris. Ça fait si peur. Maman ! Je replonge sous l'eau. J'ai mal. Maman est loin déjà…

Non elle est là. Je l'entends qui court. Elle m'attrape. J'ai la tête en bas. J'ai froid. Je crache. Je tousse. Maman pleure et dit Pardonne-moi. Pardonne-moi. Pardonne-moi.

Elle me prend dans ses bras chauds. Je ne sens pas son odeur. J'ai mal encore.

Je t'aime maman !

Elle pleure si fort et me serre si fort que ça me fait un peu peur.

Je sais qu'elle m'aime et qu'elle ne le voulait pas vraiment. Mais elle était si triste.

Je serai le plus gentil des garçons pour elle.

Claire écoutait distraitement Grosjean lorsqu'elle le vit sauter dans le bassin avec la rapidité et l'élégance d'une loutre. Pierre venait de basculer sous l'eau et déjà le médecin le repêchait. Il ne s'était pas débattu, son visage portait même une sorte de quiétude. Un coup de sifflet retentit au bout de la piscine et deux porteurs, râblés et puissants, aidèrent Grosjean à arracher Pierre à l'eau chaude du bain. Ils le renversèrent prestement en le secouant pour libérer ses poumons de l'eau. En l'absence de toux et d'eau dans la bouche du patient, le directeur des *Bains* émit un commentaire qui laissa Claire interrogative. « Il a fait comme les nourrissons, il n'a pas respiré sous l'eau, il ne s'est pas noyé… » Le plus mastoc des deux brancardiers muets glissa Pierre dans les harnais de cuir et le sangla plus serré, dans l'eau. Grosjean jeta un regard amusé à Claire.

« Il joue au poisson votre patient… Auriez-vous l'amabilité de m'approcher une serviette ? » Il quitta prestement le bain, pendant que Claire cherchait des draps de coton.

« Merci », dit-elle simplement avec l'étrange sentiment d'avoir assisté à une pure création de son esprit. Pourtant les sabots de Grosjean rendaient l'eau sur les mosaïques.

« Je fais quelques longueurs de bassin tous les matins… » Avec un petit rire proche du grincement, il reprit : « Je sens moins le poids de mon corps dans l'eau, une vraie sirène. » Il frissonna. « Claire, je vous abandonne, surveillez-le bien. Je vais me changer. » Il la salua et disparut aussitôt, la laissant étourdie.

Pierre flottait de tout son long, les yeux perdus dans

les réverbérations au plafond. Le silence résonnait des clapotis des autres baigneurs et des frôlements des soignants. Claire s'allongea sur un transat, la main dans celle de Pierre et s'immergea dans la contemplation des lumières mouvantes sur la voûte. Ne plus jamais le quitter.

Henri et Rémi la tirèrent de sa rêverie. Le vieux monsieur se pencha vers elle.

« Il semble sur la bonne voie... » Il montrait un Pierre détendu et souriant. Claire se redressa, lâchant la main de l'homme.

« Oui, il fait de gros progrès. Il réagit bien aux traitements...

– Il est bien entouré. Ça aide certainement... Moi, je souhaiterais revenir au monde si une belle main me guidait pareillement. »

Henri l'aida à se lever, puis il entra dans le bain pour en sortir Pierre. Il ressemblait aux canoteurs, aux lutteurs que Claire avait vus sur photographies. Musclé, le haut du corps épais, de grosses moustaches tombantes. Elle le trouvait rassurant. Il ne trahit aucune difficulté lorsque Pierre reprit son poids de terrien. Rémi approcha la chaise roulante en bois sur laquelle ils avaient disposé une couverture. Ils couchèrent Pierre sur le matelas de coton pour le sécher. Claire regardait les gestes précis et délicats d'Henri. Il avait quelques poils blancs sur les épaules. Rémi tendit les vêtements de Pierre et avant la moindre chair de poule, celui-ci était installé au chaud sous la laine douce de la couverture dans l'ambulance.

Claire monta dans la voiture, puis Henri interpella Rémi : « Faites attention sur la route, le vent d'ouest se lève. Il va pleuvoir, peut-être même neiger... »

L'ambulancier fit signe que oui, puis il fit chauffer le

moteur. Claire entama la discussion, elle trouvait Rémi taciturne.

« Comment va votre famille, votre beau-frère ? » Elle remarqua des nuages noirs qui s'amoncelaient sur leur droite.

« Ce n'est pas ma priorité en ce moment… » Rémi avait répondu sèchement à l'infirmière. « Ils s'en sortent parce que tout le monde essaye de faire avancer les choses… » Il se concentra sur la route, les flocons prévus par Henri n'avaient pas attendu pour les rattraper. Il alluma les lanternes. « Je me fais du souci pour Escudier… Il a la grippe…

– Pourquoi n'avons-nous pas été tenus au courant ? » Une pointe d'irritation perça dans la phrase. Elle pensait aux mesures de quarantaine, aux essences de thym, de lavande, aux vins chauds, aux frictions et à l'impuissance qui la gagnait.

« Il a envoyé ses enfants à Veyrier-du-Lac, chez ses beaux-parents. Sa femme n'a pas le droit de le soigner, elle continue à travailler au magasin. Je crois qu'il redoute de laisser des orphelins de père et de mère, du coup, il est seul chez lui avec sa sœur… » Rémi laissa l'amertume de l'hypothétique mort d'Escudier se dissiper dans l'espoir. « Pourquoi, vous avez une solution ?

– Que son corps de gaillard des montagnes tienne le choc sous la température… »

Ils ne parlèrent plus jusqu'au terme du voyage. Rémi corna devant le mur de l'hôpital.

Sœur Claude surgit, parapluie en avant, pour ouvrir à la voiture. Claire lut sur le visage des brancardiers venus les aider à porter Pierre la crainte de la maladie. Les laissant marcher jusqu'à la chambre, elle annonça à Claude l'état de santé d'Escudier.

« Merde ! » Le juron de Claude résonna sombrement. Claire n'osa plus un geste. La religieuse passa devant le convoi et se dirigea directement chez Tournier sans plus de commentaire. Claire accompagna Pierre jusqu'à son lit. Lorsque les hommes eurent quitté la pièce, elle retint l'ambulancier un instant supplémentaire.

« Rémi, je passerai voir Escudier demain. » Comme il ne disait rien, elle continua : « Je lui apporterai de quoi se frictionner… J'ai un fond d'eau de Cologne, et de l'essence de thym au couvent… Je vous dirai honnêtement ce que je pense de son état… » La chambre était glaciale, alors elle mit Rémi dehors pour s'occuper de Pierre. L'ambulancier s'éloigna pesamment, emportant avec lui ce fardeau qu'ils partageaient à présent.

De son côté, Claire installa le bois et lança un feu d'enfer. Son immobilité le rendait vulnérable au froid. Le feu craquait, soufflait, un vrai moteur pensa-t-elle.

Il y a un cadeau pour moi sur la cheminée. Je sais qu'il m'est destiné car nous ne sommes plus que deux, le père Armand et moi, au pensionnat. Je n'ai pas l'argent pour rentrer chez moi à Noël, cette année. Maman a été souffrante et ne m'a pas envoyé les billets de train. Elle n'aura pas osé demander à mon père. Je ne supporte plus d'être le vilain petit canard de l'école. Je n'appartiens pas à ce milieu. J'en connais tous les codes, les arguments, les vilenies. Ce soir, ce monde m'insupporte. Les messes basses sur le pli de mes pantalons, à propos de mes semelles biseautées aux talons. Il y a tant de cruauté dans un regard condescendant. Mais c'est la meilleure école comme me le répète maman. Elle doit croire que c'est une chance !

Le père me rejoint dans le fauteuil du salon.

« C'est fête ce soir ! » Il sort du tabac, roule deux cigarettes. Il m'en tend une. C'est la première fois qu'un gars de seconde fume, sans se cacher dans le jardin ou sous les escaliers. « Quand je suis triste, je m'en grille une et ça passe. » Je suis épaté. Le Magister

des Foudres, comme on le surnomme, me parle personnellement et tord le cou au règlement. Toutes mes contrariétés s'évaporent... Il se penche pour prendre un peu de feu dans la cheminée et me présente le bâton enflammé. Je fume depuis mes quatorze ans, mais je prends un air surpris devant la fumée qui s'échappe de moi. Je ne tousse pas, je ne peux pas le prendre pour un imbécile, mais je fais des manières pour dire que cette passion est récente. « Alors Pierre, vous n'ouvrez pas votre cadeau ?

– C'est pour moi ? » Son regard me dit que j'en fais un peu trop. Après tout, nous sommes destinés à passer les vacances de Noël ensemble, autant être franc du collier. « J'ai bien pensé que c'était pour le pauvre de service. » Ma colère remonte aussi vite qu'il l'avait grillée avec son tabac.

« Oui. Pour le pauvre, qui a accès aux meilleures études. Au-dessus, vous avez La Flèche ou le lycée Bonaparte, monsieur, vous pouvez toujours présenter un dossier pour la rentrée prochaine... » Le père Armand a retrouvé son ton tranchant, mais je n'arrive pas à savoir s'il est vraiment contrarié. Moi, je le suis moins. Je me lève pour prendre le paquet. « C'est de notre part à tous. C'est frère François qui a choisi. » Le jésuite attend ma réaction. Le papier froissé est jeté dans le feu. Je sens une vague me submerger, c'est comme s'il me poussait un animal dans la mœlle épinière, un tigre, terrifiant, immense. Ma main serre si fort le cuir des chaussures neuves que les ongles courts grincent. J'ai seize ans et je me sens capable de tuer frère François et le père Armand d'un seul coup de poing. « Elles ne sont pas à votre taille ? » L'humiliation de ne pouvoir les lui jeter à la figure ! J'en ai besoin, les miennes sont usées, celles-là brillantes de cire. La cigarette me brûle les doigts. Dans un réflexe, je la jette. Elle tombe sur le tapis. Je prends le mégot et

m'en débarrasse prestement dans le cendrier. Que faire ? Quelle humiliation est-elle la plus pénible ? Celle ici, à deux dans le secret, ou l'autre, celle de la classe, celle des cons ?

« Elles me vont parfaitement. Merci mon père. Remerciez pour moi frère François qui a su me rendre un grand service. » Je suis encore blanc de rage, mais les mains moins tremblantes, je reprends ma place dans le fauteuil à côté du Magister des Foudres.

« Vous apprenez vite. Ouvrons donc une bouteille ce soir pour fêter vos grandes qualités. » Je ne comprends décidément pas comment il fonctionne. Je pensais me prendre une volée de bois vert... « J'ai reçu une caisse de Côte Rôtie très acceptable pour un côtes-du-rhône... Goûtons cela. » Il se lève et quitte la lumière du feu. Avec mon esprit d'escalier, j'entrevois ce qu'il a voulu dire... Masquer mes origines derrière des chaussures cirées et toujours garder en main cet animal qui m'habite. J'espère que le vin dont il parle est bon...

Je dors. Je ne suis pas mort. Je dors. Comment faire pour me réveiller ?

« Tu trembles... Tu as froid ? »

Claire souleva la couverture et souffla son haleine chaude sur la chemise en flanelle de Pierre, en plusieurs endroits, longuement. Elle frotta la poitrine pour propager la chaleur de ses mains dans le corps, profondément. Deux larmes brillaient aux cils de Pierre. Elles s'écoulèrent lentement vers les oreilles. Claire les essuya du bout de son mouchoir lorsqu'il ouvrit les yeux.

« Tu sais, tu as deux cicatrices aux coins des paupières. On dirait des larmes. C'est à se demander s'il ne s'agit pas d'une forme d'érosion… » Claire se plaça dans l'axe du regard. L'éblouissement se renouvela. Il était si parfait. La voyait-il maintenant ? La séance d'hypnose avait-elle réveillé l'esprit sans parvenir à délier le corps ? « Bonjour. Je m'appelle Claire. Vous, c'est Pierre… » Le silence. « Vous êtes à l'hôpital d'Annecy… » Elle n'avait pas osé ajouter d'aliénés. « Vous êtes en bonne santé. La guerre est finie. » Elle poursuivit sans le quitter des yeux, passant de l'un à l'autre, trop près. « Vous me manquez, votre voix surtout. J'aimerais tant que nous discutions. C'est étrange, je sais que nous serons directs et sans pudeur. Peut-être pour remplir le silence, ou parce que le temps nous est compté. »

Claude apparut dans l'encadrement de la porte.

« Tu es restée là ? » Elle soufflait comme un marathonien, se raclant la gorge pour l'humecter.

Se redressant, Claire lui lança :

« Tu as prévenu Tournier pour Escudier ?

– Il venait de l'apprendre.

– Je passe le voir demain.

– Ne fais pas l'idiote, prends un masque ce soir avant de partir. » Puis, revenant à ce qui l'avait amenée à chercher Claire : « Tournier nous attend avec du monde au solarium. On prépare le gamin. » Au gargouillis qu'émit le ventre de Claire, sœur Claude poussa un soupir déchirant. « Il faut prendre le temps de manger ! » Comme Claire la regardait sans répondre, Claude se fâcha. « Ah toi, si tu étais ma fille ! Allez, disparais et mange un bout ! »

Ce fut monsieur Jacquet qui vint à sa rencontre. Il poussa vers Pierre un jeune homme en uniforme, un bandeau de cuir sur l'œil. Il fit les présentations.

« Vincent Rouma, voici Claire Brazier. » Ils se

saluèrent poliment, mais toute l'attention du soldat allait à ce compagnon de l'inhumanité. Il se pencha sur lui et de son œil vif scruta le visage endormi.

« Il se prénomme Pierre. » Tournier qui avait accueilli la famille Jacquet reprit son rôle de chef d'établissement. Il expliqua à Vincent Rouma les faits qui avaient amené Pierre entre ces murs. Claire s'éclipsa pour préparer une chicorée au lait dans le salon. À son retour, Pierre avait disparu avec Tournier.

« Je nous ai préparé un goûter avec vue sur le lac. » Le soldat souriait d'une plaisanterie de monsieur Jacquet. Madame Jacquet prit Claire par le bras et la suivit vers les fenêtres. Claire posa sa main sur celle de madame Jacquet. « Comment allez-vous ?

– Je ne me pose pas la question et ça va… »

Tournier les rejoignit. Il tenait le dossier de Pierre, Janet, dans son sillage, trottait avec un air de curiosité pétillant, ainsi que Nicolas aux joues duquel s'accrochaient encore les ombres du sommeil. Ils s'installèrent autour d'une table basse et Claire entreprit de servir la chicorée. Cela laissa le temps à Nicolas de s'installer et de sortir son carnet en maroquin. Tous les regards se portèrent sur Vincent Rouma.

« Ch'uis désolé, comme j'l'ai dit, j'le connais pas. » Comprenant que cela ne suffisait pas, il poursuivit en fixant monsieur Jacquet. « Étienne m'a écrit… On s'écrivait beaucoup lorsqu'il a complété une autre division… Vous savez, les amis des premiers feux, c'est des amis pour la vie… Y m'a donc écrit qu'il avait rencontré son ange gardien. Un homme qui le protégeait. Il lui écrivait ses lettres à ses parents quand il avait pas le moral… Qui courait devant pendant les assauts… Qui le rassurait. »

Madame Jacquet sortit discrètement un mouchoir pour essuyer ses joues et Vincent Rouma détourna la tête pour continuer.

« Ch'pense que ça peut être cet homme, mais en vrai ch'uis pas certain… Étienne, y m'avait pas donné de détails physiques, vous comprenez… Sa simple présence lui donnait du courage. Au début j'étais content pour lui et puis je me suis demandé qui pouvait bien être ce type. J'ai même cru qu'il déraillait, qu'y devenait dingue… » Il jeta un vif coup d'œil vers monsieur Jacquet qui agitait les jambes d'impatience et il finit par reprendre. « Sauf votre respect… Je le lui ai écrit et y m'a bien engueulé. » Vincent Rouma souriait, tout à ses souvenirs. Il mit la main sur son œil perdu. « Et pi, j'ai fait de l'hôpital et pi c'était fini… Et me voilà… »

Nicolas qui notait scrupuleusement toutes les remarques du soldat l'interrogea :

« Vous n'auriez pas idée de qui peut bien l'identifier ? » Il tenait son porte-plume à quelques centimètres de la page, prêt à écrire.

Tournier et Janet se servirent une deuxième chicorée après en avoir proposé autour de la table.

« Ch'crois me souvenir, s'il est toujours vivant, du nom de son cabot. Étienne m'en parlait comme d'un type réglo, autoritaire la bourrique, mais quand il fallait y aller, y partait comme les autres… » Il réfléchit le temps de boire un peu de chicorée avant qu'elle ne fût froide. « Fabre. » Il reposa sa tasse en certifiant de la tête. « Ce s'ra facile à savoir ce qu'y est devenu. Brigadier-chef Fabre. »

La plume de Nicolas mordait le papier. Tournier, qui s'était contenté d'échanger des regards avec Janet, remercia les Jacquet, pressé d'en finir.

« Merci pour cette aide inestimable… »

Le soldat ne semblait pas vouloir partir sans finir sa chicorée. Tournier le regarda faire.

« Vous faites la route pour rentrer chez vous ?

– Oui… D'ailleurs, au travers de toutes ces tristesses, j'y ai découvert la fraternité… Depuis que ch'uis démobilisé et que je marche jusqu'à Levens, j'ai jamais dormi dehors, j'ai mangé tous les jours… Ça donne de l'espoir. » Il pivota vers Jacquet. « D'ailleurs merci encore ! Puisque je peux le faire devant témoins, ça s'ra pour tous les autres aussi. »

Cette fois, Tournier marqua le départ en faisant claquer ses mains sur ses genoux avant de se mettre debout. Lorsque Claire passa à sa hauteur, il lui souffla :

« Vous les raccompagnez, puis, dans mon bureau. » Encore plus bas, il reprit : « Vous avez conquis Janet… » Il ajouta une œillade aux moustaches souriantes.

« Entrez. » Tournier feuilletait *La Presse médicale* dans la lumière de fin d'après-midi. Il reposa le journal sur son bureau. « Pierre Janet est rentré à son hôtel. Asseyez-vous. » Il alluma la lampe.

« Vous vouliez me voir ? » Claire anticipa la discussion, elle se sentait fatiguée, après cette journée bien remplie.

« Pour plusieurs choses, oui. » Tournier bascula dans son fauteuil qui grinça mollement, comme toujours. Il croisa les doigts devant sa bouche, soulevant ses lunettes. Claire comprit que c'était sérieux. « Je commence par mon ami Janet. Il ne m'a dit que du bien de votre expérience… Je l'ai trouvé… troublé, je crois, par ce massage… Pourriez-vous m'en dire plus ?

– Que vous a-t-il raconté ?

– Il m'a expliqué qu'il avait retrouvé des émotions oubliées, parmi celles qu'il recouvrait le plus méthodiquement d'indifférence depuis des années, d'autres dont il n'avait plus conscience avant aujourd'hui. Selon lui, il a expérimenté la fonction de synthèse. Vous vous rappelez certainement cette cohésion du moi qui permet de faire le lien entre les fonctions mentales et les souvenirs… » Claire acquiesça. Il poursuivit : « Cela l'a…

surpris… Il m'a proposé de vous emmener avec nous à Zurich. Qu'en pensez-vous ?

– J'en pense que ce massage ne m'appartient pas. Que s'il fait tout ce que vous venez de dire, vous devriez l'essayer… » Elle le provoqua d'un sourire charmeur pour revenir à un ton plus informel. Ce qui fonctionna.

« Oh ! que non, mademoiselle ! J'ai déjà bien assez pleuré en votre présence pour qu'en plus vous ne massiez ma vieille carcasse… Mais cela reste une thérapeutique à diffuser, puisqu'elle fait ses preuves… Vous devriez suivre la voie de la psychanalyse… » Il secoua la tête. « Non, non, non, vous n'avez rien entendu bien évidemment. Je n'ai jamais dit ça. » Il la regarda intensément puis continua gravement : « Vous n'entendrez pas la suite non plus. Vous êtes ma meilleure élève, la plus inventive, la plus tenace et la plus intuitive… Faites votre médecine, c'est un chemin qui vous va comme un gant ! Sœur Agnès n'est pas là… Réfléchissez que deux médecins, dont un, tout de même, enseigne au Collège de France et à la Sorbonne, vous sollicitent… Je sais que vous en avez les capacités. Vous êtes une aventurière… Venez avec nous à Zurich, tous les courants de la recherche en neurologie et psychanalyse seront représentés… »

Claire ne bougeait pas. Elle regardait le plus posément possible ce qui lui était proposé. Elle sentait l'écho d'un enthousiasme qui vibrait contre sa poitrine. Elle ferma les yeux pour l'écouter plus profondément. Cela grandit. Cela résonna comme un afflux de sang aux tempes. Elle se pencha plus loin encore et elle vit une toute petite fille qui sautait d'un pied sur l'autre, rayonnante de joie. Cette joie disait : « Papa m'aime ! Il est fier de moi ! » Tournier s'était tu. Claire rouvrit les yeux. Il scrutait sur son visage un écho à son propre enthousiasme de transgression.

« Merci. Vous me faites un plaisir très grand. Plus grand que ce que vous pouvez imaginer. Vous m'offrez une reconnaissance inespérée… » Elle inclina la tête pour pousser jusqu'au cœur de son maître la grâce qu'elle voulait lui offrir en échange. « C'est non. Sœur Agnès n'y est pour rien… Je ne comprends pas moi-même l'enjeu exact de ma vie, mais c'est ainsi. »

Tournier venait d'entrapercevoir Claire derrière ses mines, ses fantaisies d'enfant. Mais son renoncement était un gâchis si grand.

« Vous savez, mon cher Tournier, si je devais choisir une autre vie, je partirais avec l'inconnu, plutôt que de suivre deux vieux messieurs à Zurich ! » Elle appuya le sourire dans son regard devant l'air moqueur du médecin.

« Bien, les jeux sont faits. » Il se sentait responsable d'une belle âme.

« Vous vouliez me parler d'autre chose ?

– Non, enfin si… De votre manque de confiance en vous, mais je crois sincèrement que ce n'est plus nécessaire. » Il la regarda comme s'il la découvrait.

Claire lui prit la main.

« Merci, Joseph… Merci pour tout. »

Elle se leva pour quitter le bureau.

« À lundi, Claire. Soyez à l'heure. » Sa voix manquait d'assurance. Il ajouta : « Prenez soin de vous.

– Toutes mes amitiés chargées de respect à monsieur Janet. » Elle lui envoya son plus beau sourire. « Ne faites pas d'excès en Suisse… Sauf de chocolat ! » Elle marcha calmement sur la route du monastère pour apaiser cette Claire de quatre ans qui dansait toujours en elle avec cette gaîté naïve.

« Je trouve que ça ressemble à un portrait mortuaire… » Claire rendit la photographie à Nicolas.

« C'est qu'il n'est pas vraiment réveillé non plus… » Il fronça les sourcils, expert en clichés. « Je le trouve pas mal, moi… » Il prit appui sur le rebord de la fenêtre et nota quelques mesures. « Pierre… Un mètre soixante-dix-huit, yeux verts, cheveux roux sombre ? » Il attendit une confirmation qui ne vint pas. Claire regardait le lac. Il inscrivit roux sombre avec un mouvement de tête pour appuyer ses propos. « Un tigre tatoué sur l'omoplate… » Il leva son porte-plume, mais n'eut pas besoin de demander.

« Gauche, certifia-t-elle.

– Donc, gauche…

– Si sa famille le voit comme ça, sur la photographie…

– Ils sauront qu'il n'est pas mort au front et rien au monde ne pourrait leur faire plus de plaisir ! Allez, au boulot !

– Tournier m'a proposé… » Claire avait besoin d'en parler, c'était sa façon à elle de réfléchir, mais elle préféra édulcorer la suite : « … de parler du massage à Zurich. Il se passe que depuis novembre, j'ai le choix d'autres vies… » Nicolas à son tour observait par la fenêtre les remous de la brume. « Je ne pense pas rester à l'hôpital après le départ de Tournier… » Claire attendit un instant avant de poursuivre. « Cela n'a rien à voir avec vous. C'est moi. La routine… Je me dis que je dois transmettre… dans d'autres guerres.

– Les guerres ? » Il haussa les épaules comme devant une nouvelle lubie infantile d'une femme qui n'y connaissait rien. « Elles ne manquent pas. Y en a-t-il une qui vous intéresse plus que les autres ou cela sera-t-il au petit bonheur la chance ?

– Rien n'est fait, je dois prononcer mes vœux avant de partir… Je préparerai mes vœux en renonçant au monde… Pour retourner à la source : Dieu. Le temps de parachever ma formation mystique, puis je renaîtrai dans l'aide…

– Tout est prêt alors… C'est bien organisé ! Que faites-vous de l'imprévu, de cette chose qui bouleverse, qui change tout ?… » Il lui fit face.

« Je suis en plein dedans et je trouve ça fatigant. » Elle voulait sentir la présence de cette réalité si grande et compatissante. Dieu en elle.

Se refusant à dire ce que cela lui inspirait, Nicolas se rapprocha du lit de Pierre.

« À nous deux. Ce matin, c'est moi qui te masse mon gaillard. » Il secoua la grisaille de la nuit d'un revers de la main. Il ne voulait pas croire Claire. La foi était une mascarade. Pourtant il n'insista pas, ils étaient là pour le soldat et il se frottait les mains pour les réchauffer. Debout, il saisit les hanches de Pierre et les bascula de droite à gauche.

« Plus doucement. Il vous faut le bercer. » Claire coulait sur l'apprenti masseur un œil clinique et critique.

C'est étrange… Ça colle… Mes poils sont tous collés, mon ventre aussi… sur le drap. Merde !

C'est pas aussi agréable que ce qu'on m'en avait dit. C'est surtout drôlement embarrassant !

Il faut que je nettoie avant que maman ne se réveille.

Je vais dormir par terre, pour que le drap sèche.

Pourquoi, quand on parle des choses, se croient-elles obligées d'arriver ? Le frère François n'a pas su comment aborder le sujet à la confession avant les vacances. Il se prend pour mon père celui-là. Il croit que parce que je n'en ai pas, je ne sais rien… On se dit plus de choses qu'il ne le suppose, au pensionnat.

Pourquoi à la maison ?

Je ne veux pas que maman sache pour moi. Est-ce cela devenir un homme ? Est-ce que c'est comme ça que se réveille un homme ? Tout collé ? Je me lève pour me nettoyer. Dans le miroir, je ne trouve que le même grand gamin. En tout cas, ça ne se voit pas à l'œil nu. La poitrine creuse, le sexe mou sous un duvet un peu épais. Rien de très glorieux, juste une confusion, un trouble. Je me regarde encore, c'est bien moi.

Ça poisse. L'eau fraîche et l'odeur du savon.

*Je suis dans la chambre de l'*Hôtel du Palais *à Biarritz. Je regarde depuis mon lit une gravure du mont Fuji sur le mur. Le volcan blanc à l'encre noire.*

Le phare éclaire puis laisse rentrer l'obscurité dans la pièce par la fenêtre ouverte. Je calque ma respiration sur le souffle de l'océan. Il faut absolument que je puisse m'endormir.

Je rêve qu'elle ouvre la porte. Je l'imagine en robe, en déshabillé, en peignoir de bain comme cet après-midi. Je la supplie de m'aimer. Je sens mon corps se dilater lorsque je crois à ce mensonge. La violence quand je m'avoue que je me berne.

Je suis comme cette vague qui porte les espoirs et puis se brise, je me dupe. Anna comme l'incarnation romantique de mes frustrations d'homme !

La porte s'ouvre et Anna est devant moi dans sa robe de chambre. Je suis figé dans l'incroyable. Elle me regarde, s'approche doucement. Ma respiration s'efface dans l'attente de son pas nu. Je sens le lit s'incliner sous son poids qui me pousse vers elle. Anna pose sa main sur ma poitrine. Comme après un grand froid, mon corps palpite brutalement d'une cha-

leur douloureuse. Je ne bouge ni ne respire. Dans la lumière du phare, je lis sur son visage toute la gravité de cet instant. Elle disparaît dans le noir, happée, et mon esprit se tait. Elle pose ses lèvres sur les miennes, je suis toujours paralysé et le parfum de ses cheveux sur mon visage n'y change rien. La lumière blanche du phare leur donne une clarté fantomatique.

De nouveau, je ne la vois plus et elle caresse mes lèvres avec tant de délicatesse que je ne suis pas vraiment sûr de ce baiser. Son haleine dans ma bouche. Tout mon corps attend. Sa langue est si douce, légèrement ourlée sur le dessus et si tendre dessous. Mes esprits me reprennent et je glisse ma main sur son sein.

Sans la quitter des lèvres, je la guide sur moi. Le tissu de sa robe s'étire sur mon impatience dressée. Son poids sur tout mon corps m'offre ce que l'obscurité régulière me retire. Elle est là.

Je suis rattrapé par la gourmandise que j'ai de sa peau depuis trois ans. Cet appétit m'étourdit. Alors j'essaie de me calmer à son air douloureux, pour sentir moi aussi le déchirement de la culpabilité. Mais j'ai accueilli ma chance, si fort, que mon désir coupable n'arrive plus à contraindre mon corps. Le phare nous a oubliés. Je suis dans l'obscurité de mon désir. Pourtant je vois ses cuisses lumineuses. Il fait sombre de nouveau. Nous sommes nus dans la clarté. Nous disparaissons ensemble. Elle est assise autour de moi. C'est la nuit. Sa peau mouillée, brille, vaporeuse. C'est toutes les nuits.

C'est calme. Je veux retrouver sa présence. Je veux ses mains. Dormir.

Nicolas s'appliquait, tout entier à l'écoute du corps de son patient. Bourdonnements de mouches qui ponctueraient les silences, de toute éternité.

Pierre ne manifestait aucune réaction au massage. Les ailes du bassin pointaient sous la chemise et Nicolas paraissait tendu sous l'effort. Claire consulta la montre du médecin.

« C'est terminé. »

Les vingt minutes écoulées avaient considérablement endolori les muscles des bras de Nicolas, qui se massa distraitement.

« Rien… » Nicolas déçu enfila sa veste pour regagner le bureau.

« Qu'en savons-nous ?

– Il préfère vos mains. Les miennes sont plus épaisses, moins délicates. »

Elle se tut. Elle aurait adoré que Pierre se réveillât en demandant où elle était passée. C'était ridicule bien sûr.

« J'ai laissé mon carnet dans le bureau. Je voudrais vous répéter ce qu'il a dit cette nuit. » Nicolas, les traits tirés, semblait plus vieux.

« Vous passez Noël chez vous ? demanda Claire pour changer de discussion.

– Oui, je prends le train de nuit ce soir et je ne reviens qu'au début de l'année prochaine. Et vous, que faites-vous pour Noël ?

– Je reste dans ma communauté, bien évidemment. Ma famille habite à Nantua, c'est un long voyage… Enfin… vous savez, Noël est la plus grande fête chrétienne. » Comme Nicolas la regardait d'un air compatissant, elle se sentit obligée de rajouter : « Le 26, je suis reçue par les Tournier.

– C'est cela, dit-il en refermant la porte. Vous ne quitterez pas Annecy tant que Tournier vivra… » Le sourire de dédain qui passa sur les lèvres de Nicolas irrita Claire. D'une certaine façon, il avait raison et tous deux le savaient. Nicolas n'insista pas. Ils marchèrent en silence jusqu'au bureau. Nicolas prit le dossier de Pierre pour ajouter les derniers éléments, et ils s'assirent du même côté de la table, laissant le fauteuil de Tournier vide.

« *Anna nous a rejoints dans le parc.* » Il notait à haute voix. « *Papa, je sais que c'est toi. Tu m'as reconnu n'est-ce pas ?* » Nicolas se redressa, reposant son porte-plume sur le dossier ouvert. « Voilà les mots de la nuit... » Il attendit la réaction de Claire.

« C'est étrange ce qu'il dit à propos de son père. Ne trouvez-vous pas ?

– Un enfant naturel. » Il se pencha vers Claire. « Dites-moi, allez-vous masser Pierre demain ? »

La question se posait, elle serait seule, sans médecin pour témoin.

« Je n'y ai pas réfléchi... Vous estimez que je peux ? » Elle avait réduit à son tour le vide entre eux.

« Que vous a recommandé Tournier ? » Nicolas fixait la jeune femme.

« Rien justement... » Claire attendait.

Nicolas s'installa dans le fond de sa chaise. Il laissa au silence le temps de s'engouffrer dans ce vide étroit, puis il reprit : « J'ai un cadeau pour vous. » Il aurait peut-être aimé qu'un geste de lui la touchât. « Cuisse-de-nymphe-émue est une couleur... Un rose terriblement pâle avec une touche d'ocre pour la chaleur. »

Le visage de Claire souriait.

« Oui ?...

– Une couleur que peu de professions utilisent... les soyeux lyonnais entre autres.

– Vous me dites qu'il est originaire de Lyon ? Un canut ? » Elle arbora une moue dubitative.

« Je souhaitais juste vous faire part d'une autre piste. » Le cadeau de Noël venait de s'envoler. « Après tout, il se peut qu'il soit d'une famille de soyeux désargentés. » Le regard de Nicolas s'était éteint. « Transmettez toutes mes amitiés à Tournier et mes meilleurs vœux pour Noël. »

Il tendit la main à Claire, restée assise. « Je vous souhaite beaucoup de bonheur pour 1919. » Il saisit la main délicate et tiède et s'inclina.

« Je prierai pour vos bonheurs à venir. »

Il reçut le sourire de Claire comme on accepte une démission. Il le lui rendit avec la douceur du regret.

Elle resta seule dans le bureau vide. Elle ouvrit la boîte à tabac de Tournier, choisit une cigarette roulée et frotta le briquet en os. Elle ferma les yeux, souffla la fumée.

« Vous me manquez monsieur. »

Elle devait prendre des nouvelles d'Escudier, préparer la messe de Noël avec les enfants et surtout, ne plus penser à Pierre. La fumée fit son office, apaisant le cerveau et le corps de Claire, qui laissa sa tête tomber sur le dossier.

Sur la porte de la sacristie, Jean avait laissé un mot : « Je reviens dans une heure. » Claire ne sachant pas depuis combien de temps Jean était parti, le message lui tira un sourire. Elle ouvrit les deux battants de la porte pour laisser entrer les enfants, qui arrivaient en groupe, sortant de l'école tous ensemble. Les petits se précipitèrent sur les joues de Claire pour l'embrasser. Les plus grands des garçons hésitèrent puis renoncèrent, formant un groupe de conscrits revêches. Les poussant à l'intérieur, elle réfléchissait à l'âge où la spontanéité quittait les enfants pour être remplacée par une timidité convenue, ce calcul qui marquait le passage de l'innocence à la conscience de soi. Elle s'arrêta devant la statue de la Vierge à l'Enfant, ferma les yeux. Son esprit analysait d'après des schémas très éloignés du religieux maintenant. Pouvait-elle poursuivre dans cette voie ? Son renoncement au monde entraînerait-il un abandon de cette gymnastique ?

Pascal Escudier la ramena à l'importance du présent.

« Claire, tu vas voir mon papa, aujourd'hui ? » Le jeune garçon aux cheveux longs et bouclés mettait tout son courage à retenir ses larmes.

« Oui, Pascal. » Elle ouvrit sa poche pour laisser voir la bouteille d'eau de Cologne et les flacons d'essence de thym et de lavande. « Avec ça, et des prières… Tu sais ton papa est entre les mains de Dieu et de personne d'autre. À notre modeste niveau, nous pouvons l'encourager par nos prières, mais ce qui lui arrive n'est pas de notre ressort. » Pascal plissait les yeux sous l'effort de compréhension que lui demandait la jeune novice. « Veux-tu lui écrire une lettre ? Je la lui donnerai tout à l'heure. » Comme l'enfant acquiesçait, Claire lui indiqua où trouver de quoi écrire, dans la sacristie.

« Claire, on est prêts ! » Madeleine, avec son petit nez autoritaire en l'air, la rappelait à l'ordre.

« Quelle chance, moi aussi ! »

Les enfants avaient rejoint leur place dans le chœur, les sopranos à gauche, les hautes-contre au milieu et les ténors légers à droite. Claire gagna la sienne, au bas des marches, dos à la nef. L'église gonfla des voix des enfants qui s'échauffaient. Une emphase éclatante vibra contre les vitraux aux premières notes de *Minuit chrétien*. Claire se laissa absorber par la bulle d'allégresse de la chorale. Ce ne fut qu'à la fin de la répétition que Claire s'aperçut de l'absence de Pascal. Il ne les avait pas rejoints. Son douloureux courrier le retenait encore à la sacristie. Elle libéra les enfants. Le fils d'Escudier, les coudes sur la table et la tête dans les mains, relisait sa lettre. Il bondit, surpris par l'arrivée de Claire.

« Si papa a trop de fièvre, vous la lui lirez, vous ? »

Claire reconnaissait le prix de la peine des orphelins et ce souvenir ne la quittait pas.

« Je vais prendre soin de lui. Ne tarde pas trop, il y a tout de même cinq kilomètres jusqu'à Veyrier. Transmets mes amitiés à ta maman. Je vous tiens au courant ce soir. »

Pascal disparut vers la sortie, heurtant Jean qui rentrait.

« Doucement jeune homme ! On ne court pas dans une église. » Il le retint par les épaules puis le relâcha. Pascal s'envola sans répondre.

« Escudier a déclaré la grippe. » Claire accueillit le prêtre chez lui, l'aida à retirer son manteau.

« Je suis au courant… Il y a de nombreux cas. C'est inquiétant. J'ai reçu un message de l'évêché concernant une possible épidémie… Qu'en est-il de l'hôpital ?

– Je ne suis pas allée les voir depuis que les soldats blessés sont tous rentrés… Chez nous, Escudier est le premier. Il l'a peut-être contractée à Saint-Joseph… » Claire ajusta son foulard. « Je passe lui rendre visite.

– Prenez soin de vous. Évitez les contacts physiques… » Jean la sermonnait.

Avant de partir, elle se retourna : le prêtre massait ses rides de vieux lion dans un geste pesant.

« Vous aussi, prenez soin de vous… » Claire ferma la grande porte en chêne derrière elle.

Ce fut la sœur d'Escudier qui lui ouvrit. Claire serra son masque sur son nez. Maud se présenta en quelques mots et laissa un étroit passage dans la porte d'entrée. L'appartement passage Vaugelas, étriqué et haut de plafond, ne recevait que peu de lumière. Claire se demanda si la maladie ne rétrécissait pas les logements. Maud invita Claire dans la cuisine où flottait une odeur de thym encore très forte.

« Il dort. » Elle avait les traits tirés par les nuits de veille. Les bandeaux de mèches brunes lissées sur le front accentuaient ses mouvements empesés de fatigue.

« Je vous ai apporté plusieurs choses. De l'eau de Cologne pour les frictions, de l'essence de thym pour le cou et le nez et de lavande pour quand vous aurez fini la bouteille de Cologne. » Claire déposa sur la table ses flacons précieux et trois masques. « Voici ce qu'il vous faut porter lorsque vous lui rendez visite. Ils doivent bouillir chaque soir et ne pas resservir tant qu'ils ne sont pas lavés. N'oubliez pas les draps. »

Maud acquiesçait, mais Claire ne fut pas dupe. Elle vérifia que son masque tenait toujours bien.

« Puis-je lui rendre une petite visite. Je vais lui donner des nouvelles de Pascal… Il a rédigé une lettre pour son père. » Claire la tendit à Maud qui la refusa.

« Le plaisir sera plus grand si c'est vous… » Maud passa devant et indiqua une entrée exiguë. « Je vous laisse. Réveillez-moi quand vous partirez. » Elle gagna une autre chambre, laissant la porte ouverte sans se retarder par des politesses.

Claire souleva le tissu et pénétra dans une alcôve sans fenêtre. Elle ajusta le masque sur son visage et s'assit sur le tabouret à la tête d'Escudier qui remplissait son lit avec avantage. Il semblait même manger tout le matelas de sa masse sombre, une ombre fétide.

« Dites-moi, c'est votre sœur qui vous garde si bien au chaud ? » L'air était écœurant d'humide fadeur.

« J'ai chaud, j'ai froid, elle ne sait plus où donner de la tête avec moi… » Escudier toussa dans son oreiller. On aurait dit un phtisique, ce qui inquiéta l'infirmière.

Il lui faudrait revenir avec le cataplasme au poivre de sœur Bernadette.

« Allons, donnez-moi votre pouls. » Tendu comme la corde d'un arc et précipité sous la fièvre, rien de très bon, mais rien de dramatique non plus. « Votre cœur répond bien. Vous avez de la fièvre et en ça, je ne vous apprends rien. » Elle inspecta la langue blanche, les ganglions qui affleuraient énormes au cou. Lorsqu'elle acheva son auscultation, elle se trouvait relativement rassurée, Escudier aussi par la même occasion.

« Puisque vous avez été sage, j'ai un cadeau pour vous. » Claire sortit la lettre de Pascal de sa poche et la lui tendit. « Je dois vous laisser avec votre grippe… Pascal est très inquiet et je lui ai promis de lui donner de vos nouvelles tout à l'heure, au magasin… Vous savez, il poursuit l'école malgré le déménagement chez vos beaux-parents… Il se lève dans la nuit pour faire le chemin depuis Veyrier… C'est un fameux petit garçon. »

Elle alluma la bougie sur la table de chevet afin de faciliter la lecture et pudiquement s'apprêta à quitter la pièce.

« Vous repasserez me donner des nouvelles ? » Le regard embrumé du malade disait toute sa solitude.

« Bien sûr, maintenant que je sais… C'est étrange, je ne pouvais croire à votre maladie, vous êtes si fort.

– Pour tout vous dire, moi non plus… » Il la retint de la main lorsqu'elle ouvrit la tenture. « Ne réveillez pas Maud, elle doit se reposer…

– Je vous déposerai un baume pour vos poumons. En attendant, reposez-vous. » Elle lui fit un clin d'œil qui se perdit dans l'obscurité.

Claire regagna la cuisine où elle ébouillanta son masque avec l'eau que Maud conservait brûlante sur le poêle. Elle se lava les mains et tira la porte sur l'épaisseur de la contagion.

Claire se surprit sous la neige qui la poussait vers l'hôpital à respirer profondément, changeant l'air de ses poumons comme on ouvre une fenêtre.

En arrivant à l'hospice, elle entra dans les douches. Le froid de la faïence blanche. Claire ouvrit le robinet pour laisser le temps à l'eau de chauffer, pendant qu'elle ôtait ses vêtements. Elle ne pouvait se résoudre à se mettre nue. Sa chemise résistait tel un rempart de pudeur collé à son corps. Elle regardait ses mains qui n'osaient pas. Jamais elle n'avait eu le droit de voir son ventre. Dans ses plus lointains souvenirs, la même rumeur avait toujours entouré de honte la peau, les chairs. Ni sa tante ni aucune autre personne, pas même elle, n'auraient pu décrire la blancheur de ses cuisses. Cependant, ici on ne lavait pas, on désinfectait les contagieux. Claire retira sa chemise, elle était peut-être porteuse de germes.

Elle fut prise au dépourvu par ces réseaux de lignes bleues sur ses bras, son buste, sur le haut de ses cuisses. Elle pouvait les suivre et les perdre, du bout des doigts. Un enchevêtrement de sang sous sa peau. Sa vie à l'œil nu. Le froid, qui tenait ses seins hauts, la sortit de sa rêverie.

Assise sur le banc de bois, l'eau courait sur son corps, dans ses cheveux, c'était un privilège qu'aucune religieuse ne s'octroyait. Au couvent, toutes se lavaient à leur lavabo, dans leur cellule, habillées. La douche lui procura un délassement qui n'avait rien de convenable. Elle frotta le savon mouillé sur son cou, son visage, ses cheveux, ses épaules, sans parvenir à se saisir de son corps comme elle l'aurait fait, sans scrupule, sur une internée. Elle se regarda. Les rondeurs de l'enfance étaient définitivement perdues et celles de la femme ne semblaient pas décidées à s'installer. Un corps lisse, maigre et à peine né à la féminité. De petits seins, un pubis étroit, un ventre de chat. Pas de changement brutal, plutôt une évolution qui n'aboutissait pas. Une métamorphose trop rapide, se réveiller un matin avec des seins, elle aurait trouvé ça obscène… Elle se sentait épargnée par l'absence d'arrogance de sa silhouette. Retrouvant les gestes hygiéniques et rapides de l'infirmière, elle expédia la douche.

Mécaniquement, Claire essuya ses cheveux, encore si longs, si épais, si forts. Elle aspergea d'alcool les manches et le plastron de sa capeline en priant pour que la grippe meure et enfila à la hâte ses vêtements. Elle voulait le voir avant de partir.

Pierre couché sur le côté regardait par la fenêtre. Le ciel se voilait de blanc pour prévenir de l'imminence de la neige.

« Bonsoir, Pierre. »

Il avait quelque chose qui la touchait malgré toute la distance qu'elle s'imposait. Sa présence, sa beauté et l'intensité des monologues… Tournier avait-il raison, lorsque Pierre reprendrait conscience, oublierait-elle ses préoccupations pour n'être qu'à l'écoute du patient. Il avait servi de miroir à ses pensées.

Elle caressa la joue rasée et tiède du revers des doigts, et alors, il ferma les yeux. Le sentiment de force qu'elle portait depuis la veille, cette invulnérabilité des choix consommés, la désertait. Elle se pencha sur lui et inhala son odeur si apaisante. À son tour elle ferma les yeux, pour conserver les nuances légères du parfum de sa peau. Les yeux toujours clos, elle retira son foulard. Elle prit la main de l'homme dans les siennes. Longue, osseuse. Elle la glissa sur son cou, dans ses cheveux, au chaud. En inclinant sa tête pour la retenir dans le creux de sa peau.

« Pierre… » Elle ne bougeait plus, elle ne respirait plus. Claire attendait qu'il se passât quelque chose. Le désir faisait partie d'elle. Il ne la quitterait pas. Elle le regarda couché sur les oreillers. Dehors un corbeau croassa sous la neige avant de se poser sur la cime du saule dans un grand claquement d'ailes.

Elle regarda Pierre, couché dans les oreillers. Sans résignation, elle attacha ses cheveux dans son foulard.

Lorsqu'elle sortit, la neige enveloppait Annecy. La droguerie où travaillait madame Escudier ouvrait sur la place Amédée VIII. Claire regarda à travers la vitrine. Laquelle des femmes était celle du malade ? La première, la patronne, ne permettait pas le doute, bridée dans une robe de veuvage, digne sous son chignon tiré. Les deux suivantes étaient plus effacées, pourtant une seule semblait attendre. Claire entra et Fanny la reconnut à son tour.

« Venez. » Madame Escudier attira Claire hors de la vue de la propriétaire du magasin, au rayon des boutons et pressions, au son d'un joli accent du Midi. « Pascal m'a dit que vous passeriez… Alors, comment va-t-il ? » L'impatience douloureuse de cette femme amoureuse toucha Claire plus qu'elle ne l'aurait souhaité.

« Je l'ai trouvé fatigué, mais c'est un costaud votre Guy. Il a encore beaucoup de fièvre. Je lui ai apporté des essences du couvent, mais je crois qu'il a fait un bien grand sacrifice en vous éloignant de lui. Vous lui manquez… Écrivez-lui… Laissez le courrier dans les escaliers, Maud le trouvera.

– Je ne saurais pas quoi lui écrire… Et puis… » Elle hésitait devant l'énormité du secret. « Je fais trop de fautes… Vous m'aiderez ?

– Je suis novice, vous savez… Les réalités du cœur… » Elle fit une mine juste avant le dégoût qui produisit son effet.

« Pardonnez-moi, je n'avais pas réalisé… » Puis, improvisant un ton autoritaire de sénéchal : « Vous devriez prendre un œuf en buis, on a toujours besoin d'un œuf avec soi. Pensez à toutes ces chaussettes si vite ravaudées… » Elle offrit un sourire de connivence à Claire qui se prit au jeu.

« En buis ?

– De qualité supérieure ! Voyez comme ils sont lisses. Ils proviennent des meilleurs établissements de Saint-Claude… » Elles cachèrent leurs sourires dans leurs mains pour éviter de se faire découvrir. Fanny continua plus grave : « Je vais lui écrire… Vous avez raison, qu'importe les fautes si le cœur aime… »

Samedi 21 décembre

Claire n'attendrait pas le retour de Tournier pour poursuivre le massage. D'ailleurs, la première fois, n'était-elle pas seule ? Elle souleva l'épais édredon, saisit les côtes à fleur de peau à hauteur du matelas et intima un lent balancement à la poitrine de Pierre.

J'ai quitté maman à l'aube. Elle m'avait préparé un casse-croûte sur la table de la cuisine. Elle avait mis une fleur de soie dans un petit verre pour égayer mon départ pour six mois. Ma valise était devant la porte, un petit paquet en tissu posé dessus. Je déteste la laisser, je vois ses yeux rougis dans la nuit finissante. Je la serre si fort contre moi que je lui coupe le souffle. Elle caresse ma poitrine en me faisant remarquer combien je suis devenu fort. Je suis bien plus grand qu'elle maintenant. Je sais que dès que j'aurai fini mes études, elle n'aura plus besoin de travailler. Je prendrai soin d'elle. Je sais que mon père passe encore la voir de temps à autre, mais je ne sais pas, puisque je n'ai pas le droit d'en parler, s'il lui donne encore de l'argent pour nous.

Je la laisse derrière la porte. Je ne dois pas manquer mon train pour le pensionnat. Les rues sont vides, mais la gare est bien vivante. Le train de nuit de Megève est en gare. Le mien réchauffe le quai de sa vapeur. Je le vois. Je le vois descendre du train, je sais que c'est lui. Tout me revient, son visage la dernière fois où j'ai pu le voir. J'avais à peine quatre ans... Il n'a pas tellement changé, mais beaucoup blanchi... Le chef de train invite les lycéens de mon pensionnat à se rendre dans le wagon de tête. Je me dissimule derrière une poutre métallique. Mon père se retourne lentement et scrute les étudiants, un par un. Je sais qu'il me cherche des yeux. Il appelle des porteurs pour les malles de voyage. Une femme plus vieille que maman, je sais que c'est sa femme, descend du marchepied. «Alexandre ?» *Il l'aide doucement. Alors je cours vers mon wagon. Mais avant, avant de monter, je ne peux retenir ma curiosité.*

Je veux qu'il me voie. Il rentre d'un séjour à la montagne, peut-être. Il a fière allure. Je pense même qu'il est élégant dans son grand manteau de fourrure. C'est vrai qu'il fait encore frais pour la saison. Il est grand, blanc, il a du ventre comme les messieurs importants. Il a des gestes souples et mesurés comme si le monde entier le regardait en permanence. Ils partent, marchant côte à côte, suivant trois porteurs poussifs. Mon père se retourne et me regarde. Je suis figé sur place par le sourire qu'il m'envoie. Il m'a reconnu, comment est-ce possible. Je sens le rouge gonfler mes joues, puis mes yeux. Je me retourne pour qu'il ne voie pas ces perles briller au coin de mes paupières. Si seulement j'avais pu lui faire un signe.

Anna dort contre moi et je respire ses cheveux. Le parfum de tubéreuse à la pointe. Une odeur plus animale, plus chaude à la racine. Comme elle. Précieuse, et rare à l'extérieur. Profonde, violente et impatiente au-dedans. J'aime cette contradiction crue qui trahit les convenances, qui fait de nous des scandaleux. L'insolence de ses seins mous et tendres de quarante ans, que je caresse tantôt en enfant émerveillé, tantôt en amant brutal. Je la veux encore. Je veux ses hanches qui heurtent les miennes. Je veux étreindre ses parfums. Un désir irraisonné. Je m'empare d'elle dans son sommeil. Elle s'étire comme un chat câlin surpris par une caresse pressante. Un sourire indulgent court sur les lèvres que j'embrasse.

Je sens que je souris. Je me sens bien. Je l'entends. Je veux qu'elle reste.

Pierre souriait paisiblement et Claire ressentait du bonheur, mais s'il avait pleuré durant le massage, elle aurait été triste. Elle ne comprenait ni n'acceptait vraiment. Elle prenait cela pour une faiblesse, un manque de caractère et ses propres symptômes l'encourageaient : jambes molles, cœur palpitant, mains impatientes. Elle devait se secouer, se ressaisir. Pour la sauver, sœurs Dominique et Thérèse arrivaient, pour laver Pierre.

Lorsque le froid qui avait gelé la pulvérulence de la neige gagna ses oreilles, Claire se demanda si la fièvre d'Escudier était tombée. Sur la porte de l'appartement, elle trouva un billet bleu. « Pour mon Guy » pouvait-elle lire sur l'enveloppe. Une écriture pointue. Belle, mais illisible. Claire frappa. Maud, toujours terne, la laissa pesamment entrer dans la cuisine.

« Il a passé une bonne nuit… » Le visage gris marqué

par l'absence de sommeil et l'inquiétude contrastait avec le ton neutre de la voix. « Agitée, mais dans l'ensemble, c'est sa meilleure nuit depuis le début. »

Claire cherchait les premiers symptômes de la fièvre dans le brillant de l'œil, le teint de la peau, mais Maud, avec l'aplomb d'un médecin militaire, défiait la maladie.

« Vous servez-vous des masques que je vous ai apportés ?

– Je n'en ai pas l'utilité. » Elle fixa la jeune infirmière avec une certaine défiance. « Vous avez apporté le baume pour les poumons ? » Claire sortit le flacon de sa poche. « Bon. Je crois qu'il en a bien besoin. Merci encore. »

Elle le glissa dans une poche de son tablier et se dirigea vers l'alcôve. Claire suivit sans avoir trouvé l'occasion de parler du courrier de Fanny ni de la dispense que s'accordait Maud dans le port d'un masque. Celle-ci passa la première en retenant le rideau pour laisser entrer Claire. Escudier était assis dans ses oreillers, sombrement inerte. Maud arrêta l'infirmière du bras.

« Il a besoin de vous… » Elle ouvrit le tiroir d'une armoire obscure que Claire n'avait pas distinguée du mur. Maud en tira un carnet, une bouteille d'encre jamais dévissée et le porte-plume certainement vendu avec, toujours neuf. « Voilà. » Comme si c'était la seule chose à faire, elle les lui donna, l'air entendu, et sur la pointe des pieds se dirigea vers la sortie.

Déjà Escudier l'appelait avec une vigueur nouvelle.

« Vous avez ce qu'il vous faut… » Il gardait les yeux fermés, mais la voix vibrante fit craindre le pire à Claire.

« Vous allez mieux me semble-t-il… » Elle mentait. Il savait qu'elle mentait. Le front humide, le teint macabre et des yeux comme ceux d'un chien qui meurt. Elle prit place sur la chaise à côté de la bougie. Décidément, on n'y voyait pas grand-chose dans cette chambre. « Si je vous suis, vous souhaitez que j'écrive pour vous… » Un grognement lui répondit. « Je vous préviens, ce n'est pas mon fort, je suis une manuelle, pas une intellectuelle… » Comme le grognement se faisait plus profond, elle abdiqua. « Vous l'aurez voulu. » Pour gagner du temps et ne pas oublier, elle déposa le billet de Fanny dans les mains d'Escudier. Il renifla l'enveloppe avec dévotion.

« Vous savez… On n'a jamais été séparés aussi longtemps, Fanny et moi… Ils me manquent, Grégoire, Pascal et Olivier… Je veux leur donner du courage même si je sais qu'ils en ont à revendre. Je veux qu'ils prennent soin de leur mère… »

Claire espérait qu'Escudier avait les mots pour le dire, car elle n'imaginait pas pouvoir s'en charger.

Mes garçons,

Je ne vous ai jamais dit toute la tendresse et la fierté que je vous porte. Dans ma famille, ça ne se fait pas beaucoup. C'est un héritage comme un autre, mais aujourd'hui, je n'en vois plus l'intérêt. Donc commençons par l'essentiel. Je vous aime. Ne croyez pas que je vous explique tout ça parce que je vais mourir, c'est hors de question, mais je vois combien vous êtes devenus les hommes dont je suis si fier. Vous me manquez tant. Je pense à vous comme aux enfants que je portais contre mon cœur à votre naissance et je vous sais si grands maintenant. La vie m'a gâtée si fort en vous offrant à moi que je me sens comme un torrent d'orgueil. Vous m'apportez tant de force.

Prenez soin de vous mes petits gars et entourez votre maman que j'aime tout autant.

Votre papa.

Claire n'avait pas levé les yeux sur le visage tendu, terreux d'Escudier. Il dictait d'un trait une lettre qu'il avait préparée, de toute évidence, depuis son réveil.

Celle de sa femme accrochée sur son cœur, il récitait, et Claire s'appliquait à suivre la cadence. Le silence s'installa péniblement.

« Pourriez-vous la transmettre à Fanny, elle leur lira ce soir… »

Sans le laisser aller jusqu'au bout, Claire voulut comprendre.

« Vous ne répondez que si vous le souhaitez… Pourquoi est-ce moi qui fais cela ? »

Escudier lui répliqua de sa respiration chuintante.

« Ma sœur n'a pas de famille en dehors de moi… Pas d'enfants, non plus. Comment lui demander d'écrire des lettres qu'elle-même n'écrira jamais ? »

Claire rit doucement.

« Parce que moi, je suis bien placée peut-être ? »

Sans se départir du sérieux qu'il portait en grand malade, Escudier trancha :

« C'est votre choix. Elle non… » Il tendit la main pour adoucir le ton. « Elle désire des enfants, un mari. Ce n'est pas votre cas. »

Claire réprima un frisson. Le choix, voilà qu'elle était maîtresse de ses choix. Elle referma sa main sur celle d'Escudier tendue en signe de paix.

« Vous avez raison. Pardonnez-moi. » Comme il se cramponnait tremblant au petit billet bleu, elle ajouta : « Je vous laisse, j'ai rendez-vous avec l'abbesse et on ne la fait pas attendre. N'oubliez pas, le baume chaque soir et matin. » Comme les grognements reprenaient, elle insista : « Sans parler des frictions aux essences de fleurs trois fois par jour. » Elle n'attendit pas le dernier bougonnement pour quitter la pièce.

Maud, dans la cuisine, filtrait des infusions de thym. Elle ne se retourna pas, surveillant les brins qui tentaient de contourner sa passoire.

« Il veut me protéger… Cela ne vous ennuie pas d'écrire des lettres… » Elle chercha le terme approprié :

« … d'amour ? » Elle versa le liquide dans un pot à eau en grès sombre.

« Pas vraiment, cela m'a juste surprise. On ne se connaît que peu… » Claire hésitante ne savait pas si elle devait s'asseoir ou partir.

« Je crois que cela me blesse qu'il me tienne en dehors… » Maud servit deux tasses du même service en grès sur un plateau.

« Je vais partir, j'ai rendez-vous avec un patient que je dois emmener aux eaux. »

Maud ne manifesta pas d'émotions particulières, à peine un sourire aussi léger que son infusion.

« Vous devriez le lui dire… Il veut vous épargner. Écrivez la réponse à Fanny. »

Maud, sans répondre, se dirigeait vers son frère, patiente et dévouée. L'appartement reprit ses étranges dimensions, étroites, étriquées. Claire en profita pour sortir, vite, et retrouver l'air cristallin de cette froide matinée ensoleillée. Le contraste la frappa avec violence. Dehors tout avait l'air brillant, vif, et, il fallait le reconnaître, libérateur.

La droguerie place Amédée VIII vibrait comme une ruche de dames en tout genre. Des gens de maison, beaucoup, des femmes avec leurs enfants et une institutrice portant un gros colis sous le bras. Claire gagna le rayon de Fanny qui lui sourit par-dessus l'épaule d'une cliente. Elle lui tendit la lettre sans plus les déranger et fila, traversant la boutique.

Un filet de lumière venant du bureau de l'abbesse soulignait la porte. Claire hésita. Elle souhaitait aborder son futur au sein de la communauté, puis hors de ses murs. Elle ralentit encore, se laissant le temps de la réflexion, lorsque sœur Agnès apparut.

« Que faites-vous ici ? Vous vouliez me voir ? » La

mère supérieure tendit sa main vers celle qui n'était qu'une enfant à ses yeux.

« Je crois que oui... »

Elle lissa sa jupe pour reprendre ses esprits et se redressa de toute sa hauteur tout en s'interrogeant sur l'immense autorité d'une si petite femme. Un si grand contenu pour un si petit contenant, cela dépassait les lois de la physique. « J'hésitais à venir vous parler... Mais peut-être avez-vous autre chose à faire ?

– Lorsque la plus indisciplinée de mes novices vient de son plein gré pour quérir mon opinion, cela mérite que je suspende le reste. » Elle poussa la porte pour permettre à Claire de pénétrer dans son bureau. « Ma curiosité est si forte. L'économe patientera.

– Ce n'est rien de grave... Enfin, pas vraiment... Je m'interroge... »

Agnès lui indiqua la chaise à la croix creusée dans le dossier. Elle attendit pour s'asseoir, laissant à l'abbesse le temps de prendre place à son tour. Lorsque son menton arriva à hauteur de la vaste table de travail, elle comprit pourquoi elle ressentait toujours une infériorité physique. Des deux chaises, celle sur laquelle elle était assise était la plus basse. Souriant de l'astuce, elle reprit confiance en elle. « Je veux devenir religieuse... »

Ne la laissant pas poursuivre, sœur Agnès la coupa. « C'est un bon début. » Elle avait joint ses mains sous son nez et attendit que Claire continuât.

« En fait, plus exactement, je sais pourquoi depuis si longtemps je veux devenir religieuse. Je souhaite donner ma vie à l'écoute des autres. » La mère supérieure fronça les sourcils, mais Claire ne se laissa pas déstabiliser. « Je sais accompagner, écouter... Les gens me parlent...

– Tout le monde parle au boucher ou à la boulangère. Ce n'est pas une raison pour en faire des saints... Parlez-moi de votre engagement auprès de Dieu... » Ses yeux plissés sous les sourcils broussailleux n'auguraient rien de bon. Comme Claire ne soufflait mot, elle secoua lentement la tête. « Je ne peux pas vous aider si vous ne vous questionnez pas. » Le ton devint plus doux. « Vous me parlez toujours de l'extérieur, des gens, mais jamais un mot sur Dieu… C'est assez troublant. Dieu n'est pas un outil dont on se sert pour panser des plaies, ni un baume… N'est-Il pour vous qu'une abstraction ? Est-Il, Lui aussi, à l'extérieur ?… Jamais je ne vous ai entendue parler de l'immensité qu'Il ouvre dans votre cœur ni de la compassion intarissable qu'Il vous offre, de cette chaleur qui vous guide… » Un long soupir sembla clore sa réflexion sans la laisser satisfaite.

Le silence qui suivit fut un supplice pour Claire, qui se sentait une fois de plus jugée. Un nouveau soupir, comme pour prendre une décision, et l'abbesse reprit : « Je vous accorde jusqu'au premier janvier pour vous pencher sur la source de votre engagement et s'il y a lieu, me parler de votre appel vers Dieu. » Puis brusquement elle se leva, sèche, amidonnée, loin de celle qu'elle avait été lors de ces quelques secondes d'entente. « J'ai des affaires à régler maintenant. Je me tiens à votre disposition pendant les quinze jours qui arrivent. Vous me trouverez à votre entière écoute. » Elle avait appuyé sur « écoute » en montrant la sortie.

Un instant plus tard, blanche d'émotion, Claire sortait par l'imposante porte d'entrée. Elle ne répondit pas à sœur Marthe qu'elle croisa.

Marthe, si semblable à l'autre Claire, l'incarnation vaporeuse de la religieuse de son enfance. Celle qui marchait en rang dans les rues, dont on surveillait les sorties, protégée, le reste du temps, derrière les murs d'enceinte du couvent. L'autre Claire, l'amie de sa mère, à qui elle devait son prénom. Cette marraine à cornette, à la voix sereine lors de l'enterrement, aux mains si chaudes pour bercer ses pleurs d'orpheline.

L'apaisement qu'elle ressentait juste à la regarder ranger les affaires de sa mère.

Elle traversa le couloir jusqu'à sa cellule et posa ses mains sur la vitre froide.

« Je suis ici… Je suis ici… Je suis ici… Je ne suis pas ma marraine. Je ne suis pas l'amie de maman, cette femme parfaite à ses yeux. Je ne serai jamais que sa fille. » Claire serrait les poings face à son échec. « Maman, pardonne-moi. »

Lundi 23 décembre

« Je ne pensais pas vous trouver là si tôt. » Tournier entra dans son bureau où Claire lisait une publication de Janet dans les dernières *Annales médico-psychologiques*. Comme elle levait un œil fatigué sur lui, il ajouta : « C'est bien de vous voir. »

Claire lui sourit, reposant le mensuel sur la table.

« Sœur Agnès me laisse quinze jours pour faire mes preuves… Je crois qu'elle ne m'aime décidément pas.

– Vous êtes bien égocentriste pour une future religieuse. »

Il la contourna pour s'installer dans son fauteuil et tira de son cartable un petit paquet doré qu'il poussa jusqu'à Claire. « Ce n'est pas parce qu'on vous dit de réfléchir qu'on ne vous aime pas… Parfois, c'est même le contraire. » Comme la novice ne montrait pas de curiosité devant l'emballage doré, il délia le ruban. « De toute façon, il faut sortir de cette relation basée sur l'affect que vous établissez avec les gens. Il va vous falloir abandonner l'enfance… Avec moi, cela peut être différent, puisque nous sommes consentants tous les deux. Nous sommes amis. » Il inclina le ballotin de chocolats, noirs, lisses et brillants.

Claire afficha un sourire complice.

« Lorsque vous ne vous abandonnerez plus à penser aux autres en termes de j'aime ou je n'aime pas, vous ne vous laisserez plus dompter si aisément par des chocolats… » Il ferma le couvercle et rangea la boîte avant même qu'elle en attrapât un. Devant la surprise qui courait dans les yeux de Claire, il rit en lui tendant à nouveau les douceurs. « Vous êtes si jeune pour certaines choses et si mature pour d'autres… » Il la regarda par-dessus ses lunettes. « Est-il bon, ce Malakoff de Lindt ? » Sans réponse de Claire trop à son bonheur, il en prit un et s'enfonça dans le dossier de son fauteuil. Lorsque ses dents pénétrèrent le cœur du chocolat fondant, il ferma les yeux. « Vraiment, il n'y a que ça de vrai… » Il se reprit presque immédiatement : « Non, le champagne aussi.

– Ou encore le cigare… » Claire rit à son tour de ce plaisir rayonnant qui intimait un frémissement aux moustaches de Tournier.

« Vous venez le 26 ?

– S'il vous plaît. » Claire savait qu'elle lui offrirait des marrons glacés qui venaient grossir la liste des délectations de son patron. Elle pensa que son fournisseur, Escudier, ne serait certainement pas en mesure de l'aider. D'un malade, elle pensa à un autre. « Dites-moi, puis-je offrir un chocolat à Pierre ? Cela va forcément le réveiller…

– Vous croyez aux miracles, comme les enfants… La superstition ne permet pas la construction rationnelle des hommes…

– Et l'espoir, qu'en faites-vous ? Pas celui de voir Dieu intervenir directement dans la chambre de Pierre avec les anges et tout le toutim, non, l'espoir que le souvenir d'un plaisir fort lui permette de sortir de là où il est… » Elle râlait et Tournier était ravi.

« C'est d'accord, on essaye. »

Il décroisa les jambes, se saisit de la boîte et sortit avant même que Claire ne comprît l'enthousiasme curieux qu'elle venait de faire naître. Elle le suivit en trottant dans les escaliers tant ses enjambées s'allongeaient.

Je pleure. Je cache mon visage dans mes mains pour me soustraire aux yeux d'Étienne qui pensait me faire plaisir. Il ne comprend pas. Je ne sais plus moi-même. Comment ce morceau noir et cassant de chocolat peut-il ouvrir les portes de l'enfance, si lourdes ici. Je suis un homme qui tue. Je suis un homme qui tire.

C'est si mollement douloureux.

« Dire que ma mère pensait me rendre heureux. Si elle savait ce que ça te fait, c'est à toi qu'elle en enverrait. »

Il étale le chocolat mouillé de salive sur ses dents et rit sous mon nez. Je me sens si vieux. C'est si loin, mais je lui rends son rire pour le protéger de ma solitude. Je me croyais à l'abri dans mon rôle de protecteur. Je me gardais bien de penser à moi. Qui suis-je devenu dans ce corps sec et noueux ? Un pauvre gars comme les autres qui tremble de mourir. Enfant, je me pensais invincible, adulte, je me sens tendre. Et ce chocolat qui me rappelle que jamais plus je ne serai indestructible. Je veux retourner à l'instant où je poursuivais, au parc, les cygnes blancs effarouchés. Je veux retrouver cette lumière dans les érables centenaires, l'odeur des feuilles mortes et de l'eau sur les bancs de pierre. Je ne supporte plus le sang qui amidonne mes pantalons, qui enlise mes bottes et me fait trébucher. Je ne suis plus qu'un esprit déraciné.

Étienne reste près de moi. Il me prend dans ses bras et pour la première fois, c'est lui qui me veille.

« Pleure Pierre. On s'en cogne des autres. Je suis là... »

Et je pleure contre ce gamin solaire, le seul qui me reste, encore. J'entends son cœur qui bat, régulier, sur deux temps et je me calme. Plus jamais le chocolat n'aura le même goût. Il sentira la sueur, la crasse et la poudre.

Claire.

« Le sens du goût n'est pas encore éveillé… » Tournier déçu se lavait les mains du chocolat fondu.

« Vous espériez qu'il se réveillerait ? Il y a quelques paradoxes étonnants à explorer chez vous… » Claire lui tendit une serviette en soutenant son regard pincé.

« C'était votre idée… Bien, reprenons depuis le début… »

Claire sortit un carnet de sa poche.

« Il a parlé cette nuit : “*Mathieu, ton père ne dort pas non plus. Nous nous sommes croisés dans le couloir. Deux âmes errantes, esseulées. Pourquoi aller risquer ta vie sur un coup de tête ? Plaisirs simples… Tu n'as que des plaisirs raisonnables. Jamais un caprice Mathieu. Là, tu joues brutalement au fou, pourquoi ? Pourquoi maintenant ? Si tu venais à disparaître, personne ici ne s'en remettrait jamais.*

Je crois que je suis le pire des égoïstes. J'ai peur que tu partes pour ta vie, pour la mienne. J'aime la Cerisaie. J'ai préparé mes bagages. Je rentre chez moi et je crois que je t'en veux pour ça, aussi.” »

Claire s'accorda un instant pour donner ses impressions. Tournier marchait en rond dans la chambre. Il manifestait sa désapprobation en secouant vigoureusement la tête. Claire reprit :

« Il parlait d'une voix calme et régulière. Ce n'était pas un rêve, enfin je ne crois pas. Les rêves sont plutôt confus, non ? » Elle cherchait un soutien, mais Tournier affichait toujours la même déception. « Il a vraiment vécu cette scène, je crois. Il ne bougeait pas les yeux sous ses paupières comme quand on rêve. Il parlait à ce Mathieu. Revivait-il une scène ou s'autorisait-il à dire à Mathieu ce qu'il avait sur le cœur avant son départ pour la guerre ? Je ne saurais dire… »

Claire essaya de trouver un bon angle pour masser la tête de Pierre. N'y parvenant pas, elle sollicita Tournier pour déplacer le lit. Ils le poussèrent en travers de la chambre, retirèrent les oreillers du soldat. Ils restèrent un bref instant à le regarder. C'était le dernier massage selon le protocole établi. Ils l'espéraient et le redoutaient depuis presque un mois. Tournier pensait aux conclusions qu'il établirait si les résultats se révélaient concluants, Claire avait simplement peur. Elle posa ses pouces sur les tempes de Pierre et les autres doigts sous son crâne. Les cheveux poussaient doux. Elle perçut le pouls devant les oreilles. Son cœur à elle battait bien plus fort que celui de Pierre. Elle souleva la tête et la fit lentement basculer de droite à gauche.

Couché par terre, j'essaye de me reposer encore un peu. Je tiens Étienne contre mon ventre pour le réchauffer. Je sens les vibrations du sol bombardé dans le lointain. Lorsque je me relève, ma tête vibre encore comme si j'avais des fourmis. D'ailleurs ce sont peut-être mes poux qui me donnent cette sensation. Je n'ai pas pu me laver depuis une semaine et demie. Mourir sale, la belle aubaine. De toute façon, nous avons tous l'air repoussant. Depuis que j'ai pris de la grenaille sur le visage, je ne me suis pas regardé dans un miroir, je ne dois pas être bien beau, alors les poux, la barbe, la boue… Je suis déjà mort, sinon je ne pourrais pas me lever lorsqu'on nous dit de nous lever, manger quand on nous dit que c'est le moment. J'obéis mollement. Heureusement, il y a Étienne. Il dit que je le protège. Il s'est mis sous mon aile. On se ne quitte plus. Il a ce même visage grave que Mathieu, trop grave pour leur âge. Mathieu l'avait avant la guerre, Étienne l'a peut-être attrapé sur les champs de bataille. Ils ont les mêmes traits fins d'enfants. D'ailleurs, il y en a de plus en plus des gamins venus du fin fond de la France, de dessous les cerisiers, de derrière des collines. Partout des enfants qui courent sous les abeilles de métal, dans la vraie guerre. C'est à croire que les adultes sont tous morts déjà. Peut-être ne sommes-nous plus que trois adultes en France, Jean-Jean, Fabre et moi. Trois pauvres gars qui ne pourront plus jamais vivre sans cette guerre dedans.

« Étienne ! couche-toi. » Étienne continue d'avancer vers moi. J'ai la nette impression qu'il ne m'entend pas. Si. Enfin, il se baisse. Il met les mains au sol, lentement. Il m'obéit, mais un je ne sais quoi me dit qu'il ne me voit plus. Étienne tombe dans l'herbe sèche. Je me précipite vers lui, j'entends les balles qui ricochent à mes pieds. Je prends son visage entre mes mains. Il respire doucement, il me regarde, il me sourit. Il dit qu'il a eu un étourdissement, il dit que ce n'est pas grave, qu'il ne faut pas que je le regarde ainsi. Je sens tout son sang glisser entre mes mains par le trou derrière sa tête. Je le retourne et j'appuie dessus de toutes mes forces. Ce n'est pas vrai. Mes dents s'entrechoquent. Ce n'est pas vrai. Ce n'est pas vrai. Non pas Étienne encore !

Pierre s'arqua brutalement. Sa bouche, ses yeux s'ouvrirent. Un grand cri muet vibrant secoua tout le corps. Tournier, resté debout à côté de Claire, se jeta sur le soldat, s'allongeant de tout son long en couverture humaine. Le cri devint sonore, assourdissant, inhumain.

Claire serrait la tête de plus en plus fort, essayant de le garder sur le lit. « Respire ! Respire ! » Pierre balayait la pièce d'un cri immense :

« Je serre ! Je serre ! Ça coule toujours ! Mathieu ! »

Tournier était debout face à Pierre. Il ne bougeait plus, les mains en avant pour prévenir une chute. Sur son visage hagard, méconnaissable se reflétaient toutes les questions de Claire. La poitrine de Pierre marqua une profonde inspiration, puis de petits soubresauts qui grandirent en spasmes. Il pleurait la bouche ouverte, les bras ballants dans un abandon cruel. Il renversa la tête vers le plafond et des râles d'une douleur infinie rugirent hors de lui.

Tournier fut le premier à réagir. Il s'élança dans le couloir. Claire caressait le front de Pierre en chuchotant sous la déferlante de ce cri qui propageait l'horreur.

Et tout alla très vite.

En un instant, Pierre fut ceinturé par Rémi et Martin. Claude lui ouvrit la bouche et versa le verre de Véronal d'une main qui ne supporterait pas de discussion. Pierre, les yeux affolés, cherchait Claire, la main désespérément tendue vers elle. Lorsqu'elle le rejoignit, il reposait sur le matelas, presque calme. Elle savait que le barbiturique ne lui offrait que quelques secondes avant d'entraîner Pierre dans le sommeil.

« Je suis là… » Il ne restait sur son visage que la fraîcheur des larmes qu'elle n'avait pas senties couler. Pierre la dévisageait, ses cils battants refusaient l'engourdissement.

« Claire ne me laisse pas. »

Il l'attira à lui et la serra fort. Elle sentit ses seins s'écraser sur le torse de Pierre et éprouva une joie si pleine d'apaisement. Il était là, luttant contre le sommeil artificiel pour la garder encore un peu. Les yeux toujours grands ouverts, il se refusait à la quitter.

Pierre dormait. Il dormirait ainsi pendant plusieurs heures, sœur Claude n'y était pas allée de main morte sur le Véronal.

Le moment qu'elle avait repoussé de toutes ses forces se présentait, Claire le savait. Il n'y avait plus de raison de se dérober, elle savait ce qu'elle devait dire, une phrase et tout serait propre, fini. Elle pourrait se sentir libre. À chaque enjambée dans l'air glacé de décembre, elle devenait la femme qu'elle s'était refusée d'être depuis la mort de sa mère. Il lui avait été si lourd de suivre un modèle qu'elle s'imposait par respect, par amour. Ce choix que Claire s'était refusée de faire pour ne pas décevoir était si évident maintenant qu'il ne lui offrait plus d'échappatoires. Sa volonté, enfin adulte, la porta jusqu'à sœur Agnès assise en silence dans la chapelle. L'abbesse ne réagit pas au baiser que la novice déposa sur sa joue. Pourtant il portait tout, les regrets, les remerciements, la tendresse et les anciennes colères, toute une vie.

Dans sa cellule, Claire ferma les volets, alluma un grand feu dans sa cheminée et se déshabilla. Son image nue dans les vitres lui renvoyait ce qu'elle était devenue et la femme qui la regardait lui plaisait malgré tout. Elle sortit sa valise et brûla les vêtements de ses quatorze ans, un par un. Si peu de chose. Si facile.

Elle se coucha dans ce lit qui lui parut pour la première fois dur et rêche à la peau. La première fois aussi qu'elle s'offrait la nudité pour se reposer, mais c'était bien ainsi qu'elle voulait venir au monde, nue dans un lit. Lorsque Claire se réveilla, elle enfila un pantalon de jardinage, son plus gros chandail et des bottines. Dans la vitre comme seul miroir elle retrouva les gestes qui nouaient ses cheveux en tresse épaisse. Un regard sur la pièce, les draps tirés, le feu apaisé. Elle ne possédait rien, alors elle n'emporta rien.

Septembre 1919

Lorsque Janet lui ouvrit la porte de son bureau du Collège de France, il ne la reconnut pas.

« Vous êtes ?

– Claire Brazier. Joseph Tournier m'envoie près de vous pour entamer mes études de psychologie.

– Claire… La petite Claire ? » Le temps de se souvenir, il reprit : « Alors enfin décidée ? C'est bien. » Il fit entrer sa nouvelle élève dans son bureau que de nombreux pliages de couleur égayaient. Comme Claire les regardait avant de s'asseoir, il se contenta juste de signaler en les écartant de la main : « C'est une de mes passions… » Puis il lui proposa une cigarette en guise de bienvenue.

« Je ne fume plus, merci. »

Janet sortit un cigare, le regarda tendrement et le reposa. « Vous savez que Tournier est plus que pressenti à la direction de la rédaction des *Annales médico-psychologiques* ? » Comme Claire approuvait, il continua : « Il vous aura à l'œil encore un peu, comme nous tous d'ailleurs. Sachez que je soutiens son élection. Hormis notre amitié, c'est d'abord l'admiration pour ses derniers travaux que je veux voir récompensés. Vous n'y êtes pas étrangère…

– C'est vrai, mais petitement.

– Toujours modeste, mais en progrès. C'est bien. Vous vous inscrirez en médecine et vous suivrez mes cours ici, en parallèle. Il est impératif que vous soyez médecin, moi, je ne suis qu'un agrégé de philosophie qui a mal tourné. » Janet rappelait son parcours atypique par une boutade. « Je vous enverrais bien chez Voivenel à Toulouse, il est l'aliéniste qui vous conviendrait le mieux. Il a une expérience des effets de la guerre sur l'homme qui va bien au-delà de ce que peuvent vous transmettre les médecins ici. » Janet s'avança au-dessus du bureau qui les séparait. « Mais je veux vous garder sous la main. Vous m'intriguez. »

Claire ne put retenir un sourire devant tant de franchise. « Ah oui ? »

Janet secoua la tête pour chasser sa réponse et reprit plus sérieusement : « Et le fameux soldat cataleptique ? Que devient-il maintenant qu'il est réveillé ?

– Il va bien, il est rentré dans sa famille et nous poursuivons une relation épistolaire. Il compte me rejoindre à Paris pour poursuivre des études de droit avec une bourse du ministère de la Guerre.

– Vous êtes amis alors ? » Janet se pencha de nouveau pour en savoir plus.

« On peut dire cela… »

Note de l'auteur

La mémoire du corps est le premier axe de recherche qui m'a conduite à l'écriture de ce roman que je voulais situer aux débuts de la psychiatrie. N'étant ni neurologue ni psychiatre, je me suis attelée à de longues recherches. J'ai croisé la thèse de médecine de madame Anne-Cécile Lestrade sur Paul Voivenel qui avait le grand avantage, hormis sa belle écriture, d'ancrer historiquement mon récit. Paul Voivenel avait, sur le front entre 1914 et 1918, observé *in situ* les réactions des soldats dans la guerre. Ce qui a définitivement motivé mon choix pour cette période particulière est un court paragraphe de madame Lestrade que je dois citer :

Dès les premiers jours, Voivenel se trouve confronté à la violence des combats et surtout à cette peur omniprésente : peur obsédante de la mort, peur de tous les instants dans ces abris qui n'en ont que le nom et où l'on risque à tout moment d'être anéanti par les obus, dénommés familièrement « les marmites ». Il commence à consigner impressions personnelles et événements marquants dans une sorte de carnet de route, écrit au jour le jour.

« Un véritable besoin », car, dit-il, « observer et noter, c'est se défendre contre la peur ». La guerre devient ainsi un sujet d'étude et la zone de front un observatoire privilégié. Voivenel, médecin de régiment,

est en première ligne, dans ce qu'on appelle les postes médicaux avancés.

J'ai poursuivi mes recherches sur les débuts de la psychiatrie. J'ai lu Pierre Janet méconnu du grand public (créateur du terme subconscient), et en particulier l'histoire de sa patiente « madame D. ». Celle-ci souffrait d'une amnésie grave suite à un traumatisme psychique. L'amnésie n'existait qu'en état de veille, les souvenirs de madame D. subsistaient subconsciemment dans ses rêves. Janet est arrivé à faire recouvrer à la malade ses souvenirs au moyen de l'hypnose et de l'écriture automatique. Il présenta le cas de madame D. au Congrès international de psychologie de Londres en 1892.

Certainement à cause du plaisir que j'avais eu à le lire et pour sa gaîté, Janet en tant que personnage s'imposa dans le roman.

Bibliographie

Les Annales médico-psychologiques citées dans le roman paraissent toujours et ont fêté leur cent cinquantième anniversaire en 1992.

La thèse de médecine d'Anne-Cécile Lestrade, médecin psychiatre à Toulouse : *Un médecin et son époque : Vie et œuvre du docteur Paul Voivenel (1880-1975).*

Livres de Paul Voivenel écrits pendant la Première Guerre mondiale : *Le Courage*, éditions Alcan, 1917, *Le Cafard*, éditions Grasset, 1918, et *La Psychologie du soldat*, La Renaissance du Livre, 1918.

Livres de Pierre Janet écrits sur l'hypnose et les automatismes : *L'Évolution psychologique de la personnalité,* L'Harmattan, réédition 2005, *L'Automatisme psychologique : Essai de la psychologie expérimentale sur les formes inférieures de l'activité humaine*, Masson, réédition 1989.

Remerciements de l'auteur

À Olivier Jouvray sans qui rien ne serait possible. Un grand merci à Odile Réty pour son aide judicieuse. Je remercie aussi Anne-Cécile Lestrade pour son regard amical et professionnel de médecin psychiatre.

À Claude Réty puisque c'est ainsi.

Cet ouvrage a été composé
par IGS-CP à L'Isle-d'Espagnac (16)
Impression : Brodard et Taupin à La Flèche
Dépôt légal : août 2008 nº 96315 (47932)
Imprimé en France

Collection Points Les Grands Romans

P8. La Marche de Radetzky, *Joseph Roth*
P46. La Ville des prodiges, *Eduardo Mendoza*
P52. La Maison du guerrier, Dar Baroud, *Louis Gardel*
P76. Pour la plus grande gloire de Dieu, *Morgan Sportès*
P231. Ceux de 14, *Maurice Genevoix*
P260. Le Guépard, *Giuseppe Tomasi di Lampedusa*
P301. Dieu et nous seuls pouvons, *Michel Folco*
P305. L'Homme à la vie inexplicable, *Henri Gougaud*
P306. Bélibaste, *Henri Gougaud*
P387. Les Seigneurs du thé, *Hella S. Haasse*
P396. Le Médecin de Cordoue, *Herbert Le Porrier*
P452. La Femme de chambre du Titanic, *Didier Decoin*
P524. L'Expédition, *Henri Gougaud*
P546. L'Aurore des bien-aimés, *Louis Gardel*
P660. Nu couché, *Dan Franck*
P740. Les Bûchers de Bocanegra, *Arturo Pérez-Reverte*
P753. Le Soleil de Breda, *Arturo Pérez-Reverte*
P868. Le Seul Amant, *Eric Deschodt, Jean-Claude Lattès*
P874. L'Opéra de Vigata, *Andrea Camilleri*
P1077. Les Turbans de Venise, *Nedim Gürsel*
P1128. Les Adieux à la Reine, *Chantal Thomas*
P1290. La Dormeuse de Naples, *Adrien Goetz*
P1334. L'Amandière, *Simonetta Agnello Hornby*
P1388. Le Gentilhomme au pourpoint jaune
Arturo Pérez-Reverte
P1458. Sisyphe, roi de Corinthe, *François Rachline*
P1459. Le Voyage d'Anna, *Henri Gougaud*
P1460. Le Hussard, *Arturo Pérez-Reverte*
P1461. Les Amants de pierre, *Jane Urquhart*
P1462. Corcovado, *Jean-Paul Delfino*
P1500. La Tante marquise, *Simonetta Agnello Hornby*
P1501. Anita, *Alicia Dujovne Ortiz*
P1568. La Rose pourpre et le Lys, tome 1, *Michel Faber*
P1569. La Rose pourpre et le Lys, tome 2, *Michel Faber*
P1570. Sarnia, *G.B. Edwards*
P1571. Saint-Cyr/La Maison d'Esther, *Yves Dangerfield*
P1586. Femme en costume de bataille, *Antonio Benitez-Rojo*
P1587. Bellérophon, cavalier de l'Olympe.
Le Châtiment des Dieux II
François Rachline
P1588. Le Pas de l'ourse, *Douglas Glover*
P1627. Equador, *Miguel Sousa Tavares*
P1628. Du côté où se lève le soleil, *Anne-Sophie Jacouty*
P1629. L'Affaire Hamilton, *Michelle de Kretser*

P1630. Une passion indienne, *Javier Moro*
P1674. L'Époux divin, *Fransisco Goldman*
P1689. En la forêt de Longue Attente.
Le roman de Charles d'Orléans, *Hella S. Haasse*
P1696. La Sœur de Mozart, *Rita Charbonnier*
P1697. La Science du baiser, *Patrick Besson*
P1700. Dans l'ombre du Condor, *Jean-Paul Delfino*
P1732. Persée, prince de la lumière. Le Châtiment des dieux III
François Rachline
P1733. Bleu de Sèvres, *Jean-Paul Desprat*
P1765. L'Œuvre des mers, *Eugène Nicole*
P1805. L'Amante du pharaon, *Naguib Mahfouz*
P1851. Rescapée, *Fiona Kidman*
P1900. Tango, *Elsa Osorio*
P1901. Julien, *Gore Vidal*
P1917. La Religieuse de Madrigal, *Michel del Castillo*
P1918. Les Princes de Francalanza, *Federico de Roberto*
P1919. Le Conte du ventriloque, *Pauline Melville*
P1936. Les Rescapés du Styx, *Jane Urquhart*
P1968. Pampa, *Pierre Kalfon*
P1973. La Statue du commandeur, *Patrick Besson*
P1983. Toutes ces vies qu'on abandonne, *Virginie Ollagnier*

Collection Points

DERNIERS TITRES PARUS

P1550. Le Dernier Amour du président, *Andreï Kourkov*
P1551. L'Amour, soudain, *Aharon Appelfeld*
P1552. Nos plus beaux souvenirs, *Stewart O'Nan*
P1553. Saint-Sépulcre !, *Patrick Besson*
P1554. L'Autre comme moi, *José Saramago*
P1555. Pourquoi Mitterrand ?, *Pierre Joxe*
P1556. Pas si fous ces Français !
Jean-Benoît Nadeau et Julie Barlow
P1557. La Colline des Anges
Jean-Claude Guillebaud et Raymond Depardon
P1558. La Solitude heureuse du voyageur
précédé de Notes, *Raymond Depardon*
P1559. Hard Revolution, *George P. Pelecanos*
P1560. La Morsure du lézard, *Kirk Mitchell*
P1561. Winterkill, *C.J. Box*
P1562. La Morsure du dragon, *Jean-François Susbielle*
P1563. Rituels sanglants, *Craig Russell*
P1564. Les Écorchés, *Peter Moore Smith*
P1565. Le Crépuscule des géants. Les Enfants de l'Atlantide III
Bernard Simonay
P1566. Aara. Aradia I, *Tanith Lee*
P1567. Les Guerres de fer. Les Monarchies divines III
Paul Kearney
P1568. La Rose pourpre et le Lys, tome 1, *Michel Faber*
P1569. La Rose pourpre et le Lys, tome 2, *Michel Faber*
P1570. Sarnia, *G.B. Edwards*
P1571. Saint-Cyr/La Maison d'Esther, *Yves Dangerfield*
P1572. Renverse du souffle, *Paul Celan*
P1573. Pour un tombeau d'Anatole, *Stéphane Mallarmé*
P1574. 95 poèmes, *E.E. Cummings*
P1575. Le Dico des mots croisés.
8 000 définitions pour devenir imbattable, *Michel Laclos*
P1576. Les deux font la paire.
Les couples célèbres dans la langue française
Patrice Louis
P1577. C'est la cata. Petit manuel du français maltraité
Pierre Bénard
P1578. L'Avortement, *Richard Brautigan*
P1579. Les Braban, *Patrick Besson*
P1580. Le Sac à main, *Marie Desplechin*
P1581. Nouvelles du monde entier, *Vincent Ravalec*
P1582. Le Sens de l'arnaque, *James Swain*

P1583. L'Automne à Cuba, *Leonardo Padura*
P1584. Le Glaive et la Flamme. La Saga du Roi Dragon III
Stephen Lawhead
P1585. La Belle Arcane. La Malerune III
Michel Robert et Pierre Grimbert
P1586. Femme en costume de bataille, *Antonio Benitez-Rojo*
P1587. Le Cavalier de l'Olympe. Le Châtiment des Dieux II
François Rachline
P1588. Le Pas de l'ourse, *Douglas Glover*
P1589. Lignes de fond, *Neil Jordan*
P1590. Monsieur Butterfly, *Howard Buten*
P1591. Parfois je ris tout seul, *Jean-Paul Dubois*
P1592. Sang impur, *Hugo Hamilton*
P1593. Le Musée de la sirène, *Cypora Petitjean-Cerf*
P1594. Histoire de la gauche caviar, *Laurent Joffrin*
P1595. Les Enfants de chœur (Little Children), *Tom Perrotta*
P1596. Les Femmes politiques, *Laure Adler*
P1597. La Preuve par le sang, *Jonathan Kellerman*
P1598. La Femme en vert, *Arnaldur Indridason*
P1599. Le Che s'est suicidé, *Petros Markaris*
P1600. Les Nouvelles Enquêtes du juge Ti, vol. 3
Le Palais des courtisanes, *Frédéric Lenormand*
P1601. Trahie, *Karin Alvtegen*
P1602. Les Requins de Trieste, *Veit Heinichen*
P1603. Pour adultes seulement, *Philip Le Roy*
P1604. Offre publique d'assassinat, *Stephen W. Frey*
P1605. L'Heure du châtiment, *Eileen Dreyer*
P1606. Aden, *Anne-Marie Garat*
P1607. Histoire secrète du Mossad, *Gordon Thomas*
P1608. La Guerre du paradis. Le Chant d'Albion I
Stephen Lawhead
P1609. La Terre des Morts. Les Enfants de l'Atlantide IV
Bernard Simonay
P1610. Thenser. Aradia II, *Tanith Lee*
P1611. Le Petit Livre des gros câlins, *Kathleen Keating*
P1612. Un soir de décembre, *Delphine de Vigan*
P1613. L'Amour foudre, *Henri Gougaud*
P1614. Chaque jour est un adieu
suivi de Un jeune homme est passé, *Alain Rémond*
P1615. Clair-obscur, *Jean Cocteau*
P1616. Chihuahua, zébu et Cie.
L'étonnante histoire des noms d'animaux
Henriette Walter et Pierre Avenas
P1617. Les Chaussettes de l'archiduchesse et autres défis
de la prononciation
Julos Beaucarne et Pierre Jaskarzec

P1618. My rendez-vous with a femme fatale.
Les mots français dans les langues étrangères
Franck Resplandy
P1619. Seulement l'amour, *Philippe Ségur*
P1620. La Jeune Fille et la Mère, *Leïla Marouane*
P1621. L'Increvable Monsieur Schneck, *Colombe Schneck*
P1622. Les Douze Abbés de Challant, *Laura Mancinelli*
P1623. Un monde vacillant, *Cynthia Ozick*
P1624. Les Jouets vivants, *Jean-Yves Cendrey*
P1625. Le Livre noir de la condition des femmes
Christine Ockrent (dir.)
P1626. Comme deux frères, *Jean-François Kahn et Axel Kahn*
P1627. Equador, *Miguel Sousa Tavares*
P1628. Du côté où se lève le soleil, *Anne-Sophie Jacouty*
P1629. L'Affaire Hamilton, *Michelle De Kretser*
P1630. Une passion indienne, *Javier Moro*
P1631. La Cité des amants perdus, *Nadeem Aslam*
P1632. Rumeurs de haine, *Taslima Nasreen*
P1633. Le Chromosome de Calcutta, *Amitav Ghosh*
P1634. Show business, *Shashi Tharoor*
P1635. La Fille de l'arnaqueur, *Ed Dee*
P1636. En plein vol, *Jan Burke*
P1637. Retour à la Grande Ombre, *Hakan Nesser*
P1638. Wren. Les Descendants de Merlin I, *Irene Radford*
P1639. Petit manuel de savoir-vivre à l'usage des enseignants
Boris Seguin, Frédéric Teillard
P1640. Les Voleurs d'écritures *suivi de* Les Tireurs d'étoiles
Azouz Begag
P1641. L'Empreinte des dieux. Le Cycle de Mithra I
Rachel Tanner
P1642. Enchantement, *Orson Scott Card*
P1643. Les Fantômes d'Ombria, *Patricia A. McKillip*
P1644. La Main d'argent. Le Chant d'Albion II
Stephen Lawhead
P1645. La Quête de Nifft-le-mince, *Michael Shea*
P1646. La Forêt d'Iscambe, *Christian Charrière*
P1647. La Mort du Nécromant, *Martha Wells*
P1648. Si la gauche savait, *Michel Rocard*
P1649. Misère de la Ve République, *Bastien François*
P1650. Photographies de personnalités politiques
Raymond Depardon
P1651. Poèmes païens de Alberto Caeiro et Ricardo Reis
Fernando Pessoa
P1652. La Rose de personne, *Paul Celan*
P1653. Caisse claire, poèmes 1990-1997, *Antoine Emaz*
P1654. La Bibliothèque du géographe, *Jon Fasman*

P1655. Parloir, *Christian Giudicelli*
P1656. Poils de Cairote, *Paul Fournel*
P1657. Palimpseste, *Gore Vidal*
P1658. L'Épouse hollandaise, *Eric McCormack*
P1659. Ménage à quatre, *Manuel Vázquez Montalbán*
P1660. Milenio, *Manuel Vázquez Montalbán*
P1661. Le Meilleur de nos fils, *Donna Leon*
P1662. Adios Hemingway, *Leonardo Padura*
P1663. L'avenir c'est du passé, *Lucas Fournier*
P1664. Le Dehors et le Dedans, *Nicolas Bouvier*
P1665. Partition rouge.
Poèmes et chants des indiens d'Amérique du Nord
Jacques Roubaud, Florence Delay
P1666. Un désir fou de danser, *Elie Wiesel*
P1667. Lenz, *Georg Büchner*
P1668. Resmiranda. Les Descendants de Merlin II
Irene Radford
P1669. Le Glaive de Mithra. Le Cycle de Mithra II
Rachel Tanner
P1670. Phénix vert. Trilogie du Latium I, *Thomas B. Swann*
P1671. Essences et parfums, *Anny Duperey*
P1672. Naissances, *Collectif*
P1673. L'Évangile une parole invincible, *Guy Gilbert*
P1674. L'Époux divin, *Francisco Goldman*
P1675. La Comtesse de Pimbêche
et autres étymologies curieuses, *Pierre Larousse*
P1676. Les Mots qui me font rire
et autres cocasseries de la langue française
Jean-Loup Chiflet
P1677. Les carottes sont jetées.
Quand les expressions perdent la boule
Olivier Marchon
P1678. Le Retour du professeur de danse, *Henning Mankell*
P1679. Romanzo Criminale, *Giancarlo de Cataldo*
P1680. Ciel de sang, *Steve Hamilton*
P1681. Ultime Témoin, *Jilliane Hoffman*
P1682. Los Angeles, *Peter Moore Smith*
P1683. Encore une journée pourrie
ou 365 bonnes raisons de rester couché, *Pierre Enckell*
P1684. Chroniques de la haine ordinaire 2, *Pierre Desproges*
P1685. Desproges, portrait, *Marie-Ange Guillaume*
P1686. Les Amuse-Bush, *Collectif*
P1687. Mon valet et moi, *Hervé Guibert*
P1688. T'es pas mort !, *Antonio Skármeta*
P1689. En la forêt de Longue Attente.
Le roman de Charles d'Orléans, *Hella S. Haasse*

P1690. La Défense Lincoln, *Michael Connelly*
P1691. Flic à Bangkok, *Patrick Delachaux*
P1692. L'Empreinte du renard, *Moussa Konaté*
P1693. Les fleurs meurent aussi, *Lawrence Block*
P1694. L'Ultime Sacrilège, *Jérôme Bellay*
P1695. Engrenages, *Christopher Wakling*
P1696. La Sœur de Mozart, *Rita Charbonnier*
P1697. La Science du baiser, *Patrick Besson*
P1698. La Domination du monde, *Denis Robert*
P1699. Minnie, une affaire classée, *Hans Werner Kettenbach*
P1700. Dans l'ombre du Condor, *Jean-Paul Delfino*
P1701. Le Nœud sans fin. Le Chant d'Albion III
Stephen Lawhead
P1702. Le Feu primordial, *Martha Wells*
P1703. Le Très Corruptible Mandarin, *Qiu Xiaolong*
P1704. Dexter revient !, *Jeff Lindsay*
P1705. Vous plaisantez, monsieur Tanner, *Jean-Paul Dubois*
P1706. À Garonne, *Philippe Delerm*
P1707. Pieux mensonges, *Maile Meloy*
P1708. Chercher le vent, *Guillaume Vigneault*
P1709. Les Pierres du temps et autres poèmes, *Tahar Ben Jelloun*
P1710. René Char, *Éric Marty*
P1711. Les Dépossédés, *Robert McLiam Wilson et Donovan Wylie*
P1712. Bob Dylan à la croisée des chemins. Like a Rolling Stone
Greil Marcus
P1713. Comme une chanson dans la nuit
suivi de Je marche au bras du temps, *Alain Rémond*
P1714. Où les borgnes sont rois, *Jess Walter*
P1715. Un homme dans la poche, *Aurélie Filippetti*
P1716. Prenez soin du chien, *J.M. Erre*
P1717. La Photo, *Marie Desplechin*
P1718. À ta place, *Karine Reysset*
P1719. Je pense à toi tous les jours, *Hélèna Villovitch*
P1720. Si petites devant ta face, *Anne Brochet*
P1721. Ils s'en allaient faire des enfants ailleurs
Marie-Ange Guillaume
P1722. Le Jugement de Léa, *Laurence Tardieu*
P1723. Tibet or not Tibet, *Péma Dordjé*
P1724. La Malédiction des ancêtres, *Kirk Mitchell*
P1725. Le Tableau de l'apothicaire, *Adrian Mathews*
P1726. Out, *Natsuo Kirino*
P1727. La Faille de Kaïber. Le Cycle des Ombres I
Mathieu Gaborit
P1728. Griffin. Les Descendants de Merlin III, *Irene Radford*
P1729. Le Peuple de la mer. Le Cycle du Latium II
Thomas B. Swann

P1730. Sexe, mensonges et Hollywood, *Peter Biskind*
P1731. Qu'avez-vous fait de la révolution sexuelle ? *Marcela Iacub*
P1732. Persée, prince de la lumière. Le Châtiment des dieux III *François Rachline*
P1733. Bleu de Sèvres, *Jean-Paul Desprat*
P1734. Julius et Isaac, *Patrick Besson*
P1735. Une petite légende dorée, *Adrien Goetz*
P1736. Le Silence de Loreleï, *Carolyn Parkhurst*
P1737. Déposition, *Leon Werth*
P1738. La Vie comme à Lausanne, *Erik Orsenna*
P1739. L'Amour, toujours !, *Abbé Pierre*
P1740. Henri ou Henry, *Didier Decoin*
P1741. Mangez-moi, *Agnès Desarthe*
P1742. Mémoires de porc-épic, *Alain Mabanckou*
P1743. Charles, *Jean-Michel Béquié*
P1744. Air conditionné, *Marc Vilrouge*
P1745. L'Homme qui apprenait lentement, *Thomas Pynchon*
P1746. Extrêmement fort et incroyablement près *Jonathan Safran Foer*
P1747. La Vie rêvée de Sukhanov, *Olga Grushin*
P1748. Le Retour du Hooligan, *Norman Manea*
P1749. L'Apartheid scolaire, *G. Fellouzis & Cie*
P1750. La Montagne de l'âme, *Gao Xingjian*
P1751. Les Grands Mots du professeur Rollin Panacée, ribouldingue et autres mots à sauver *Le Professeur Rollin*
P1752. Dans les bras de Morphée Histoire des expressions nées de la mythologie *Isabelle Korda*
P1753. Parlez-vous la langue de bois ? Petit traité de manipulation à l'usage des innocents *Martine Chosson*
P1754. Je te retrouverai, *John Irving*
P1755. L'Amant en culottes courtes, *Alain Fleischer*
P1756. Billy the Kid, *Michael Ondaatje*
P1757. Le Fou de Printzberg, *Stéphane Héaume*
P1758. La Paresseuse, *Patrick Besson*
P1759. Bleu blanc vert, *Maïssa Bey*
P1760. L'Été du sureau, *Marie Chaix*
P1761. Chroniques du crime, *Michael Connelly*
P1762. Le croque-mort enfonce le clou, *Tim Cockey*
P1763. La Ligne de flottaison, *Jean Hatzfeld*
P1764. Le Mas des alouettes, Il était une fois en Arménie *Antonia Arslan*
P1765. L'Œuvre des mers, *Eugène Nicole*

P1766. Les Cendres de la colère. Le Cycle des Ombres II
Mathieu Gaborit
P1767. La Dame des abeilles. Le Cycle du latium III
Thomas B. Swann
P1768. L'Ennemi intime, *Patrick Rotman*
P1769. Nos enfants nous haïront
Denis Jeambar & Jacqueline Remy
P1770. Ma guerre contre la guerre au terrorisme
Terry Jones
P1771. Quand Al-Quaïda parle, *Farhad Khosrokhavar*
P1772. Les Armes secrètes de la C. I. A., *Gordon Thomas*
P1773. Asphodèle, *suivi de* Tableaux d'après Bruegel
William Carlos Williams
P1774. Poésie espagnole 1945-1990 (anthologie)
Claude de Frayssinet
P1775. Mensonges sur le divan, *Irvin D. Yalom*
P1776. Le Sortilège de la dague. Le Cycle de Deverry I
Katharine Kerr
P1777. La Tour de guet *suivi des* Danseurs d'Arun.
Les Chroniques de Tornor I, *Elisabeth Lynn*
P1778. La Fille du Nord, Les Chroniques de Tornor II
Elisabeth Lynn
P1779. L'Amour humain, *Andreï Makine*
P1780. Viol, une histoire d'amour, *Joyce Carol Oates*
P1781. La Vengeance de David, *Hans Werner Kettenbach*
P1782. Le Club des conspirateurs, *Jonathan Kellerman*
P1783. Sanglants trophées, *C.J. Box*
P1784. Une ordure, *Irvine Welsh*
P1785. Owen Noone et Marauder, *Douglas Cowie*
P1786. L'Autre Vie de Brian, *Graham Parker*
P1787. Triksta, *Nick Cohn*
P1788. Une histoire politique du journalisme
Géraldine Muhlmann
P1789. Les Faiseurs de pluie.
L'histoire et l'impact futur du changement climatique
Tim Flannery
P1790. La Plus Belle Histoire de l'amour, *Dominique Simonnet*
P1791. Poèmes et proses, *Gerard Manley Hopkins*
P1792. Lieu-dit l'éternité, poèmes choisis, *Emily Dickinson*
P1793. La Couleur bleue, *Jörg Kastner*
P1794. Le Secret de l'imam bleu, *Bernard Besson*
P1795. Tant que les arbres s'enracineront
dans la terre et autres poèmes, *Alain Mabanckou*
P1796. Cité de Dieu, *E.L. Doctorow*
P1797. Le Script, *Rick Moody*
P1798. Raga, approche du continent invisible, *J.M.G. Le Clézio*

P1799. Katerina, *Aharon Appefeld*
P1800. Une opérette à Ravensbrück, *Germaine Tillion*
P1801. Une presse sans Gutenberg,
Pourquoi Internet a révolutionné le journalisme
Bruno Patino et Jean-François Fogel
P1802. Arabesques. L'aventure de la langue en Occident
Henriette Walter et Bassam Baraké
P1803. L'Art de la ponctuation. Le point, la virgule
et autres signes fort utiles
Olivier Houdart et Sylvie Prioul
P1804. À mots découverts. Chroniques au fil de l'actualité
Alain Rey
P1805. L'Amante du pharaon, *Naguib Mahfouz*
P1806. Contes de la rose pourpre, *Michel Faber*
P1807. La Lucidité, *José Saramago*
P1808. Fleurs de Chine, *Wei-Wei*
P1809. L'Homme ralenti, *J.M. Coetzee*
P1810. Rêveurs et nageurs, *Denis Grozdanovitch*
P1811. - 30°, *Donald Harstad*
P1812. Le Second Empire. Les Monarchies divines IV
Paul Kearney
P1813. Été machine, *John Crowley*
P1814. Ils sont votre épouvante, et vous êtes leur crainte
Thierry Jonquet
P1815. Paperboy, *Pete Dexter*
P1816. Bad city blues, *Tim Willocks*
P1817. Le Vautour, *Gil Scott Heron*
P1818. La Peur des bêtes, *Enrique Serna*
P1819. Accessible à certaine mélancolie, *Patrick Besson*
P1820. Le Diable de Milan, *Martin Suter*
P1821. Funny Money, *James Swain*
P1822. J'ai tué Kennedy ou les mémoires d'un garde du corps
Manuel Vázquez Montalbán
P1823. Assassinat à Prado del Rey et autres histoires sordides
Manuel Vázquez Montalbán
P1824. Laissez entrer les idiots. Témoignage d'un autiste
Kamran Nazeer
P1825. Patients si vous saviez, *Christian Lehmann*
P1826. La Société cancérigène
Geneviève Barbier et Armand Farrachi
P1827. La Mort dans le sang, *Joshua Spanogle*
P1828. Une âme de trop, *Brigitte Aubert*
P1829. Non, ce pays n'est pas pour le vieil homme
Cormack Mc Carthy
P1830. La Psy, *Jonathan Kellerman*
P1831. La Voix, *Arnaldur Indridason*

P1832. Les Nouvelles Enquêtes du juge Ti, vol. 4
Petits meurtres entre moines, *Frédéric Lenormand*
P1833. Les Nouvelles Enquêtes du juge Ti, vol. 5
Madame Ti mène l'enquête, *Frédéric Lenormand*
P1834. La Mémoire courte, *Louis-Ferdinand Despreez*
P1835. Les Morts du Karst, *Veit Heinichen*
P1836. Un doux parfum de mort, *Guillermo Arriaga*
P1837. Bienvenue en enfer, *Clarence L. Cooper*
P1838. Le Roi des fourmis, *Charles Higson*
P1839. La Dernière Arme, *Philip Le Roy*
P1840. Désaxé, *Marcus Sakey*
P1841. Opération vautour, *Stephen W. Frey*
P1842. Éloge du gaucher, *Jean-Paul Dubois*
P1843. Le Livre d'un homme seul, *Gao Xingjian*
P1844. La Glace, *Vladimir Sorokine*
P1845. Je voudrais tant revenir, *Yves Simon*
P1846. Au cœur de ce pays, *J.M. Coetzee*
P1847. La Main blessée, *Patrick Grainville*
P1848. Promenades anglaises, *Christine Jordis*
P1849. Scandale et folies.
Neuf récits du monde où nous sommes, *Gérard Mordillat*
P1850. Un mouton dans la baignoire, *Azouz Begag*
P1851. Rescapée, *Fiona Kidman*
P1852. Le Sortilège de l'ombre. Le Cycle de Deverry II
Katharine Kerr
P1853. Comment aiment les femmes. Du désir et des hommes
Maryse Vaillant
P1854. Courrier du corps. Nouvelles voies de l'anti-gymnastique
Thérèse Bertherat
P1855. Restez zen. La méthode du chat, *Henri Brunel*
P1856. Le Jardin de ciment, *Ian McEwan*
P1857. L'Obsédé (L'Amateur), *John Fowles*
P1858. Moustiques, *William Faulkner*
P1859. Givre et sang, *John Cowper Powys*
P1860. Le Bon Vieux et la Belle Enfant, *Italo Svevo*
P1861. Le Mystère Tex Avery, *Robert Benayoun*
P1862. La Vie aux aguets, *William Boyd*
P1863. L'amour est une chose étrange, *Joseph Connolly*
P1864. Mossad, les nouveaux défis, *Gordon Thomas*
P1865. 1968, Une année autour du monde, *Raymond Depardon*
P1866. Les Maoïstes, *Christophe Bourseiller*
P1867. Floraison sauvage, *Aharon Appelfeld*
P1868. Et il y eut un matin, *Sayed Kashua*
P1869. 1000 mots d'esprit, *Claude Gagnière*
P1870. Le Petit Grozda. Les merveilles oubliées du Littré
Denis Grozdanovitch

P1871. Romancero gitan, *Federico García Lorca*
P1872. La Vitesse foudroyante du passé, *Raymond Carver*
P1873. Ferrements et autres poèmes, *Aimé Césaire*
P1874. La Force qui nous manque, *Eva Joly*
P1875. Enfants des morts, *Elfriede Jelinek*
P1876. À poèmes ouverts, *Anthologie Printemps des poètes*
P1877. Le Peintre de batailles, *Arturo Pérez-Reverte*
P1878. La Fille du Cannibale, *Rosa Montero*
P1879. Blue Angel, *Francine Prose*
P1880. L'Armée du salut, *Abdellah Taïa*
P1881. Grille de parole, *Paul Celan*
P1882. Nouveaux poèmes *suivi de* Requiem
Rainer Maria Rilke
P1883. Dissimulation de preuves, *Donna Leon*
P1884. Une erreur judiciaire, *Anne Holt*
P1885. Honteuse, *Karin Alvtegen*
P1886. La Mort du privé, *Michael Koryta*
P1887. Tea-Bag, *Henning Mankell*
P1888. Le Royaume des ombres, *Alan Furst*
P1889. Fenêtres de Manhattan, *Antonio Muñoz Molina*
P1890. Tu chercheras mon visage, *John Updike*
P1891. Fonds de tiroir, *Pierre Desproges*
P1892. Desproges est vivant, *Pierre Desproges*
P1893. Les Vaisseaux de l'ouest. Les Monarchies divines V
Paul Kearney
P1894. Le Quadrille des assassins. La Trilogie Morgenstern I
Hervé Jubert
P1895. Un tango du diable. La Trilogie Morgenstern II
Hervé Jubert
P1896. La Ligue des héros. Le Cycle de Kraven I
Xavier Mauméjean
P1897. Train perdu, wagon mort, *Jean-Bernard Pouy*
P1898. Cantique des gisants, *Laurent Martin*
P1899. La Nuit de l'abîme, *Juris Jurjevics*
P1900. Tango, *Elsa Osorio*
P1901. Julien, *Gore Vidal*
P1902. La Belle Vie, *Jay McInerney*
P1903. La Baïne, *Eric Holder*
P1904. Livre des chroniques III, *António Lobo Antunes*
P1905. Ce que je sais (Mémoires 1)
Charles Pasqua
P1906. La Moitié de l'âme, *Carme Riera*
P1907. Drama city, *George P. Pelecanos*
P1908. Le Marin de Dublin, *Hugo Hamilton*
P1909. La Mère des chagrins, *Richard McCann*
P1910. Des louves, *Fabienne Jacob*

P1911. La Maîtresse en maillot de bain. Quatre récits d'enfance
Yasmina Khadra, Paul Fournel,
Dominique Sylvain et Marc Villard
P1912. Un si gentil petit garçon, *Jean-Loup Chiflet*
P1913. Saveurs assassines. Les Enquêtes de Miss Lalli
Kalpana Swaminathan
P1914. La Quatrième Plaie, *Patrick Bard*
P1915. Mon sang retombera sur vous, *Aldo Moro*
P1916. On ne naît pas Noir, on le devient
Jean-Louis Sagot-Duvauroux
P1917. La Religieuse de Madrigal, *Michel del Castillo*
P1918. Les Princes de Francalanza, *Federico de Roberto*
P1919. Le Conte du ventriloque, *Pauline Melville*
P1920. Nouvelles chroniques au fil de l'actualité.
Encore des mots à découvrir, *Alain Rey*
P1921. Le mot qui fait mouche. Dictionnaire amusant
et instructif des phrases les plus célèbres de l'histoire
Gilles Henry
P1922. Les Pierres sauvages, *Fernand Pouillon*
P1923. Ce monde est mon partage et celui du démon
Dylan Thomas
P1924. Bright Lights, Big City, *Jay McInerney*
P1925. À la merci d'un courant violent, *Henry Roth*
P1926. Un rocher sur l'Hudson, *Henry Roth*
P1927. L'amour fait mal, *William Boyd*
P1928. Anthologie de poésie érotique, *Jean-Paul Goujon (dir.)*
P1929. Hommes entre eux, *Jean-Paul Dubois*
P1930. Ouest, *François Vallejo*
P1931. La Vie secrète de E. Robert Pendleton, *Michael Collins*
P1932. Dara, *Patrick Besson*
P1933. Le Livre pour enfants, *Christophe Honoré*
P1934. La Méthode Schopenhauer, *Irvin D. Yalom*
P1935. Echo Park, *Michael Connelly*
P1936. Les Rescapés du Styx, *Jane Urquhart*
P1937. L'Immense Obscurité de la mort, *Massimo Carlotto*
P1938. Hackman blues, *Ken Bruen*
P1939. De soie et de sang, *Qiu Xiaolong*
P1940. Les Thermes, *Manuel Vázquez Montalbán*
P1941. Femme qui tombe du ciel, *Kirk Mitchell*
P1942. Passé parfait, *Leonardo Padura*
P1943. Contes barbares, *Craig Russell*
P1944. La Mort à nu, *Simon Beckett*
P1945. La Nuit de l'infamie, *Michael Cox*
P1946. Les Dames de nage, *Bernard Giraudeau*
P1947. Les Aventures de Minette Accentiévitch
Vladan Matijeviç

P1948. Jours de juin, *Julia Glass*
P1949. Les Petits Hommes verts, *Christopher Buckley*
P1950. Dictionnaire des destins brisés du rock, *Bruno de Stabenrath*
P1951. L'Ère des dragons. Le Cycle de Kraven II
Xavier Mauméjean
P1952. Sabbat Samba. La Trilogie Morgenstern III, *Hervé Jubert*
P1953. Pour le meilleur et pour l'empire, *James Hawes*
P1954. Doctor Mukti, *Will Self*
P1955. Comme un père, *Laurence Tardieu*
P1956. Sa petite chérie, *Colombe Schneck*
P1957. Tigres et tigresses. Histoire intime des couples présidentiels sous la Ve République, *Christine Clerc*
P1958. Le Nouvel Hollywood, *Peter Biskind*
P1959. Le Tueur en pantoufles, *Frédéric Dard*
P1960. On demande un cadavre, *Frédéric Dard*
P1961. La Grande Friture, *Frédéric Dard*
P1962. Carnets de naufrage, *Guillaume Vigneault*
P1963. Jack l'éventreur démasqué, *Sophie Herfort*
P1964. Chicago banlieue sud, *Sara Paretsky*
P1965. L'Illusion du péché, *Alexandra Marinina*
P1966. Viscéral, *Rachid Djaïdani*
P1967. La Petite Arabe, *Alicia Erian*
P1968. Pampa, *Pierre Kalfon*
P1969. Les Cathares. Brève histoire d'un mythe vivant
Henri Gougaud
P1970. Le Garçon et la Mer, *Kirsty Gunn*
P1971. L'Heure verte, *Frederic Tuten*
P1972. Le Chant des sables, *Brigitte Aubert*
P1973. La Statue du commandeur, *Patrick Besson*
P1974. Mais qui est cette personne allongée dans le lit à côté de moi ?, *Alec Steiner*
P1975. À l'abri de rien, *Olivier Adam*
P1976. Le Cimetière des poupées, *Mazarine Pingeot*
P1977. Le Dernier Frère, *Nathacha Appanah*
P1978. La Robe, *Robert Alexis*
P1979. Le Goût de la mère, *Edward St Aubyn*
P1980. Arlington Park, *Rachel Cusk*
P1981. Un acte d'amour, *James Meek*
P1982. Karoo boy, *Troy Blacklaws*
P1983. Toutes ces vies qu'on abandonne, *Virginie Ollagnier*
P1984. Un peu d'espoir. La trilogie Patrick Melrose
Edward St Aubyn
P1985. Ces femmes qui nous gouvernent, *Christine Ockrent*
P1986. Shakespeare, la biographie, *Peter Ackroyd*
P1987. La Double Vie de Virginia Woolf
Geneviève Brisac, Agnès Desarthe